EN LETTRES **D'ANCRE**

DU MÊME AUTEUR

DERNIER RÉVEILLON *et autres nouvelles cannibales*, traduit de l'italien par Dominique Vittoz, Hachette Littératures, 1998.

BRANCHIES, traduit de l'italien par Luciana Berini, Éditions du Félin, 1999.

ET JE T'EMMÈNE, traduit de l'italien par Myriem Bouzaher, Grasset, 2001.

JE N'AI PAS PEUR, traduit de l'italien par Myriem Bouzaher, Grasset, 2002.

PETITS CRIMES ITALIENS, *anthologie de nouvelles*, traduites de l'italien par François Rosso, Grasset, 2007.

COMME DIEU LE VEUT, roman, traduit de l'italien par Myriem Bouzaher, Grasset, 2008.

LA FÊTE DU SIÈCLE, traduit de l'italien par Myriem Bouzaher, Robert Laffont, 2011.

MOI ET TOI, traduit de l'italien par Myriem Bouzaher, Robert Laffont, 2012.

ANNA, traduit de l'italien par Myriem Bouzaher, Grasset, 2016.

NICCOLÒ AMMANITI

LA VIE INTIME

roman

Traduit de l'italien
par Myriem BOUZAHER

BERNARD GRASSET
PARIS

L'édition originale de cet ouvrage a été publiée par Einaudi, en 2023, sous le titre :

LA VITA INTIMA

Photo de la jaquette : Pupa Neumann/Plainpicture

ISBN 978-2-246-83519-6

« S'il te plaît… apprivoise-moi ! »

Antoine de SAINT-EXUPÉRY,
Le Petit Prince

« Ne me dégaine pas sans raison
Ne m'empoigne pas sans bravoure. »

Inscription sur l'épée de Jean de Médicis,
dit Jean des Bandes Noires,
sculptée par Temistocle Guerrazzi

I.

Mercredi 21 février

1.

Cette histoire commence un mercredi de la décennie passée, il est neuf heures quinze du matin et Maria Cristina Palma est en pleine séance de fitness. Elle s'est lancée dans un squat bulgare, exercice qui tonifie les quadriceps et les fessiers. Une jambe fléchie en arrière, l'autre devant, elle plie le genou en fixant la brume opaque au-delà des vitres de la véranda. Les particules fines ayant contraint les Romains à des semaines de circulation alternée ont diminué avec la pluie. À la maison, il fait chaud, mais derrière le double vitrage, le gel de la nuit a recouvert de givre les cycas et la pergola dénudée de la terrasse. Entre les colonnettes de la balustrade, on entrevoit le quai du Tibre bouché par la circulation, et au loin, la silhouette disgracieuse du Castel Sant'Angelo, évanescente dans le brouillard malsain de la capitale. Le penthouse où vit Maria Cristina est l'un de ces paradis dont la plupart des gens n'osent rêver tant il est inaccessible. Plus de trois cents mètres carrés à deux pas de la Piazza Navona, dans un immeuble néoclassique surveillé nuit et jour par des fourgons de police.

Son coach personnel, Mirco Tonik, un gaillard de Francavilla al Mare, lui raconte qu'il a fêté l'anniversaire de son fiancé, Michael Carmichael, un Irlandais traducteur de modes d'emploi pour imprimantes et routeurs, dans un restaurant végan du Pigneto. Tandis que l'entraîneur évoque une parmigiana d'anthologie, il enlève un disque du balancier, et le poids à l'extrémité opposée de la barre, cinq kilos de pure fonte, glisse, se détache et atterrit sur le gros orteil droit de la dame, laquelle pousse un hurlement si puissant qu'il réduit au silence le couple d'inséparables dans la cage émaillée au-dessus des fougères. La véranda, avec les oreilles d'éléphant dans leurs jardinières bleues, le kentia et les stolons du pothos figés sur les bibliothèques, palpite autour d'elle comme les effets spéciaux d'un mauvais film.

Mirco Tonik, pressentant l'énormité de la connerie qu'il vient de commettre, se passe les mains sur la tête et, en se déhanchant, invoque le créateur : « Oh mon Dieu ! Oh mon Dieu ! Oh mon Dieu ! Qu'est-ce que j'ai fait ? »

Maria Cristina vibre de douleur. Il lui faut juste respirer et la laisser circuler en elle.

Avec le temps, la mémoire des petites douleurs physiques, à l'inverse des douleurs de l'âme, tend à se dissiper et au bout de quelques années, on se rappelle à peine les souffrances causées par l'extraction d'une molaire ou une appendicite. Quinze ans se sont écoulés depuis que le mari de Maria Cristina, le célèbre écrivain Andrea Cerri, lui a coincé un doigt dans la portière d'une Golf cabriolet devant l'Hôtel Locarno. Elle s'était alors précipitée aux urgences de l'hôpital Fatebenefratelli où on lui avait coupé le dernier lambeau de peau retenant un caillot de chair, d'ongle et de sang. Aujourd'hui heureusement, l'empeigne de sa basket a amorti le choc.

« Comment tu te sens ? Ça te fait mal ? », balbutie le coach personnel, une main pressée sur sa poitrine.

Maria Cristina, le souffle coupé, lui fait signe de rester calme.

En cet instant, il n'est personne au monde, au monde peut-être si, mais sûrement pas dans le premier arrondissement de Rome, qui soit plus éloigné du calme que Mirco Tonik. L'orteil qu'il vient d'écrabouiller est l'un des plus précieux parmi les seize milliards d'orteils foulant la planète.

Les pieds de Maria Cristina Palma, pointure trente-neuf, celle de l'harmonie selon l'Ayurveda, sont des pieds grecs où le deuxième orteil est à peine plus long que le pouce, comme dans la *Vénus de Milo*. En médecine, cette caractéristique est appelée « orteil de Morton » en l'honneur de Dudley J. Morton, le chirurgien orthopédiste américain qui l'a décrite en premier. On ne la retrouve que dans dix pour cent de la population mondiale et sa prévalence est irrégulière. Elle est absente chez les Scandinaves, mais chez les Aïnous, habitants des îles japonaises, elle atteint presque quatre-vingt-dix pour cent. Sa voûte plantaire à la Barbie est si parfaite que la peau, ne touchant jamais le sol, reste lisse et douce. Selon la podomancie, l'art de lire l'avenir dans l'étude des pieds, les orteils fuselés sont signe d'ambition et de détermination. Si l'on tape sur Google « pieds de Maria Cristina Palma », on obtient des milliers de photos. Des détails et des agrandissements, avec et sans chaussures. Maria Cristina est, avec Selena Gomez, la reine de WikiFeet, le portail des fétichistes du pied.

Par ailleurs, Mirco Tonik n'oublie pas qui est le mari de la femme dont il vient de blesser l'orteil, Domenico Mascagni, l'actuel président du Conseil italien. Les rares fois où il l'a croisé à la maison, il n'a pas été capable, terrifié qu'il était, de le regarder dans les yeux. C'est un homme puissant, descendant d'une ancienne lignée d'avocats ayant sauvé des industries, représenté des États et des holdings internationales. On raconte que l'un de ses ancêtres, un certain Tancredi Mascagni, de passage en Angleterre, aurait contribué à la rédaction de la *Magna Carta*, la Grande Charte.

Le coach personnel s'imagine déjà miséreux, soufflant dans une flûte de Pan (seule chose qu'il sache faire, à part coach sportif) devant les pizzerias du centre pour quelques pièces. Michael le lui a répété mille fois : « Dépense peu maintenant pour ne pas dépenser trop après. Assure tes arrières. » Mais lui, il a des oursins dans les poches et maintenant il va lui falloir vendre le peu qu'il possède (un studio dans le quartier de Pigneto, un quart de dammuso à Pantelleria et un maxi-scooter déglingué) pour payer la reconstruction de la sublime phalange. Et l'on se souviendra de Mirco « Tonik » Belluccio comme de l'homme qui a massacré le gros orteil de Maria Cristina Palma. Il a besoin d'air. Il ouvre en grand la porte-fenêtre et se dirige vers la rambarde, répétant avec son âpre accent des Abruzzes : « Je vais me foutre en l'air. Je vais me foutre en l'air. »

Au-dessous de la terrasse des Mascagni, il y en a une autre où tourne en rond un berger allemand à l'air peu amical. Mirco revient sur ses pas, plonge la tête dans le bassin des papyrus, tire ses cheveux en arrière et rentre dans la pièce.

Maria Cristina, assise sur le banc de musculation, a enlevé sa chaussure et observe son orteil rouge et gonflé.

L'entraîneur s'agenouille sur le tapis de sol face à sa reine. « Je suis prêt à subir n'importe quel châtiment. Si possible corporel. Ultime désir, un Xanax.

— Dans la salle de bains. »

Le suppliant lève les yeux. « Tu m'épargnes ? Si tu me pardonnes, je t'offre un abonnement à l'année.

— Sur l'étagère, sous le miroir. »

Mirco Tonik, ne pouvant croire à cette grâce accordée, court engloutir une bonne dose de molécules d'Alprazolam.

Le professeur Angelo Zurlo, chirurgien orthopédique en chef de l'hôpital Gemelli, interrogé au téléphone par Caterina Gamberini, l'assistante personnelle de Maria Cristina Palma, assure que, conformément aux nouvelles recommandations cliniques, il est conseillé de marcher sur la partie traumatisée car « en augmentant le flux sanguin sous-unguéal, on évite de créer des hématomes responsables de la chute de l'ongle. » Donc, pas d'hôpital, une bonne dose d'anti-inflammatoires, et si possible, marcher avec des chaussures ouvertes et des talons pas trop hauts.

La nouvelle ressuscite l'épouse du président du Conseil, qui craignait de devoir annuler sa participation à la fête du Cercle d'aviron de l'Aniene. Elle a reçu une nouvelle robe Dior et veut l'arborer à l'anniversaire d'Igor Rossi Brogi, président de l'ANHI (Association nationale des hôteliers italiens).

Or, si le professeur avait prescrit à Maria Cristina de laisser son pied au repos et qu'elle était restée à la maison, cette histoire, je ne pourrais la raconter. Mais je n'en suis pas si sûr. Les histoires, les importantes, celles qui changent les destins, sont des fleuves impétueux, difficiles à maîtriser. Vous leur faites obstacle et ils dévient leur cours, trouvant une autre voie pour s'écouler. Et moi, j'aime bien que cette histoire commence ainsi, par un hurlement de douleur.

Cela dit, l'incident qui vient de se produire est sans doute un bon exemple pour mieux cerner Maria Cristina Palma, la protagoniste de ce roman.

Si on lui fait du mal, elle s'inquiète pour celui qui en est la cause. Diminuer les souffrances dont l'existence l'a gratifiée en rassurant son prochain est l'une de ses spécialités. À onze ans, à la villa de Mondello, elle avait voulu interrompre une bagarre ente Nello, le chat de gouttière de la maison, et Tolo, le caniche de sa tante Vittoria. Le félin, un démon tigré qui bondissait partout, l'avait escaladée comme un arbre, plantant ses griffes dans la chair juvénile avant de disparaître au fond du couloir. La petite était sortie dans le jardin. Il y avait sa mère, sa tante, les domestiques en uniforme blanc, ses cousins équipés de bouées et son frère sur le trampoline. La piscine palpitait d'un azur aveuglant, les cigales stridulaient dans les pins et elle, disgracieuse sur ses longues jambes de poulain, avec deux inutiles triangles de tissu bleu tendus sur sa poitrine osseuse, écorchée comme saint Barthélemy, s'était assise à table devant son assiette de courgettes farcies, avait déplié sa serviette sur ses genoux, s'était versé un verre d'eau et avait bu, au milieu des cris de tous.

2.

Douze heures après l'incident, Maria Cristina Palma est au Cercle d'aviron de l'Aniene pour fêter l'anniversaire d'Igor Rossi Brogi.

Impardonnable erreur de ne pas être restée à la maison ! Son orteil n'a cessé de la tourmenter toute la journée et maintenant, enserré avec les autres dans sa chaussure Tom Ford, il pulse comme un second cœur. Une souffrance inutile, si elle avait mis des sandales basses, comme le lui avait sagement conseillé le professeur Zurlo, elle se la serait épargnée, mais cela aurait impliqué de repenser sa tenue.

Heureusement, la fête se passe bien. Le salon fourmille d'hôteliers qui parlent fort, tous en même temps, dans un vacarme de voix, fourchettes et rires. Un pianiste déprimé joue timidement quelques notes de jazz.

« Remue-toi », se murmure Maria Cristina. D'une gorgée, elle finit sa flûte de Ribolla gialla, la pose en équilibre sur l'accoudoir du fauteuil, se lève et, esquivant les plateaux des serveurs, dépasse un groupe de femmes qui font la queue pour des artichauts à la juive. Sentant sur elle leurs regards, elle se lance dans une pirouette. Elle est ravissante dans sa robe Dior dont le haut découvre ses épaules et son dos, la fente latérale frôle sa culotte et le bas s'élargit en une jupe-cloche rose poudré et rouge.

Où est passé son mari ?

Les hommes de la sécurité gardent les issues. Les assistants du président du Conseil, tous moins de trente ans, sont entassés dans un divan, rigatoni à l'amatriciana sur les genoux comme une bande d'adolescents à la fête de leurs parents.

Ah, le voilà.

Il est au fond du salon, encerclé par les hôteliers, les mains dans les poches de son pantalon, regard revêche, celui qu'il arbore lorsqu'il écoute des trucs très importants ou très ennuyeux.

Maria Cristina, du haut de son mètre quatre-vingt-dix talons compris, fend l'attroupement, tend le bras et lui pose la main sur l'épaule.

Le président du Conseil la scrute, essayant de deviner s'il s'agit d'une chose sérieuse. Il vit dans l'attente de choses sérieuses. Mais sa femme est un sphinx. « Pardonnez-moi un instant », dit-il en s'adressant au groupe. Et en guise de commentaire : « En tout cas, cette perspective est valable, il ne faut pas la sous-estimer…

— Je vous l'emprunte une seconde », ajoute-t-elle avec un sourire.

Les sexagénaires, certains chauves, d'autres le cheveu teint, tous engoncés dans un costume bleu, rigoureusement sans chaussettes, chevilles pelées par la vieillesse visibles sous le pantalon étroit, chaussures à semelle épaisse, sourient à leur tour, exhibant une enfilade de facettes dentaires constellées de petits points noirs du poivre des pâtes à l'amatriciana qu'ils tiennent à la main. Ensemble, comme en une danse tyrolienne, ils font un pas en arrière et la fixent encore plus intensément que s'ils étaient face à une contorsionniste s'introduisant dans une valise. Ils se lancent dans la comparaison entre la Maria Cristina Palma en chair et en os avec son patrimoine iconique (vidéos, reportages de mode, photos de paparazzi, photos de famille, etc.) qu'ils gardent au fond de leur hippocampe, siège de la mémoire du cerveau. Ils scannent sa bouche, son cou, ses hanches, sa poitrine (refaite à cent pour cent), ses jambes interminables qui apparaissent sous la robe et finissent par la paire de talons vertigineux. Ils essaient de comprendre si elle est vraiment la femme la plus belle du monde. Et ils se disent que certes, elle est belle, rendons à César ce qui est à César, mais pas autant que le veut la légende. Rien en comparaison d'une Monica Bellucci ou d'une Emily Ratajkowski ou de milliers d'autres. Bien sûr, elle est raffinée, élégante, un corps exceptionnel pour ses quarante-deux ans, ça oui, un bon coup à vie, mais de là à en perdre la tête, ça non. En tout cas, on ignore comment ce prétentiard de Mascagni a pu épingler un tel canon.

À cela, il y a une réponse.

À l'ancienne.

Fric et pouvoir.

Il nous faut expliquer ici qu'un an avant le début de cette histoire, une importante recherche menée par une université de Louisiane en collaboration avec le Center of Advanced Study of Body and Facial Plastic Surgery de Carmel (CA) a décrété que Maria Cristina Palma était la plus belle femme du monde.

Au début, la recherche n'a pas suscité de grandes réactions. Des infos de ce genre, à reléguer en bas de page à côté de la pub pour compléments alimentaires et autres facilités de crédit, il en sort des centaines par jour. Et pourtant, peu à peu, par le jeu de mécanismes stochastiques que seuls les météorologues et les mathématiciens comprennent, la nouvelle s'est amplifiée, devenant, pour utiliser un mot que je déteste, virale. Alimentée par les réseaux sociaux, elle a déclenché une exultation patriotique réservée à la seule équipe nationale de foot quand elle gagne les trophées les plus importants. De l'Italie, la nouvelle a retraversé l'océan et de là elle a inondé la planète, consacrant la suprématie de la beauté méditerranéenne, et par voie de conséquence, de notre cuisine, de nos panoramas et de notre culture millénaire.

Les mesures de l'ovale du visage de Maria Cristina Palma sont celles de la divine proportion, les rapports entre lignes verticales, horizontales et obliques coïncident avec la formule mathématique du nombre d'or. Les pommettes hautes, le nez tellement différent de face et de profil, cohabitent en parfaite harmonie avec les lèvres délicates qui encadrent des dents blanches et rectilignes. Les sourcils, naturellement épais, sont des paraboles indiquant le chemin vers les yeux dont la couleur reste un mystère. Selon la lumière, ils sont gris, verts, si constellés de paillettes dorées ou jaunes qu'ils semblent volés à un renard. La stature majestueuse, la proportion des articulations, les chevilles fines, les pieds dont nous avons déjà parlé, la peau lisse comme un pétale de rose sauvage, incarnent la beauté éternelle qui a fasciné les artistes de toutes les époques, de Phidias à Picasso.

En peu de temps, toutefois, la joie de la victoire s'est transformée en cauchemar pour notre protagoniste. Des mois durant, elle a dû se barricader dans sa maison de campagne, assiégée par les journalistes, encerclée par les fans, réclamée par des émissions télé de tout poil, poursuivie par les agents de cinéma et raillée, insultée et méprisée par les haters. On postait n'importe quelle image d'elle : quand elle sautait à la perche aux jeux européens d'athlétisme juniors, quand elle foulait les catwalks à Paris, quand on l'avait extraite d'une voiture en flammes où était mort son premier mari.

Aussitôt les partis de droite, puis les alliés du gouvernement, agacés par la soudaine lumière braquée sur le couple, ont accusé Domenico Mascagni d'utiliser son épouse comme un candélabre doré placé là pour cacher sa modeste envergure politique. Cette ostentation est une insulte aux femmes laides, aux femmes qui travaillent, à celles qui souffrent. Maria Cristina Palma est un vase empli de néant, un petit artifice pathétique pour récolter du consensus.

La fable qui court, c'est qu'elle a été payée plusieurs millions d'euros (caisse noire du parti) pour faire durer une union terminée. En réalité, le couple n'existe pas. Irene, leur fille de dix ans, est le fruit d'un calcul, sans doute d'une éprouvette, puisqu'ils n'ont aucun rapport sexuel et qu'ils ne se parlent jamais, même pas à la maison. Il y a des attestations, des documents, d'anciennes interviews. Quant à ses camarades de classe, cousins, ex, avocats, ou soi-disant amis, ils sont prêts à jurer que Maria Cristina Palma est capable de tout pour réussir. C'est un golem fabriqué de toutes pièces par une team d'experts, programmé par Le Bombyx, manager du réseau social de Mascagni, pour être l'incarnation de la parfaite épouse d'un président du Conseil. Belle et muette. La timidité, la façon humble de s'exprimer, les oui, les non, les je ne sais pas susurrés, sont des preuves irréfutables qu'elle est triste, malheureuse, victime de son mari. Mais il y a aussi ceux qui affirment que l'esprit criminel du clan c'est elle, elle qui s'est tapé la planète entière pour en arriver là où elle est. Des émissions de télé et de radio ont été fabriquées, des journalistes d'investigation ont été lâchés pour enquêter sur la vie de « Maria Tristina », l'ex-top model de Palerme dont la vie se partage entre privilège et tragédie.

Les librairies vendent sa biographie non autorisée, *Histoire d'une étoile du Sud.* En à peine cent pages, le fameux journaliste Manlio Calzini fournit un résumé complet. La mère de Maria Cristina, Teresa Sangermano, descendante d'une riche famille sicilienne, se marie avec l'alpiniste Bebo Palma, à l'issue d'une nuit passée dans un refuge du massif des Tofane. Ils deviennent parents d'abord d'un garçon, Alessio, et cinq ans après, de Maria Cristina. Quand Teresa tombe malade d'un méchant cancer, son mari la quitte pour une documentariste française et s'en va vivre au Népal, abandonnant sa famille. Teresa meurt alors que Maria Cristina a douze ans. Huit ans plus tard, Alessio perd la vie dans un accident de plongée sous-marine en Grèce. Il s'ensuit une période où les malheurs se tiennent éloignés de la vie de la jeune fille qui, entre-temps, à cause d'une blessure, a renoncé au sport pour la mode. Elle devient le visage officiel d'une célèbre marque de lingerie. À vingt-sept ans, elle épouse l'écrivain Andrea Cerri (le seul et unique grand amour de sa vie, à en croire les personnes bien informées), de vingt ans plus âgé qu'elle. Au bout de deux ans de mariage, il périt dans un accident de la route dont elle réchappe, brûlée sur une partie du corps. Elle se remarie à trente-deux ans avec Domenico Mascagni et, la même année, elle donne naissance à une fille, Irene.

L'heureux événement ne suffit pas à lui faire oublier une existence endeuillée par tous ses malheurs et on l'affuble d'un surnom, Maria Tristina.

Maria Cristina, avec le regard des hôteliers toujours rivés sur sa croupe, entraîne son mari vers les baies vitrées de la terrasse. Les gardes font écran, les dérobant à la vue des invités.

« Sortons un instant s'il te plaît..., dit-elle en essayant d'ouvrir la porte-fenêtre. Tu avais dit que la fête serait amusante et qu'il y aurait un feu d'artifice.

— Apparemment, la mairie n'a pas donné son accord.

— Mon orteil me fait mal. Je veux rentrer à la maison.

— Maintenant ?

— Oui. Maintenant. » Elle se serre contre lui et lui murmure à l'oreille : « J'ai bu. »

Il l'observe, inquiet. « Beaucoup ?

— Non, un peu. J'espérais que ça ferait passer la douleur. »

Maria Cristina n'est pas abstinente, elle boit un verre de temps à autre, pas davantage, si elle dépasse cette limite, elle devient ivre. Dieu a infusé en elle une très grande beauté, mais a oublié de lui fournir l'alcool déshydrogénase, enzyme qui métabolise tous les alcools.

Domenico fait signe à un garde d'ouvrir la porte-fenêtre, saisit sa femme par un poignet et la traîne dehors.

Sur la terrasse il fait froid. L'air est encore empli de l'odeur de la pluie tombée l'après-midi, et Maria Cristina, drapée d'une étamine, sent le gel lui piquer la peau. Domenico enlève sa veste et la lui pose sur les épaules tandis qu'elle marche d'un pas incertain vers la rambarde. Par terre, le tapis de feuilles crée des lacs de carrelage bleu. Dans un angle, sont rassemblés des tables, des chaises empilées et une rangée de champignons chauffants qui reflètent sur leur acier les lumières de Rome Nord. Le président du Conseil rejoint sa femme, les aisselles de sa chemise bleue sont tachées de deux auréoles sombres. Elle essaie de le prendre dans ses bras, mais il tend la main et cherche ses cigarettes dans la poche de sa veste, il fait deux pas en arrière et s'en allume une. « Pourquoi ? », lui demande-t-il.

Maria Cristina secoue la tête comme si elle devait faire tomber de la paille de ses cheveux. « Pourquoi quoi ?

— Pourquoi tu as bu ? Un anti-inflammatoire, c'était pas mieux ?

— J'en ai déjà pris deux. » Elle lui tourne le dos et fixe les canots des rameurs et le Tibre gonflé qui tape contre les digues lugubres. Une bouillasse marron s'agite lentement, en de grandes spirales brillantes qui charrient avec elle des branches, des sacs plastique et des îlots de matière sombre.

« Tu as mangé quelque chose ?

— À part de la salade, non. Tout est gras. Ils font même frire le gorgonzola. En tout cas, pour ta gouverne, je ne suis pas soûle, je suis pompette. Je veux plonger mon orteil dans de l'eau froide. »

Domenico s'approche d'elle, aspire une longue bouffée, la lueur des braises rougit son front brillant, ses sourcils surplombent tels des buissons le renfoncement de ses yeux. Il reste interdit et contemple le fleuve en retenant la fumée et en pensant à Dieu seul sait quoi.

Maria Cristina y est habituée. Il est ainsi depuis qu'il est devenu président du Conseil.

Auparavant ils se voyaient peu, désormais ils ne se voient jamais. Il rentre tard le soir, quand elle est déjà couchée. En outre, depuis quelques semaines il est plus taciturne que d'habitude, s'exprime par monosyllabes. Les sondages. Son indice de satisfaction personnel ainsi que celui de son gouvernement n'ont jamais été aussi bas depuis le début de son mandat. Mais peut-être y a-t-il autre chose.

En vérité, Maria Cristina s'en moque. Elle déteste la politique. Le jour où Domenico a accepté la charge confiée par le président de la République, elle lui a demandé une seule faveur, de ne jamais en discuter avec elle. Elle l'épaule si c'est nécessaire ou amusant. Et ce soir, ce n'est ni nécessaire ni amusant.

« Tiens encore un peu le coup », lui dit-il en se ressaisissant. Il tire une dernière taffe, éteint son mégot en l'écrasant sur sa semelle, se retourne pour s'assurer que personne ne l'observe et le jette en bas.

Maria Cristina frotte son nez contre sa nuque en ronronnant comme une petite chatte, surprise par l'effet désinhibant de l'alcool. « Allez, je t'attends à la maison. » Mais elle sent son corps se raidir, ses muscles se contracter et elle recule, vexée.

Domenico reprend sa veste. « Non. Ils doivent prendre une photo de nous avec le gâteau d'anniversaire. Je l'ai promis à Brogi. »

Maria Cristina essaie sur un ton plus sérieux. « Mais tu ne peux pas la faire tout seul ?

— Non, il en veut une avec son épouse et toi.

— Pfff... Je te déteste.

— Écoute, maintenant tu vas te mettre à l'écart, on dit à Caterina d'empêcher les gens de te tourner autour, on fait ces foutues photos et on rentre à la maison, lui dit Domenico en se dirigeant vers le salon.

— Quelle barbe. » Maria Cristina écarte les jambes en s'ancrant sur ses pieds, elle cambre le dos, serre les mains sur la rambarde et, entrouvrant à peine la bouche, renverse sa tête en arrière : ses cheveux retombent, raides comme une cascade de soie brune, tandis que les rameurs du Cercle d'aviron de l'Aniene, l'Association nationale des hôteliers italiens, les artichauts à la juive et Rome Nord tourbillonnent autour d'elle.

Oui, elle est ivre.

Caterina apparaît sur la terrasse, un manteau à la main.

L'un des avantages d'être l'épouse du président du Conseil, c'est qu'on lui a assigné un ange gardien dont elle ne peut plus se passer. Caterina Gamberini, de Turin, trente ans, une crinière de cheveux crépus et roux et un visage rond parsemé de taches de rousseur. Elle n'a qu'un problème, elle s'habille mal. Ce soir, elle porte un costume d'homme bleu et une blouse d'infirmière blanche sans col.

Maria Cristina l'empoigne. « Cate, prends-moi dans tes bras. »

L'assistante, perplexe, se laisse étreindre.

En général Maria Cristina évite toute promiscuité, elle est avare de poignées de main, quand elle embrasse, elle garde un centimètre de sécurité entre les deux joues, mais la Ribolla qui circule dans ses veines a ouvert grand les portes de la forteresse et maintenant, tel un chiot en mal d'affection, elle cherche le contact physique et en fait provision pour les périodes de sobriété.

Caterina tente de la conduire à l'intérieur. « Allez viens, on gèle dehors. » Elle essaie de lui mettre son manteau, mais elle fait signe que non et, en titubant, elle retourne dans la salle.

Un stagiaire, frange aile-de-corbeau et pull ras du cou rouge cardinal, lui demande si elle a besoin de quelque chose.

« Du vin blanc, trésor », répond Maria Cristina en allant s'asseoir dans un coin sombre, mains sur les genoux, fâchée contre son mari.

Le stagiaire lui tend le verre.

« Merci. » Elle lui sourit. « Je ne me rappelle plus comment tu t'appelles.

— Maurilio.

— Maurilio ? Quel prénom rare. Il est de quelle origine ? » Et elle avale la moitié du vin d'une seule gorgée.

Le jeune homme lui explique qu'en grec cela signifie brun, maure, et dérive de l'antique Maurétanie, le Maroc d'aujourd'hui.

« Oui mais toi tu n'es pas brun. Au contraire, tu es plutôt pâle.

— Oui, j'ai le teint clair… dit Maurilio et il ajoute : Mais par exemple, si une fille s'appelle Serena, ça ne signifie pas qu'elle est sereine, si ?

— Et si un garçon s'appelle Olivier, ça ne signifie pas que c'est un olivier. » Maria Cristina éclate d'un rire grave et masculin qui n'a pas grand-chose à voir avec elle. Elle vide son verre, se passe le dos de la main sur la bouche et fixe le stagiaire. « Tu m'en apportes un autre ? »

Charles Darwin, le grand naturaliste anglais, a établi un arbre généalogique pour clarifier les rapports entre les espèces animales peuplant la Terre. Au sommet, sur la branche la plus haute, se dressent de toute leur arrogance les êtres humains. Juste en dessous, les singes puis les autres mammifères terrestres, aquatiques et aériens. De côté, sur leur propre branche, il y a les oiseaux, les reptiles, les amphibiens. Et ainsi de suite, dans une chute verticale vers les organismes les plus simples. Au-dessous du tronc, parmi les racines qui s'enfoncent aux origines de la vie, on trouve les éponges. Ces créatures marines ont une existence assez ennuyeuse. Accrochées aux rochers, elles passent leur temps à filtrer l'eau en quête de nutriments et d'oxygène. Plus ou moins comme leurs cousines les moules, mais à l'inverse de ces dernières, les éponges n'y mettent aucun influx, étant dépourvues de système nerveux. Leur vrai triomphe arrive après la mort. Leur squelette élastique, très absorbant, a aidé au cours des siècles les humains à se laver et à faire la vaisselle. Heureusement ou malheureusement pour elles, l'avènement des matières synthétiques les a reléguées dans l'oubli. Aujourd'hui, elles sont synonymes d'un bout de caoutchouc-mousse.

Voilà, Maria Cristina, ancrée dans un fauteuil de velours écarlate, a dégringolé le long de l'échelle de l'évolution, bien plus bas que les vertébrés et les mollusques, là où la pensée est absente, et s'est transformée en une éponge gorgée d'alcool. Elle fixe hébétée le tableau d'une chasse au renard, en absorbant l'air vicié qui pue la friture et le porc à la sauce aigre-douce.

De l'autre côté d'une tranchée de canapés faisant fonction de barrière, les membres du staff dirigés par Caterina repoussent ceux qui veulent un selfie à poster avec l'#ex-topmodel, l'#épouseduprésidentduconseil, la #belleconne. Les voix des invités lui parviennent par rafales, superposées, entremêlées en une marmelade écœurante. La seule qui émerge clairement est celle, perçante, de son assistante. « Pour l'instant elle ne peut pas. Elle est fatiguée. Dites-moi votre nom je vous prie… donnez-moi votre mail. Non… Non… excusez-moi. »

Dans une de ces illuminations alcoolisées où l'on découvre des vérités aussi bouleversantes qu'éphémères, Maria Cristina réalise qu'elle aime immodérément ce molosse turinois qui la défend des méchants. Il faut qu'elle lui fasse un cadeau. Un beau voyage dans un pays exotique où elle pourra se reposer. Avec qui ? Elle ne sait même pas si elle est fiancée. Comment pourrait-elle avoir quelqu'un, puisqu'elle passe sa vie à lui organiser ses journées, à lui expliquer ce qu'elle doit faire, sans dimanches, sans Noëls ni Pâques. Et ne parlons pas des membres de l'escorte. Des stagiaires. De Marina, la secrétaire de Domenico. Elle déborde de gratitude envers cette merveilleuse humanité qui s'occupe d'elle. Ce serait chouette de tous les convier à un pique-nique à la campagne avec leurs familles. Le lundi de Pâques. Mais qui sait si Domenico sera encore président du Conseil à Pâques.

« Pardon… Pardon… où allez-vous ? Je vous ai dit non ! » Les hurlements de Caterina la ramènent à la réalité. Son assistante est en train de plaquer une Indienne trapue qui a réussi à franchir la barrière.

Maria Cristina observe la chaussure qui emprisonne son orteil. Elle aimerait tant le libérer. Et en plus, elle a envie de faire pipi. Mais quelque chose bouge. Ils ont baissé les lumières de la salle et le pianiste a été remplacé par un DJ grisonnant qui a lancé l'inévitable rengaine des années quatre-vingt.

Le bon moment pour filer aux toilettes. Elle se lève et sans rien dire à personne glisse le long du mur, laissant derrière elle Caterina, la sécurité et la foule d'admirateurs. Tête baissée, elle dépasse l'installation du DJ tandis que les hôteliers sur la piste se déchaînent : les femmes au centre, les hommes autour, poings levés et pirouettes face à une tour haut-parleur d'où Howard Jones se demande ce qu'est l'amour.

À la porte du couloir, un garde parle au téléphone. « Mais j'ai pas compris, les dim sum, ils sont au gril ou à la vapeur ? OK. Six alors. Ceux aux légumes. Et puis des chips aux crevettes, à condition qu'elles soient pas rances comme la dernière fois… »

Maria Cristina lui fait un signe auquel il répond par un salut de la main. Elle franchit le couloir interminable dans la pénombre, ses talons claquent sur le carrelage en marbre brillant couleur sable mouillé. Aux murs, éclairées par des lumières votives, il y a des photos en noir et blanc de rameurs posant avec leur embarcation. Dans une vitrine sont alignées des coupes, des médailles, des statuettes en bronze.

Trois invités, deux hommes et une femme, manteaux au col relevé et teint rougeaud de ceux qui fument dehors, la scrutent. Elle ébauche un sourire.

« Madame Palma, pouvons-nous prendre une photo tous ensemble ? », demande un type maigre aux cheveux gris qui explosent de manière anarchique sur sa tête.

Elle espère l'émouvoir. « Je dois aller aux toilettes…

— Juste une seconde. Ce sera très rapide. » Le type dégaine son smartphone et tous trois se collent contre elle. Maria Cristina reste clouée sur place, avec le sourire dont elle ne se défait pas depuis qu'elle est arrivée, tandis qu'éclate une rafale de déclics d'obturateurs. Elle réussit à se libérer et trouve enfin les WC. Les hommes à gauche. Les femmes à droite. Sous la poussée, une lourde porte d'acajou s'ouvre et quand elle se referme, la fête disparaît en un tourbillon d'air, remplacée par une chasse qui fuit. Elle serre le poing en signe de victoire.

L'endroit est spacieux, propre, ça sent la lavande. Il donne envie de rester ici pour hiberner. Le miroir, au-dessus d'un plan en marbre noir avec vasques et robinets dorés, reflète les trois cabinets sombres. Elle ouvre le premier et s'y enferme. Même la lunette est immaculée. Elle soulève sa jupe et, sans hésiter, s'assoit sur la cuvette. Le vin ne lui a procuré aucune gaieté, mais une faiblesse qui confine à la tristesse. Sa tête est lourde comme du granit et dès qu'elle ferme les yeux, tout se met à tourner. Le filet d'urine s'accorde avec le bruit de la chasse d'eau. Elle enlève sa chaussure. Pour se sentir mieux, elle devrait se mettre deux doigts au fond de la gorge et se libérer de la salade de fenouil et orange flottant dans le vin.

« Bon, elle n'est pas là, fait une voix juvénile en entrant dans les toilettes.

— Elle a disparu, tu comprends ? Elle ne m'a rien dit. Et moi je suis là comme une idiote. » La deuxième voix est celle de Caterina. Elle reconnaît l'accent piémontais.

« Elle n'est quand même pas partie toute seule, si ?

— Tu parles. Elle doit être quelque part. Elle est bourrée. »

L'une des deux ouvre un robinet.

« Bon, explique-moi mieux… Toi, tu la fais comment, la pizza ? demande la voix juvénile.

— Avec de la levure de bière et de la farine à fermentation longue.

— Longue comment ? »

Ce doit être une stagiaire.

« Au minimum quarante-huit heures. Parfois même soixante-huit.

— Trois jours ?

— Bien sûr ! Je fais une pizza marinara du tonnerre de Dieu. »

À l'idée de l'ail, Maria Cristina a une grimace de dégoût. Elle n'imaginait pas que Caterina soit aussi pizzaiola. Elle pourrait peut-être lui offrir un mini-four.

« Faut que tu me la fasses goûter.

— D'accord. Si tu me donnes un baiser. »

Maria Cristina, telle une petite fille, ouvre grand la bouche et se la couvre d'une main.

« Quand ?

— Eh ben, là maintenant. Pas après que j'aurai fait la pizza. »

Elle entend des baisers sonores puis des bruits de succion de lèvres.

Nooooon, Caterina Gamberini est lesbienne. Qui aurait pu l'imaginer ? Maria Cristina renfile sa chaussure, baisse sa jupe et, se tenant tant bien que mal aux parois, elle se met debout sur la cuvette. Elle ne les voit pas, se hisse sur la pointe des pieds : un éclair fulgurant part de son orteil et lui déchire le mollet, c'est tout juste si elle ne s'évanouit pas. Ravalant un hurlement, elle se rassied sur la cuvette et reste là, haletante, dans l'attente que la douleur passe.

« Allez, on va la chercher, dit la voix inconnue.

— Oui. Attends que je m'arrange, j'ai l'air d'une folle, répond Caterina.

— Dis-moi, tu lui as déjà fait goûter, à elle ?

— Quoooooi ? »

L'autre éclate de rire. « La pizza, andouille. Qu'est-ce que tu vas imaginer ?

— Tu parles. Elle a banni de la maison les hydrates de carbone. Rien que des légumes et du thé. Si tu lui montres un bout de pain, elle pète les plombs. Je ne crois pas qu'elle ait jamais touché une pizza de sa vie.

— Donc, t'es en train de me dire qu'elle mène une vie de merde ?

— Tout comme peut mener une vie de merde une bonne femme qui a tout et que la nature a dotée de ce physique.

— Et dire que son mari… Elle le sait ?

— À mon avis, oui. Mais elle ne l'admettrait jamais.

— Et elle ?

— Bien sûr que non. Elle est toujours seule. Elle ne voit personne. Son meilleur ami est une sorte de factotum improbable qui traficote à la maison. En fait, si tu veux tout savoir, elle me fait de la peine. C'est pas qu'elle soit méchante. Mais c'est moche de se rendre compte de rien. Elle est si inadaptée, c'est une idiote… » Elle prend un instant pour chercher un adjectif plus précis. « Elle est frivole.

— Frivole ?

— Oui. Bon, faut qu'on y aille, viens. »

Elles sortent des toilettes et Maria Cristina reste là, son pied entre les mains.

Cinq minutes plus tard, Maria Cristina sort des WC où elle n'a cessé de pleurer, son rouge à lèvres a bavé, son maquillage a coulé, elle rince ses yeux rougis et rajuste ses cheveux tant bien que mal.

La porte des toilettes s'ouvre et apparaît la dame indienne qui, plus tôt, avait tenté de l'approcher. Elle a un sari de soie vert émeraude drapé sur un T-shirt jaune. Sur le côté, accroché à une énorme chaîne dorée, pend un sac rouge de La Bottega Veneta. Sa tête arbore une pièce montée de cheveux bariolés. Elle a un âge indéfinissable et est minuscule.

« Madame Palma. Je suis honorée de vous rencontrer. Je m'appelle Stefania Subramaniam. J'ai essayé de vous saluer tout à l'heure, on ne m'a pas laissée passer. » Elle a l'accent traînant de Rome Sud.

Maria Cristina bafouille quelque chose, mais elle a la gorge nouée.

La petite femme avance vers elle. « Vous vous teignez les cheveux ? »

La question est si directe et inopportune que Maria Cristina acquiesce.

« Mais vous savez qu'ils vous font du très mauvais travail ? » L'Indienne chausse des lunettes à monture rouge et observe les mèches d'un regard aiguisé. « Quelle teinture utilisez-vous ? »

Voilà ce qui arrive quand on ne se fait pas accompagner par la sécurité. D'abord, vous découvrez que vous faites pitié à votre assistante, ensuite une folle vous assassine dans les toilettes, si ça se trouve en serrant la chaîne de son sac autour de votre cou.

« Je n'en ai pas la moindre idée… C'est mon coiffeur qui la choisit. » Elle recule vers la sortie.

L'Indienne agite son index petit et grassouillet. « C'est une erreur. »

Maria Cristina joint ses mains. « Quoi ?

— Les cheveux absorbent les toxines, les poisons de l'atmosphère, les substances chimiques qu'on balance dans les champs. N'oubliez pas, vous êtes la femme la plus belle du monde, vous devez prendre soin de votre chevelure. » Elle a le ton bienveillant d'une mère. « En plus, je vois que vous avez déjà des repousses. »

Maria Cristina s'approche du miroir. Une très légère, quasi invisible bande argentée court à la base de ses cheveux derrière les tempes. S'il y a bien une chose qui la met hors d'elle, ce sont les racines, une négligence inacceptable. « Mamma mia, quelle horreur. Demain je fais faire ma couleur, je le jure devant Dieu. Heureusement, on est dans la pénombre, j'espère que personne ne le remarquera.

— Détrompez-vous, ils vont le remarquer. » L'Indienne n'a pas une once de mansuétude. Elle ouvre son sac et y glisse une main. « Et ils diront que vous vous négligez. »

Maria Cristina ferme les yeux, elle est certaine qu'elle va lui tirer dessus, mais quand elle les rouvre, elle voit la femme brandir un tube de mascara comme une baguette magique. « Je peux procéder ? Je vais faire disparaître vos cheveux gris en une seconde. »

Maria Cristina réfléchit un instant. « D'accord.

— Mais pas ici. » L'Indienne indique les cabines des toilettes. « Comme ça, si on entre, on ne nous verra pas.

— Exact. »

Toutes deux, soudain complices, s'enferment dans un WC. Mais il y a un problème de tailles. Soit Maria Cristina se baisse, soit l'autre monte sur la cuvette. À la fin, l'épouse du président du Conseil se met à genoux, un peu dégoûtée au contact du carrelage. Maintenant qu'elles sont à la même hauteur, elle s'aperçoit que la femme a le blanc d'œil jaunâtre d'un rapace nocturne, les yeux ronds et trop grands pour son visage. Plantées au centre, les pupilles, noires comme de la tourmaline, dégagent l'antique béatitude des gourous. Elle lui rappelle Amma, la célèbre prêtresse qui étreint ses fidèles. Chaque année, des milliers de personnes venues du monde entier vont en Inde pour se laisser submerger par le flot d'amour que Amma déverse sur ceux qui en ont besoin. Même Maria Cristina est allée jusqu'à Chennai pour se faire enlacer par la sainte après la mort d'Andrea.

« Levez le menton, lui dit Stefania Subramaniam, et Maria Cristina, comme si on l'avait débloquée, sanglote les lèvres serrées. Qu'est-ce qui t'arrive, trésor ? », lui demande l'Indienne.

Maria Cristina secoue la tête. « Rien. »

L'autre lui caresse le front. « Alors pourquoi tu pleures ? »

Elle baisse la tête en reniflant. « Parce que je fais pitié à mon assistante, elle a dit que je suis frivole. Et je crois que mon mari me trompe avec la sous-secrétaire à la Fonction publique.

— Ferme les yeux. »

Maria Cristina obéit et sent la brosse du mascara sur la racine de ses cheveux. « Maintenant, on va s'occuper du rouge à lèvres et du maquillage et on va brosser ta chevelure, la réconforte Stefania Subramaniam, en sortant un nécessaire de toilette contenant tout ce qu'il faut. Voilà qui est fait. Super. Les hommes et les assistantes ne comprennent rien. »

Maria Cristina l'étreint, le cœur gonflé de reconnaissance. Elle se relève, arrange sa robe.

L'Indienne tire de son sac un flacon de verre contenant un liquide sombre et dense. « Voici une teinture naturelle, il n'y a rien de nocif. C'est moi qui l'ai faite. Mets-en très peu. » Elle le lui donne. « J'ai un salon de coiffure via Casal Bertone. Si tu veux un jour… »

L'épouse du président du Conseil met une main sur son cœur.

« Je vais essayer. C'est promis. Merci, merci, merci. » Et, contre toute habitude, elle l'embrasse sur les joues.

Le flacon de teinture à la main, Maria Cristina se dirige vers le salon qui pulse de musique et de lumières.

Soudain, elle entend une voix dans son dos.

« Secca. Secca. Hé ! la grande Sauterelle, arrête-toi ! »

Elle se retourne, un homme vient à sa rencontre.

« Attends. »

Elle pointe son index vers elle. « C'est à moi que vous parlez ?

— Et à qui, sinon ? Des Secca, j'en connais qu'une. Je sais bien que désormais tu es quelqu'un d'important, mais pour moi tu restes la bonne vieille Secca. »

Ça doit être un ancien du lycée Chateaubriand, où on l'appelait ainsi. On l'avait affublée de ce surnom car elle était la plus grande et la plus maigre du lycée, et à dire vrai, ça ne lui déplaisait pas. À Rome, on l'utilise pour tout le monde, il n'est pas nécessaire d'être maigre. Hé, Secco, t'as une clope ? Vous pouvez même être obèse.

Avec le temps, les années du secondaire, piazza Euclide, le mont Circeo, les glaces à la villa Balestra, les copines crétines, les m'as-tu-vu bourrés de fric qui la baladaient en Porsche, tout s'était estompé sans qu'elle ait rien fait pour les retenir. Toutefois, on le sait, on peut oublier le passé, mais lui ne vous oublie jamais. Ses camarades de classe la harcèlent, ils poussent comme des champignons et tous déplorent que, maintenant qu'elle est célèbre, elle les ignore.

Mais là non, elle n'a pas envie de feindre de se souvenir, d'écouter des anecdotes sur les classes de neige, les exclusions temporaires, elle n'a qu'une envie, rentrer chez elle.

Entre-temps, le type s'est approché. Elle l'observe mieux. Black-out. Du reste, elle rencontre une telle quantité d'êtres humains que son cerveau, pour des raisons de place, procède à un nettoyage hebdomadaire.

Et pourtant…

D'abord, chose insolite, il est plus grand qu'elle, avec un physique de basketteur. La calvitie gagne ses cheveux gris cendrés qui lui arrivent juste au-dessus des épaules, signe qu'il n'aime pas vieillir. La note la plus intrigante est la mèche blanche qui lui cache un œil, lui donnant un aspect torve, à la Albator. Son visage s'allonge en un menton couvert d'une barbe blonde négligée, à peine tachetée de gris aux commissures d'une bouche charnue et un peu exsangue. Il porte une chemise en lin bleue déteinte par les lavages, une cravate en tricot bleu à rayures blanches qui pendouille mollement du col déboutonné. La veste bleu sombre, en coton épais, complète le tableau d'un homme juvénile et qui vit sa vie sans trop la prendre au sérieux. La petite cinquantaine. Tout compte fait, un bel homme. Il continue à dodeliner de la tête comme s'ils étaient deux amis qui se rencontrent à l'aéroport après de nombreuses années.

« Je vais être franche, dit Maria Cristina. J'ai des problèmes de mémoire et j'ai aussi un peu bu, donc ne te vexe pas, mais je ne me souviens pas de toi. Je suis désolée. Putain, je ne sais pas qui tu es ! »

A-t-elle vraiment dit Putain ?

Il éclate de rire. « Je le savais. Tu n'as pas changé d'un iota. On va faire comme ça, je te donne quelques indices.

— Non. Pitié. Pas les indices. J'ai eu une rude journée. Je dois aller retrouver mon mari pour couper le gâteau avec l'épouse du patron des hôteliers. Je suis désolée. Une prochaine fois. » Elle se retourne et part, se sentant idiote mais dans le vrai, deux sensations qu'elle a appris à faire cohabiter depuis qu'elle fréquente le monde politique.

« *Nasquira.* »

Maria Cristina ralentit.

« *Nasquira.* »

Elle s'immobilise.

« *Nasquira.* Tu te rappelles, pas vrai ? »

Selon certaines études, l'esprit enregistre notre existence sur deux bandes. La première, celle de la mémoire à court terme, garde les choses qui nous aident à nous débrouiller dans le présent (où sont mes clés, dans quel tiroir on range l'aspirine, quelle est l'adresse du dentiste) et après s'être formée, elle disparaît. La deuxième, celle de la mémoire à long terme, retient les choses profondes, essentielles, qui nous touchent et nous déterminent en tant qu'individus et ont à voir avec les émotions : notre chien qui remue joyeusement la queue, la mort d'une personne chère. Ces deux catégories de souvenirs sont élaborées dans des parties différentes de notre encéphale. Dans l'hippocampe nous mémorisons notre code d'accès, dans le cortex nous imprimons le premier baiser.

Le nom *Nasquira* est marqué au fer rouge dans le cortex de Maria Cristina Palma. C'est le nom d'un Swan 60, un merveilleux voilier sur lequel elle a fait une croisière avec son frère, juste avant qu'il meure.

Elle sait qui est ce type.

« Nicola Sarti, dit-elle en faisant volte-face.

— Salut Secca. »

Le dernier été de sa vie, Alessio avait emmené Maria Cristina en voilier avec ses amis. Huit garçons plus âgés, fous de voile et beaux comme des dieux. Le pacte était : pas de filles. On drague au gré de la navigation. Unique exception, Secca, protégée et courtisée par tous.

Au bout de trois semaines, elle avait débarqué à Lipari pour aller à Courmayeur chez ses grands-parents. Les autres avaient poursuivi le voyage sur la mer Égée, où son frère était mort dans un accident de plongée.

« Oh mon Dieu, c'est super de te voir, lui dit-elle tout émue. Comment vas-tu ? »

Elle a eu une brève aventure avec Nicola Sarti précisément durant ces vacances-là, mais après la tragédie, elle ne l'a plus ni revu ni contacté.

Il la rejoint et à voix basse lui dit : « Très bien, maintenant. »

Maria Cristina l'étreint et ferme les yeux. C'est comme si une boule d'énergie l'enveloppait et la fête, les gens, les bruits disparaissaient d'un seul coup. « Pardonne-moi, mais après la mort d'Alessio je n'ai plus voulu voir ses amis, je me sentais trop mal. »

Il la serre fort, longtemps, avec l'intensité d'un proche. « Je comprends. C'est normal.

— Ça me fait du bien de te voir, Nicola.

— Et moi donc. »

Le vin qu'elle a dans le corps l'aide à trouver le courage de lui demander : « Tu étais sur le bateau quand Alessio… ? »

Nicola Sarti continue à l'étreindre. « Oui. »

Maria Cristina soupire. « L'enterrement, je n'y suis pas allée. Mon grand-père…

— Ne dis rien. Gardons nos beaux souvenirs. Pensons à combien on s'est amusés avant. »

Maria Cristina se détache et arrange ses cheveux. « Très juste. Tu sais que tu me plaisais beaucoup.

— M'en parle pas. J'étais raide dingue de toi. J'ai eu du mal à t'oublier. »

Elle prend un ton joyeux. « Tu as été dans ma ligne de mire dès le premier jour. »

Faux. Elle, elle préférait Gian Marco Meroldi, sauf que ce con, à peine débarqué à Panarea, s'était dégoté une petite Suédoise. Cela dit, Meroldi est aujourd'hui un dirigeant ventripotent alors que Nicola Sarti est un beau gosse. La vie est bien faite, parfois.

Il fait deux pas en arrière, et l'admire. « Et maintenant ? Regarde-toi ! »

Maria Cristina lève les bras et accomplit une demi-pirouette. « Épouse du président du Conseil. Tu aurais pu imaginer ça ?

— Non. Si je pense à comment tu étais. »

Elle hausse un sourcil. « J'étais comment ?

— Eh bien, sacrément déchaînée. »

Maria Cristina ne comprend pas ce qu'il entend par là. « Nous étions tous déchaînés. Et jeunes. Et toi, qu'est-ce que tu fabriques ici ?

— J'ai une chaîne d'hôtels cinq étoiles. En Sardaigne et dans le Trentin. Je vais inaugurer un complexe hôtelier, *Le Cupole*, près de Pomezia. Spa. Nourriture gastronomique, et tout le toutim à la mode. »

Ils restent silencieux, se fixant, l'esprit aux temps de la croisière. Maria Cristina repense aux nuits sur le pont à regarder les étoiles, à la pêche à la traîne, à l'ascension du Stromboli.

La musique de la salle a baissé et les lumières se rallument, le charme est rompu.

« Faut qu'on se voie, dit-elle subitement.

— Quand tu veux. » Nicola Sarti indique le flacon que Maria Cristina tient à la main. « Qu'est-ce que c'est ? De la confiture de mûres ? »

Elle éclate de rire. « Non, de la teinture pour cheveux. C'est une sorte de gourou coiffeuse qui me l'a offerte.

— Voilà, ton rire. Il n'a pas changé. »

Une voix au micro réclame l'attention. Le gâteau arrive.

« Excuse-moi, je dois y aller, il me faut… »

Il hausse les épaules. « Vas-y. Vas-y. T'inquiète. Mais dès que tu peux, viens voir mon complexe hôtelier… même avec ton mari. Promets-le.

— Avec mon mari, ça risque d'être compliqué. Mais moi, oui, bien sûr. » Elle devrait lui donner son numéro de téléphone, mais ce n'est pas si simple, il lui faudrait d'abord en informer la sécurité.

Trop chiant. On en restera là.

Incertaine sur la conduite à tenir, elle ne l'embrasse pas, lui serre la main, tandis que Caterina la rejoint, hors d'haleine, et l'entraîne vers Igor Rossi Brogi, qui souffle ses soixante foutues bougies.

3.

C'était interminable. Mais maintenant Maria Cristina est dans la voiture, en route vers la maison. Elle se sent horriblement mal. La crème et les meringues virent à l'aigre à cause du vin. Elle voudrait s'assoupir, mais lorsqu'elle ferme les yeux, elle est prise de vertige. Les réverbères du boulevard périphérique strient de jaune les vitres salies par la pluie. Elle quitte sa chaussure et se masse le pied tandis que le chauffeur conduit vite en suivant les feux arrière de l'escorte.

Domenico, nuque sur l'appui-tête, somnole. Il est odieux, il peut dormir n'importe où, quelques minutes lui suffisent pour se reposer. Un jour, pendant un G8, il a soudain disparu. Panique à bord. Têtes du service de sécurité qui allaient tomber. Ils l'ont retrouvé dans un placard à balais en train de ronfler sur une chaise. Pour s'endormir, Maria Cristina devait mettre des boules Quiès, un masque sur les yeux, fermer les volets et s'anesthésier la langue avec des benzodiazépines.

« Tu as mal ? lui demande-t-il.

— Un peu. En tout cas, tu avais raison, je me suis amusée. » Elle omet l'épisode de Caterina dans les toilettes. « D'abord j'ai rencontré une bonne femme qui ressemblait à un gourou indien… Eh bien non, en réalité, c'était une coiffeuse de Casal Bertone qui m'a coloré les racines. Ensuite, Nicola que je n'avais plus vu depuis la croisière avec Alessio. Nicola Sarti. Tu le connais ? »

Domenico entrouvre une paupière, peu intéressé. « Jamais entendu parler.

— Il a une chaîne d'hôtels. Je l'avais rayé de mes souvenirs, quand tu penses que j'ai même eu une histoire avec lui. Je crois que j'ai de sérieux problèmes de mémoire. »

Il secoue la tête avec une expression ironique. « Ce n'est pas ta mémoire. C'est qu'ils sont trop nombreux ceux avec qui tu as eu une histoire. »

Elle lui balance un coup de pied dans le tibia. « Imbécile. En fait, il est très sympa. C'est Alessio qui m'avait fait remarquer que je lui plaisais.

— Il n'était pas jaloux ? Tu étais sa petite sœur.

— Non. Pas du tout. Comme toi, d'ailleurs. Andrea en revanche était jaloux. Il le cachait bien, mais moi je le voyais. » Le visage de Maria Cristina se détend en fixant l'ellipse lumineuse du Stadio Olimpico. « Je le surprenais à m'observer quand je parlais aux autres…

— Y a rien de pire que les hommes jaloux, l'interrompt Domenico. Tu sais combien de femmes ont payé de leur vie la jalousie de leur compagnon ? »

Maria Cristina renâcle. « Tu exagères.

— La jalousie est un asservissement. D'ailleurs, je devrais organiser une campagne d'information sur ce problème. »

Réflexe de Pavlov. Dès qu'elle nomme Andrea, il démarre au quart de tour. Il ne peut s'en empêcher. Ce n'est pas de la jalousie, ça ?

« J'ai dit qu'il ne le montrait pas, précise Maria Cristina. Mais que moi, le connaissant, je le devinais.

— Eh bien, si tu le remarquais, c'est que c'en était. » Domenico sort son portable de sa poche. « Demain matin, je pars tôt. Je vais à Strasbourg, puis à Turin aux obsèques de l'ouvrier mort. Je reviens d'ici quelques jours. Samedi, Wim Claes, le ministre du Commerce belge, vient dîner.

— Je ne serai pas là, je vais à la campagne.

— Je sais. C'est là-bas que je l'ai invité. Il est sympathique. Il paraît que c'est un de tes plus grands fans. Il m'a dit que vous vous étiez connus à Paris, à l'époque où tu étais mannequin.

— Ah bon ? Peut-être.

— Il est venu dîner chez toi et tu as fait de la pizza.

— Il me prend pour quelqu'un d'autre. Je n'ai jamais mangé une pizza de ma vie. Et puis à Paris, tu penses, je me nourrissais de carottes.

— Il affirme que tu as fait une pizza à la Benevento. Je lui ai promis que tu lui en referais une à la campagne, il était tout heureux.

— Moi ? » Maria Cristina, en dépit de l'alcool qui émousse ses émotions, aiguise son regard. « Une pizza à la Benevento ?

— Oui. Il y tient mordicus. Il m'a fait une tête comme ça…

— Pourquoi tu lui as raconté cette connerie ?

— Un prétexte. J'ai besoin qu'il m'appuie pour un vote sur les vins mousseux à Bruxelles. Et comme il ne parle que de cette pizza à la Benevento et de ta grande beauté, je lui ai dit que tu étais pizzaiola. » Il a un ton neutre, et s'il plaisante, on ne le dirait pas.

Maria Cristina a la nausée, elle essaie de baisser la vitre, oubliant que dans les autos blindées, elles sont bloquées. « On achètera les pizzas au *Barilotto del Nonno*, il mangera ça. »

Domenico remue l'index. « Il a dit qu'il voulait les faire avec toi. Il nous faudra allumer le four à bois. Essaie de trouver la recette de la pizza à la Benevento, comme ça vous l'enfournerez tous les deux. »

Maria Cristina halète comme un poisson-chat dans un ruisseau boueux. « Il nous faudra ? Pourquoi tu ne dis pas il te faudra ? Ce four, ça fait trente ans qu'on ne l'a pas allumé. Et puis, la pâte ça prend longtemps, il faut… » Elle-même ne sait pas quoi.

« Tu peux me rendre ce service ? »

Elle n'est pas lucide et n'arrive pas à savoir si son mari se moque d'elle. « Je te dis que je ne sais pas faire la pizza. S'il avait aimé le parapente, j'aurais dû me jeter du haut d'une montagne ?

— Maria Cristina, s'il te plaît, je n'ai pas envie de discuter, souffle-t-il, irrité. Si tu veux le faire, tu le fais. Tu cherches sur Internet, tu demandes un coup de main à Caterina. Si tu n'en as pas envie, tant pis, on ira l'acheter à la pizzeria. Mais bordel, un service… Regarde-toi, tu n'arrives pas à garder la tête droite. »

Maria Cristina se redresse. « Comment tu sais que Caterina est douée pour faire les pizzas ? C'est elle qui te l'a dit ? Ou bien tu l'as goûtée ?

— Mais je n'en sais rien du tout. Elle est toujours avec toi.

— En tout cas, sache qu'elle est très forte en pizzas. Tu n'as qu'à lui demander à elle de te la préparer. »

Domenico lit quelque chose sur son portable. « Au fait, il faudrait que tu rencontres les profs d'Irene, comme ça on saura comment ça va en maths. Et tu devrais faire des photos avec eux et avec d'autres parents à la sortie du collège.

— Pourquoi ?

— C'est Le Bombyx qui l'a demandé.

— Il n'avait pas dit que je devais rester en sommeil ?

— Je ne sais pas. Il ne veut sans doute plus te laisser en sommeil. »

Walter Bernulli, alias Le Bombyx, est le chef de l'AP Team, une obscure secte de jeunes experts en médias qui gère la communication du président du Conseil. Diplômé en philosophie théorétique, il s'est rendu célèbre auprès des gamers du monde entier pour avoir vaincu à lui tout seul Ragnaros, boss invulnérable du jeu vidéo *World of Warcraft*. Après avoir étudié la marche aléatoire de la Bourse, il a fait fortune à l'aide de tutos de *Trading* en ligne. Puis il a analysé les réseaux sociaux, les flux et les polarisations des opinions en réalisant des outils de *Social Listening* qui examinent le sentiment de la Toile et en interprètent les comportements pour tenter de les anticiper.

Le Bombyx a été le premier que Domenico a engagé dans sa fameuse équipe d'experts, c'est son oracle, bien que les sondages soient en chute libre depuis des mois.

Maria Cristina est certaine qu'il y a un pacte secret entre les deux hommes car son mari est prêt à critiquer tout le monde, sauf Le Bombyx, Le Bombyx est un putain de génie. Et le plus incroyable, c'est qu'ils ne se sont jamais vus en vrai ni même parlé au téléphone. Ce fut la condition imposée par le social media manager pour accepter la mission.

La légende raconte que Le Bombyx vit tel un ermite sur les monts Simbruins, dans une caverne disent les uns, une église désacralisée prétendent les autres, d'autres encore dans un *trullo* construit au cœur d'une forêt d'où il envoie des e-mails très compliqués, authentiques essais de sociologie pour dicter ses stratégies de communication. Ou alors, il laisse des messages vocaux de quelques mots ordonnant par exemple que Maria Cristina reste en sommeil, sans daigner en expliquer le motif. Et cela ne lui suffit pas. Il veut décider de tout à propos de l'épouse du président du Conseil, la façon dont elle s'habille, sa place dans les dîners, les photos à envoyer aux journaux et c'est lui qui écrit en son nom sur les réseaux sociaux.

Maria Cristina n'est même pas sûre que Le Bombyx existe vraiment, on ne trouve de lui qu'une photo prise dans un pub, une pinte de bière à la main. Un type gros, la trentaine, barbe et cheveux blonds, avec un T-shirt des ZZ Top.

À l'époque où est sortie l'histoire de la femme la plus belle du monde, Le Bombyx était euphorique, bien décidé à surfer sur cette popularité imprévue et gratuite. L'objectif était, si possible, de rendre le couple officiel encore plus éloigné des gens du commun. Le riche avocat entré en politique et l'ex-top model de bonne famille, icône d'élégance au passé endeuillé de drames. En somme, deux connards. L'idée se fondait sur un algorithme développé par Olsson et Lindberg, deux éthologues ayant étudié les dynamiques comportementales des cercopithèques. Dans les tribus de ces primates, le leader, mâle dominant, choisit la femelle la plus performante et inspire respect et soumission au groupe.

Le Bombyx était convaincu que le modèle babouin fonctionnerait. Les électeurs, affirmait-il, en ont marre de ces hommes politiques qui s'immortalisent sur les réseaux sociaux en slip et T-shirt, dans la chambre des enfants où un chapelet est accroché à la lampe Ikea, qui profèrent des insultes en regardant le foot et se vantent de n'avoir jamais lu un seul livre. Les populistes ont fait leur temps, disait-il. Les époux Mascagni, très raffinés, étaient leur exact opposé, le message qui devait infuser était qu'ils s'occupaient de l'Italie par esprit humaniste désintéressé. À l'image des Kennedy. Et qui mieux que Jackie et John ont incarné l'esprit d'une nation ?

En conséquence, Le Bombyx avait ordonné que les profils de Maria Cristina ne comportent que des photos d'elle en noir et blanc. Pour l'essentiel, des images artistiques prises quand elle se baladait dans les bois, regardait les tableaux d'une exposition ou marchait seule et pensive sur la piste cyclable du Tibre. Cela avait eu pour résultat d'attirer contre elle la haine d'une communauté enragée. Ils écrivaient que c'était une connasse, une pute qui ne méritait que des coups de queue et de boule, une bonne femme méprisable qui sirote du thé à la bergamote tandis que les gens meurent de faim et que les fleuves débordent. Polariser le peuple d'Internet était exactement le but du Bombyx : plus se constituerait un camp voulant sa mort, plus l'autre camp, celui de la démocratie, de la culture, celui qui vote, trouverait chez les Mascagni des figures avec qui se solidariser et en qui se reconnaître.

Heureusement pour Maria Cristina, à un moment donné le social media manager s'est ravisé et, dans un mail sibyllin, a admis que sa stratégie ne fonctionnait pas. Depuis, l'épouse du président du Conseil a choisi de faire profil bas. Elle a raréfié ses posts jusqu'à les rendre institutionnels. Aujourd'hui, elle se borne à présenter des vœux à Noël, à se réjouir des victoires des athlètes italiens et à inviter la population à aller voter.

« Et puis, si ça se trouve, il va vouloir d'autres photos ? Ça ne me va pas du tout, halète Maria Cristina, se touchant l'estomac. J'ai envie de vomir. »

Domenico la fixe, soucieux. « Maintenant ?

— Oui. Maintenant.

— Tu ne peux pas te retenir ?

— Tu te retiens, toi, quand tu as envie de gerber ? »

Il lève les yeux au ciel et s'adresse au chauffeur. « Michele, madame ne se sent pas bien. Elle a envie de…

— Vomir », ajoute-t-elle.

Le chauffeur les regarde dans le rétroviseur. « Maintenant ?

— Oui, maintenant. Arrête la voiture, fait Maria Cristina en retenant un haut-le-cœur.

— Un instant. J'appelle l'escorte. » Michele parlemente avec les hommes de la sécurité. « Ils disent que c'est impossible. Trop dangereux. Je suis désolé, Monsieur le président du Conseil. On n'est plus très loin. Je vais accélérer.

— Tu as entendu ? On ne peut pas, lui dit Domenico d'un ton d'instituteur pédant. Retiens-toi. »

Maria Cristina appuie la tête contre la vitre et se met à inspirer. Elle a des sueurs froides. « Si on fonce comme ça, c'est pire. Donne-moi ta veste. Vite.

— Pour quoi faire ?

— Pour vomir dedans. Je me sens mal. » Elle est au bord des larmes. « Comment je dois te le dire ?

— Dans ma veste ? Mais c'est celle que Davies m'a faite sur mesure. » Il se penche vers le chauffeur. « Excuse-moi, Michele, tu pourrais me passer ta veste ? Je t'en rachèterai une. C'est une… »

Un coup de poing de sa femme, entre les omoplates, l'empêche d'achever sa phrase.

« Mais t'es un bel enfoiré ?! »

Il se retourne, écarlate, les yeux furibonds, et la foudroie du regard. « Tu es devenue folle ?

— Dans la tienne, non, mais dans celle de Michele, oui ? » Accompagné d'un son guttural, un flot jaune, chaud, pâteux, jaillit de la bouche de Maria Cristina comme une flamme de la gueule d'un dragon, giclant de partout. Sur la robe Dior, sur les sièges en cuir et les tapis de sol de la Mercedes, sur le pantalon en flanelle de son mari, confectionné sur mesure à Savile Row.

II.

Jeudi 22 février

1.

Les paupières de l'épouse du président du Conseil palpitent, elle rêve d'un renard du nom de Carlino qui, à la place des yeux, a deux œufs au plat, les jaunes sont ses pupilles et le museau est une petite boule faite au crochet.

Une voix de l'au-delà s'immisce dans son rêve. « Madame… »

Carlino, bien que son maître insiste pour lui dire d'être sage, lui mordille les chevilles.

« Madame, réveillez-vous, il est tard.

— Oui ? Qu'est-ce qu'il y a ? halète Maria Cristina, essayant d'émerger du sommeil.

— Caterina est là…, dit la domestique.

— Caterina ?

— Oui. Elle dit que vous avez un rendez-vous téléphonique.

— Quelle heure est-il ?

— Neuf heures et demie. »

Maria Cristina ouvre un œil en bâillant. « Daisy, s'il te plaît, ouvre-moi les fenêtres. »

Un rayon de soleil vient frapper sa rétine et elle enfouit son visage dans l'oreiller.

« Il y a aussi Mirco Tonik », lui rappelle la Philippine.

Maria Cristina se passe une main sur le visage. « Dis-lui qu'on saute la séance d'aujourd'hui.

— Et à Caterina ?

— Rien. Apporte-moi mon petit déjeuner, merci.

— Bien Madame. »

Lentement, comme une libellule qui se libère de son exuvie, Maria Cristina allonge ses jambes sur la couette et écarte les bras, essayant de faire le point sur son état de santé. Son estomac ne va pas trop mal, mais elle a les électrodes de Frankenstein vissées dans les tempes. Quand elle lève la tête, elle s'aperçoit qu'elle est en slip, soutien-gorge et collants, par terre la robe Dior maculée de vomi.

L'a-t-elle quittée toute seule ? Qui l'a ramenée dans sa chambre ? Elle ne se rappelle rien.

Domenico doit être fou de rage. Heureusement, depuis qu'il est président du Conseil, il réside souvent dans l'appartement du palais Chigi et quand il est à la maison, ils font chambre à part. Maria Cristina a saisi au bond l'excuse qu'il rentre tard et se lève tôt pour exaucer le rêve de tout couple.

Elle effleure l'ongle de son orteil, il a pris une teinte bleuâtre et lui fait mal. En s'étirant, elle passe sous les fresques défraîchies de la voûte de la pièce. Elle va à la salle de bains et se regarde dans le miroir. Voilà les effets de la soirée. Son visage est bouffi comme si elle était bourrée de cortisone, les traces de l'oreiller lui rayent le front, ses cheveux sont ternes et crépus. Elle soulève les mèches autour de ses oreilles : elle doit foncer chez le coiffeur. Elle a des yeux de crapaud-buffle et la langue blanche. Seuls ses seins sont égaux à eux-mêmes, résistants à tout. Jusqu'à sa grossesse, elle faisait du 80A et n'avait jamais porté de soutien-gorge. Avec l'allaitement, ils ont explosé, pour ensuite se vider en deux gants de toilette mouillés. C'est Domenico qui lui a suggéré la chirurgie. Non qu'elle y soit opposée, mais elle n'aimait pas l'idée d'avoir deux trucs synthétiques sous la peau pour le reste de sa vie. L'opération n'a pas été un succès, elle voulait des seins naturels, en goutte, au lieu de cela, ils ressemblent à des *Minne di Sant'Agata*, ces petits gâteaux siciliens en forme de dôme nappés de sucre glace blanc avec au sommet une cerise confite. Les tétons, en raison de complications post-opératoires, sont restés turgides et l'empêchent de porter des chemisiers et des T-shirts sans soutien-gorge.

Elle avale deux analgésiques, se brosse les dents et se jette sous la douche bouillante.

Daisy revient avec le petit déjeuner : un demi-avocat, un yaourt maigre et un café.

Maria Cristina enfile un débardeur. « Irene et le président ont pris leur petit déjeuner ensemble ?

— Oui.

— Et de quoi ont-ils parlé ?

— Moi, j'écoute pas, fait la domestique, toute en omerta.

— Je ne t'accuse pas d'écouter, je voulais juste savoir s'ils te paraissaient contents.

— Normaux, Madame. Ils étaient pressés, ils ont mangé. »

Maria Cristina la chasse d'un sourire. « Tu peux y aller. Merci. »

Sa fille devient de plus en plus indépendante. Elle a peur de la perdre, prisonnière qu'elle est de ses passions. Depuis quelque temps, elle joue du violon et monte à cheval dans un centre équestre.

Il y a plusieurs jours, elles regardaient la télé et Irene lui a dit : « Tu es différente des autres mères.

— En quel sens ?

— Les autres mères surveillent leurs filles. Elles les collent. La maman de Gabriella ne la lâche pas d'un pouce.

— Explique-toi. Tu veux que je passe davantage de temps avec toi ?

— Non, a répondu la gamine, laconique.

— Donc, tout va bien comme ça ?

— Oui. »

Maria Cristina pressent que c'est un reproche voilé.

Domenico aurait-il raconté à Irene ce que sa mère a fabriqué la veille ? Ça ne lui ressemble pas, mais allez savoir. Elle soupçonne son mari d'essayer depuis un moment d'attirer leur fille de son côté.

On frappe à la porte.

« Qui est là ?

— Luciano. Je peux venir ? »

Elle vérifie qu'elle est présentable. « Oui, entre. »

Un être ovoïdal apparaît sur le pas de la porte. Les épaules sont si tombantes que la tête semble vissée directement sur les omoplates. Les cheveux prospèrent tel un pied de scarole. La barbe dure comme du nylon monte jusqu'au-dessus des pommettes. Les yeux noisette luisent au fond de poches bistres, surmontés de sourcils broussailleux poussant sur le front haut et plat comme un mur. Il porte un pull crasseux d'une couleur indéfinissable, un amalgame de bleu, amarante et noir. Un jean délavé et trop grand, retenu par une ceinture, retombe en mille plis sur les chaussures de chantier maculées de peinture. Du plus loin qu'elle s'en souvienne, Maria Cristina l'a toujours vu ainsi. Même par temps de gel, jamais une veste. À Noël et pour son anniversaire, elle lui offre des doudounes, des pulls, des chemises, elle ne l'a jamais vu les porter.

« Bonjour, Cri. Tu es rentrée tard ?

— Oui. Et je me suis même soûlée.

— Bravo. De temps à autre, ça fait du bien. Pardon de te déranger, j'ai trouvé le pommeau pour la douche de ton mari. » Il lève un sac et le lui montre. Il lui manque le petit doigt et l'annulaire de la main droite, on a l'impression qu'il tient un pistolet. « Il était plein de calcaire et les joints avaient durci. J'ai récupéré celui-là, il est différent, mais mieux. Allemand. » Il remonte son pantalon. Ses fesses, en vieillissant, ont migré vers le ventre installé comme un porte-bébé sur le pubis. Il souffre de diabète mais se goinfre de kebabs et de toutes les cochonneries qu'il trouve dans les rôtisseries. Maria Cristina l'a envoyé chez un endocrinologue, mais lui faire suivre un régime est une utopie.

Luciano sort du sac un gros truc en acier chromé. « Une affaire. Je l'ai trouvé pour trois francs six sous et je l'ai réparé. Ça, au prix catalogue, ça va chercher dans les quatre cents euros. On dirait qu'il est neuf, non ?

— Très bien. Merci Luciano. » Maria Cristina prend une cuillère de yaourt. « Qu'est-ce que tu attends ? Va le monter.

— Je peux ? T'es sûre ? »

Luciano a une sainte frousse de Domenico, surtout depuis qu'il est devenu président du Conseil.

— Il n'est pas là. Ne t'inquiète pas, vas-y. »

Il recule vers la sortie, puis revient sur ses pas. « Ah, j'ai un mot pour toi. » Il sort de sa poche une feuille de cahier pliée. « De la part d'Irene. Elle me l'a donné avant de sortir. »

> Salut maman. Ne viens pas me chercher au collège. Greta passe me prendre et m'emmène voir une jument qui a eu un petit. On se retrouve à la maison. ♡

Sa poitrine se libère d'un grand poids. Quelle fille aimante elle a.

« Viens ici, ordonne-t-elle à Luciano.

— Qu'est-ce qu'il y a ?

— Viens, que je te fasse un câlin. »

Entre surprise et suspicion, il se caresse le cou. « Non, Cri, vaut mieux pas, je suis tout dégueulasse.

— Je t'ai dit de venir ici. » Elle lui plante deux bises sur les joues, en sentant l'odeur de mauvais savon et d'aisselles en sueur. « C'est vrai que tu pues, mais je t'aime quand même. Merci.

— Et de quoi ?

— D'être là. »

Il recule, à court de mots et avec quelques pirouettes, en agitant son moignon, il disparaît de la chambre.

2.

Pour comprendre l'importance de Luciano Vasile dans cette histoire, il faut partir de la mort de la mère de Maria Cristina. Quand Teresa Sangermano mourut, la famille se demanda quoi faire des deux orphelins. Maria Cristina avait douze ans et Alessio dix-sept. Leur irresponsable de père avait disparu, aux dernières nouvelles il était dans un monastère tibétain, atteint de pleurésie après une ascension de l'Annapurna. Pour l'oncle et la tante de Palerme, il était hors de question d'accueillir chez eux ces enfants. Aussi, ce furent les grands-parents maternels qui les prirent en charge. Ils n'habitaient plus en Sicile depuis des années. La grand-mère, toscane, Irene Salimbene, gérait les terres familiales en Maremme, et le grand-père, Roberto Sangermano, palermitain, à la retraite de son poste de représentant pour l'Europe d'une célèbre marque américaine de cosmétiques, s'était installé dans une villa à l'Olgiata, complexe résidentiel aux portes de Rome où il jouait au golf. Les vieux époux menaient des vies séparées, sauf le week-end où ils participaient à des tournois de bridge à travers toute l'Italie. Roberto Sangermano avait aussi une maîtresse officielle, Liliana Miconi Lombardelli, son ex-secrétaire. Irene Salimbene, femme ombrageuse, plombée par une histoire de dépression et d'alcoolisme, ne revenait dans la capitale que pour des infiltrations à la hanche.

Il fut établi qu'Alessio serait inscrit dans le meilleur pensionnat de Rome, le Convitto Nazionale, tandis que Maria Cristina vivrait à l'Olgiata et fréquenterait l'école de Formello, le village d'à côté.

Les grands-parents ne savaient pas y faire avec la petite, soit ils la gâtaient soit ils l'oubliaient. Ce furent donc les domestiques qui en prirent soin, Maria et Tonino Vasile, originaires de Termini Imerese, logés dans une dépendance de la villa avec leur fils Luciano.

L'orpheline conquit tout de suite le cœur du couple, c'était un ange, sage et belle, à couvrir de baisers. Maria, lorsqu'elle allait en courses, la faisait passer pour sa fille et elle prenait les compliments qu'elle ne recevait pas pour Luciano, qui semblait avoir été esquissé par un sculpteur indolent.

Les deux enfants, nés à un jour d'écart, se sont tout de suite bien entendus. Ils se réveillaient en se cherchant, et allaient se coucher désespérés que le sommeil leur ôte quelques heures ensemble. Plus tard, ils furent inscrits dans la même classe du lycée scientifique. Ils faisaient leurs devoirs dans la petite maison des Vasile, la table de la cuisine couverte d'une toile cirée, la télé toujours allumée sur le téléachat, tandis que sur le feu bouillait une marmite dont l'odeur d'oignons empuantissait leurs livres et leurs cahiers.

Dans cette sorte de réserve exclusive qu'était le complexe immobilier, Maria Cristina et Luciano sillonnaient les ruelles arborées sur la selle monoplace d'une mobylette

Ciao rouge. Elle, maigre et anguleuse comme une sauterelle, s'accrochait à lui, dodu et hirsute comme un panda. Ils échappaient aux rondes des gardiens en se cachant dans les bunkers du golf pour voler les balles qu'ils revendaient au lycée. Ou alors, ils restaient assis au bar *Tramonto*, en grignotant des biscuits palmiers et regardant les voitures foncer sur la Cassia Bis.

Luciano fut pour Maria Cristina un demi-frère, un confident, un magicien ventru qui faisait disparaître les pizzas en les engloutissant en une bouchée et un généreux serviteur qui prit sur lui la faute quand ils furent attrapés à voler des gommes et des stylos au supermarché.

Leur amitié était spéciale, mais destinée à finir. Un peu comme dans ces vidéos sur Internet où un bébé tigre joue avec une oie, jusqu'au jour où il ne reste plus de l'oie qu'une aile ensanglantée.

Les choses changèrent durant l'été entre la Seconde et la Première, quand une puberté tardive arracha Maria Cristina au charme de l'enfance. Durant ces trois mois, comme si on l'avait arrosée d'engrais, la jeune fille poussa, ses mollets se galbèrent, ses fesses prirent forme et il lui vint même un semblant de poitrine. Le soleil fit le reste, hâlant sa peau et éclaircissant ses cheveux coupés en un carré qui faisait ressortir la longueur de son cou. En septembre, à la rentrée, elle s'aperçut avec stupeur que sa place dans la société scolaire avait changé. Les garçons qui auparavant se moquaient d'elle (mate la girafe !) lui tournaient désormais autour et les plus téméraires tentaient des approches en l'invitant à des soirées pizza le samedi. Quant aux filles, soit elles s'opposaient à elle soit elles essayaient de la recruter dans leurs bandes.

Un jour, tandis qu'elle revenait de l'entraînement d'athlétisme, son sac de sport en bandoulière, Maria Cristina trouva sur son chemin Diana Brinzaglia, la fille du fleuriste de la Storta, un hameau tout proche. Blonde, lèvres pulpeuses, bourrée d'hormones comme du bœuf argentin, elle était une explosion de nichons, de fesses et de cuisses qu'elle contenait dans un ensemble minijupe et body, succinct et coloré. Elle était assise sur sa vespa rose et fumait en compagnie de ses copines grégaires Silvietta Carnesecchi, Sofia D'Amico et Emma Tarantini. Maria Cristina jeta un sourire au groupe et dévia vers l'autre trottoir. Mais Sofia D'Amico, une fille qui décapsulait les bières avec les dents, lui barra la route. « Où tu crois aller comme ça ?

— Chez moi. » Sa voix tremblait.

Diana Brinzaglia tourna autour d'elle, clope entre le pouce et l'index, tira une taffe et lui souffla le nuage de fumée sur le visage. « À ce qui paraît, tu plais. »

Maria Cristina, ne comprenant pas, haussa les épaules.

« Dans le classement des chiottes des mecs, t'es la deuxième bonne après Diana », l'informa Emma Tarantini, une petite frisée avec un grand front ravagé par l'acné qui ruminait des Malabar toute la journée.

« Et toi ? », demanda spontanément Maria Cristina. Dans sa question, il n'y avait aucune ironie, à l'époque elle en était dépourvue.

Emma Tarantini resta interdite. « Qu'est-ce que j'ai à voir là-dedans, moi ? Je suis pas dans le classement, et de toute façon, c'est pas de moi qu'on parle. »

Diana Brinzaglia l'examina avec l'air de quelqu'un qui évalue un vase, ne sachant s'il allait le casser à coups de pied.

Maria Cristina n'avait jamais eu aussi peur. Par nature, elle n'était pas un cœur de lion et ces nanas n'y allaient pas de main morte. À la pauvre Sara Sapegno, une fille de Seconde, elles lui avaient coupé les cheveux dans les vestiaires parce qu'elle portait un slip avec des marionnettes roses.

« Tu sais pourquoi je suis la première et toi la deuxième ? », lui demanda Diana Brinzaglia.

Maria Cristina secoua la tête.

« Parce que t'as un balai dans le cul. Tu le vois pas, t'es née avec, mais il est gros comme ça. » Elle lui fit un signe avec les doigts. « Tu te crois supérieure, une déesse descendue sur Terre, mais t'es comme la laitue, t'as aucun goût. »

Maria Cristina aurait voulu lui répondre qu'elle ne se sentait supérieure à personne et qu'être comme la laitue lui convenait parfaitement, mais elle avait perdu l'usage de la parole.

La petite reine de la Storta la renifla, essayant de comprendre quelle race de bête exotique elle était. « T'es riche, tu parles avec cet accent mafieux, tu ressembles à un top model, mais si un mec devait choisir qui sauter, à ton avis, qui il choisirait ? »

Qui était ce mec qui devait choisir qui sauter ? Maria Cristina avait l'esprit confus, mais devinant quelle était la réponse attendue, elle indiqua Diana Brinzaglia.

« Exact. Toi ils te brisent comme un gressin, moi ils meurent en moi. » Les copines grégaires poussèrent des petits cris d'approbation. « Ils se fiancent avec toi le jour, moi ils me baisent la nuit. T'as pigé, ma belle grande girafe ? »

Elle laissa échapper un « oui ». Vide et stupide.

Sofia D'Amico lui flanqua une bourrade qui la fit dégringoler par terre à côté des bennes à ordures. Et les deux autres se penchèrent au-dessus d'elle, prêtes à lui donner une leçon, mais la petite reine fit signe que ça suffisait comme ça. « Rentre dans ta villa. Et je te conseille l'année prochaine de t'inscrire dans un bahut de Rome où y a des gens comme toi. Formello, tu oublies. »

Maria Cristina, en pleurs, ramassa son sac et vola sur ses jambes de girafe jusqu'à la maison sans jamais s'arrêter.

Le conseil de Diana Brinzaglia se grava haut et clair dans la mémoire de notre héroïne et l'année suivante, son grand-père l'inscrivit à Chateaubriand, le lycée français à deux pas de la Villa Borghèse, où elle retrouva des animaux de son acabit. Le seul inconvénient était que le chauffeur devait l'emmener et la ramener tous les jours.

Chose curieuse, Diana Brinzaglia, avec sa clope entre le pouce et l'index, sa peau brûlée par les lampes à UV, ne s'évanouit pas dans les faubourgs de Formello, elle emménagea dans la tête de Maria Cristina Palma, devenant une compagne secrète, une voix critique avec qui dialoguer lors des moments les plus rudes de son existence. Aujourd'hui encore, Maria Cristina se rappelle l'impitoyable leçon reçue près des bennes à ordures : « Toi ils te brisent comme un gressin, moi ils meurent en moi. Ils se fiancent avec toi le jour, moi ils me baisent la nuit. » Elle la tient pour une vérité absolue, un phare dans ce parcours assailli par les mensonges des hommes qui, plus ils la courtisaient en lui offrant des châteaux dorés, plus ils la cocufiaient.

Seulement voilà, en fréquentant ce nouveau lycée, Maria Cristina perdit son chevalier servant. Luciano, désormais obèse, se fit de plus en plus distant : le cocon de soie qui les enveloppait comme des œufs d'araignée s'était déchiré et il en était sorti des créatures aux destins différents. Lui continuait à la trimbaler sur sa mob, mais il ne se baignait plus dans la piscine, et avec les autres, il ne parlait pas, restait planté comme un piquet, devenait encombrant.

Le gamin commença à travailler après les cours chez un oncle qui avait une petite entreprise de construction. Ses études s'en ressentirent, il n'avait jamais été une flèche, et fut recalé. Maria Cristina en revanche eut son bac et alla vivre à Rome avec son frère. Pendant quinze ans, ils perdirent tout contact. Maria Cristina recevait de vagues nouvelles, Luciano allait bien, il travaillait au nord, près de Bergame, soudeur dans les centrales électriques. Chaque année, ponctuellement, il lui envoyait un carte pour son anniversaire (« Joyeux anniversaire, Cri. Je vous embrasse fort, toi et ta famille. Luciano ») accompagnée de cadeaux improbables (du parfum bon marché, des caisses d'un vin de restoroute, des paquets de pâtes colorées, des tire-bouchons gigantesques). Elle, parfois, lui répondait. Puis elle eut vent de son malheur. Luciano avait perdu deux doigts dans un accident du travail. On l'avait licencié, il avait attaqué l'entreprise qui l'employait, mais le procès n'évoluait pas dans le bon sens. Maria Cristina, déjà mariée à Domenico, le pria de s'en occuper et il transmit le dossier à l'un des jeunes avocats de son cabinet. Le procès se conclut sur une indemnisation, mais le handicap de Luciano ne lui permettait pas de reprendre son métier. Il rentra chômeur à Rome, investit son pécule dans un petit appartement à Cesano, et Maria Cristina commença à le charger de menus travaux. L'absence de l'auriculaire et de l'annulaire ne l'empêchait pas de réparer un frigo, de poser du parquet, d'entretenir la terrasse, de faire des courses ou la queue à la poste. Même les amis de Mascagni se mirent à avoir recours à lui.

Quand Domenico entra en politique, Maria Cristina, ne pouvant plus payer Luciano au noir, décida de l'engager, chose qui irrita son mari. « On salarie combien de personnes ? On est une entreprise ? Un organisme de bienfaisance ? »

3.

Après avoir pris tout son temps et même un peu plus pour s'apprêter, Maria Cristina va dans le salon où l'attend Caterina. Elle ne cesse de penser à ce qu'a dit son assistante dans les toilettes du Cercle. Idiote. Frivole. Inadaptée. Elle voudrait la remettre à sa place, mais elle n'est génétiquement pas capable d'affronter un ennemi à visage découvert, le conflit la terrifie, et elle ne peut pas la renvoyer, ce n'est pas elle qui l'a engagée. Elle en parlera à Domenico. Cela dit, pour la faire enrager, elle a décidé d'être, si possible, plus frivole que d'habitude.

Elle prend une grande inspiration et ouvre la porte.

La jeune femme est assise au centre d'un canapé en brocart jaune et bleu, son ordinateur sur les genoux. « Bonjour.

— Bonjour », lui répond Maria Cristina, en l'observant. Tu as dormi un peu ?

Au contraire d'elle qui est splendide, maquillée et coiffée, Caterina Gamberini est abattue, les yeux creusés de cernes.

« Pas vraiment. » Son assistante survole de ses doigts le clavier, levant à peine le regard de son écran.

« Café ?

— Non, merci. Déjà pris. Et toi, reposée ?

— On avait un rendez-vous téléphonique ?

— À neuf heures et quart avec les jeunes du marathon du Sacro Convento. Tu devais les saluer avant leur départ.

— Je peux le faire à l'arrivée ?

— Les gars finissent lessivés. De toute façon, ça n'a pas d'importance. J'ai arrangé le coup », fait Caterina en se déplaçant au bord du coussin, les pieds l'un près de l'autre.

Maria Cristina éprouve une soudaine répulsion physique pour cette peau blanche, éclaboussée de taches de rousseur, prompte au rougissement, qui transparaît de son chemisier de mauvaise qualité. Elle va à la fenêtre. Même à travers le double vitrage, elle entend le bruit des travaux de réfection de la chaussée.

« Aujourd'hui, je veux ne rien faire », dit-elle en fixant les ouvriers qui disposent les pavés en arches précises et les enfoncent dans le sable d'un coup de marteau. « Je vais me faire masser. Prends-moi rendez-vous chez le coiffeur dans l'après-midi.

— Très bien. » Caterina jette un coup d'œil à son écran. « On n'a pas prévu grand-chose. Mariella Reitner veut t'inviter à son émission, *Pane al pane*. La question est délicate, le président du Conseil doit y aller dans deux semaines, la veille du vote de confiance. Bizarrement, Reitner ces derniers temps nous soutient. Elle a demandé à t'interviewer, assurant que ce sera un face-à-face sur des thèmes de société. Des questions préétablies. Évidemment, ce ne sera pas comme ça. Elle te fera parler de politique et de toi. On la connaît bien. Le Bombyx dit de refuser. »

Pane al pane est une émission diffusée chaque soir après le journal télévisé, présentée par Mariella Reitner, une journaliste qui, comme un chef de chœur sévère, donne la parole à l'ensemble de l'éventail politique italien, remettant à sa place tout le monde, sans distinction. Soit elle est assistée par des chroniqueurs, soit, dans le cas de personnages importants, elle les affronte en solitaire.

Maria Cristina fait signe que non avec l'index. « Attends, c'est moi qui ne veux pas y aller, ce n'est pas au Bombyx de décider. Je ne fais aucune télé, je l'ai toujours dit, précise-t-elle, s'apercevant qu'elle a adopté trop tôt le ton de la gamine capricieuse.

— Bien entendu, se hâte de confirmer Caterina. Le problème c'est que Reitner voudrait absolument te rencontrer en personne pour essayer de te convaincre. Je lui ai répondu que tu étais occupée, mais elle ne lâche pas l'affaire. Si on ne lui donne pas satisfaction, elle pourrait repousser l'interview du président à après le vote. Et ça, tu comprends bien que c'est impossible.

À la seule idée de se retrouver devant cette femme trop intelligente et trop laide, Maria Cristina a les genoux qui tremblent. « Donc, qu'est-ce que tu suggères ?

— Rencontre-la et dis-lui que tu ne veux pas faire son émission. »

Maria Cristina croise les bras. « Non mais dites donc ! » Elle passe au vous. « C'est à vous de résoudre ce problème. Je n'ai rien à voir là-dedans ! C'est mon mari qui a choisi de faire de la politique. Pas moi. »

Un petit sourire se plaque sur les lèvres de Caterina.

Maria Cristina s'assied dans le fauteuil, croise les jambes et hurle : « Daisy ! Daisy ! Apporte-moi un autre café. » Son regard tombe sur les ballerines bleues et le collant crème apparaissant sous le pantalon écossais qui enserre la cheville épaisse de Caterina Gamberini.

« Les ballerines, ça ne te va pas, lui dit-elle d'une voix neutre. Pourrais-tu mettre des chaussures avec un peu de talon, s'il te plaît ? »

L'assistante cesse de taper sur son clavier. « Pardon ? »

Maria Cristina lui montre ses pieds. « Celles-là. Ne les mets plus. Moi je porte des talons hauts et comme on nous voit toujours ensemble, on ressemble à… Blanche-Neige et Dormeur. Je parais trop grande. »

Caterina déglutit avant de dire : « D'accord, comme tu voudras. »

Maria Cristina s'étire et bâille. « Et qu'est-ce que je vais lui raconter ? Pourquoi je ne voudrais pas faire cette interview ? »

L'assistante ferme en le claquant son ordinateur portable. « Je t'ai envoyé un mail avec une série d'excuses.

Tu choisiras celle que tu préfères. Si en revanche tu ne veux pas la rencontrer, je lui écrirai une lettre gentille et ferme. C'est à toi de décider. Moi, tu le sais, je suis là pour t'aider. »

Maria Cristina se lève d'un bond et arpente le salon de long en large. Elle s'approche de la bibliothèque, fait glisser son regard sur les volumes de l'Encyclopédie Treccani immaculés et allume la chaîne stéréo qui diffuse *Yes Sir, I Can Boogie*.

Oh mon Dieu, elle adore cette chanson, ça fait une éternité qu'elle ne l'a pas entendue, ça lui rappelle quand elle dansait dans des boîtes pleines de lumières, d'embruns et de filets de pêche sur la côte amalfitaine. Elle serre les poings, mouline des bras, un pas à gauche, un autre à droite et chante : « I can boogie, boogie woogie all night long. » Elle s'approche de son assistante et lui tend la main pour l'inviter. Mais l'autre reste plantée là, elle sourit et balance la tête comme un pigeon qui picore des graines.

Daisy entre. Maria Cristina s'arrête, va vers la Philippine et en une gorgée écluse son café. « Merci. » Puis, d'un ton distrait, elle s'adresse à Caterina. « C'est moi qui vais parler à cette Reitner. S'il te plaît, demande-lui de me rejoindre chez Kaw à une heure.

— OK. Parfait.

— OK. Parfait ? », répète Maria Cristina comme un perroquet.

— OK. Parfait. »

L'épouse du président du Conseil sort du salon en marchant à grandes enjambées sur le sol en marbre du couloir. Une dégaine de top model.

« Écoute… Écoute… Maria Cristina… »

Elle se retourne.

Caterina lui court après. « Excuse-moi. Le président m'a écrit qu'il a invité Wim Claes à la campagne ce week-end…

— Qui ?

— Le ministre du Commerce belge. Il dit que vous devez lui cuisiner une pizza… »

Comme des débris à marée basse, des flashes de la conversation avec Domenico en voiture émergent dans son esprit. Ce type veut une pizza à la Benevento.

« Ce n'est pas "vous devez", c'est "je dois", précise Maria Cristina. Fait chier. »

Caterina hoche sa petite tête frisée et, sur le ton d'une amie très chère, dit : « Voilà, j'ai pensé que si tu veux, je pourrais venir moi aussi. Comme ça, on la préparerait ensemble. Qu'est-ce que tu en dis ? »

Maria Cristina l'observe. « Je parie que tu es douée pour faire les pizzas.

— Je m'en sors pas mal, fait l'assistante, partagée entre modestie et orgueil.

— Même la marinara ?

— Oui. Avec ail et origan. Ma spécialité. »

La femme du président du Conseil sourit. « Merci, ce ne sera pas nécessaire. »

4.

Selon la médecine traditionnelle thaïlandaise, le corps humain est parcouru par soixante-douze mille flux énergétiques. Dix d'entre eux sont de véritables canaux, les Sen, d'où partent tous les autres et sur lesquels travaille le masseur en utilisant ses doigts, ses coudes, ses genoux et ses pieds. Le massage thaï est exigeant, il fait mal, mais il a de grandes vertus thérapeutiques.

À deux pas de la piazza di Spagna, il y a, via Borgognona, dans un élégant palais du XIXe, le spa Kaw, le meilleur centre de massages thaï de la capitale. Il dispose de trois petites piscines avec différents degrés de salinité, un hammam, un sauna, une salle pour le yoga, un espace où l'on peut grignoter de la cuisine fusion et une infinité de cabines parfumées d'essences exotiques où, dans une éternelle pénombre, résonnent des flûtes et des harpes éoliennes. Ici, les riches Romains acceptent qu'on porte la main sur eux.

Maria Cristina Palma aime y perdre son temps et, en tant qu'épouse du président du Conseil, elle a des privilèges exclusifs. En particulier une zone réservée pour elle, où des hôtesses si discrètes qu'elles frôlent le mutisme se consacrent à son corps.

Pour l'instant, elle se prélasse sur une chaise longue et boit une tisane au curcuma en attendant l'arrivée de Mariella Reitner. La pièce est un ensemble de camaïeu pastel et de spots lumineux. Dans un coin, entouré par des galets de fleuve, sous des lampes en laiton, vivote un bosquet de bambou à côté d'un bassin où nagent des poissons rouges.

Avec cette journaliste, il lui faudra être ferme et résolue. Non c'est non.

Elle appuie sur une sonnette et une hôtesse se matérialise.

« Bussaba est disponible ?

— Oui Madame.

— Parfait. Dans quelques minutes, une invitée va arriver. Nous ferons un massage en duo. Madame Reitner, c'est Bussaba qui s'en occupera. Pour moi, ce sera un troisième light. Merci. » Un petit sourire perfide glisse sur ses lèvres.

Les massages chez Kaw sont classés sur la base du degré de cruauté. Dans les premier et deuxième, pour débutants, on vous fait plaisir en vous enduisant d'épices orientales, d'huiles végétales et, une heure durant, on vous fait mariner comme un poulet au curry. Au troisième degré, le Rough, on oublie les huiles, et les mains qui opèrent vont dénicher l'origine du mal dans les fascias musculaires, ce mal que nous nous coltinons depuis que l'évolution nous a fourni un système osseux. Dans le quatrième, extremely Rough, on a les tractions, les coudes plantés entre les omoplates, les claquements, les craquements des vertèbres cervicales. La musique New Age se transforme en un mantra Hard Core. Le cinquième, Heavy Explosion, est réservé aux gourous ou aux masochistes invétérés. Une fois, Maria Cristina s'y est essayée et à un certain moment, elle a dû lancer le signal d'alarme (taper trois fois la paume sur la table de massage en signe d'abandon). Il existait aussi un mot de passe ความเห็นอกเห็นใจ, (pitié en thaï), mais il est difficile à prononcer. Hors catégorie, il y a Bussaba.

Son massage n'a ni degré, ni nom, ni signal d'alarme. La légende raconte que, dans sa jeunesse, Bussaba a travaillé à Haspel, une prison secrète en Thaïlande, et que le seul usage de ses pouces aurait extorqué des aveux aux affidés d'Al-Qaïda. Elle connaît par cœur les deux cent trente-quatre points du corps humain qui sont source de douleur et c'est là qu'elle enfonce ses doigts pour la faire jaillir. Elle est capable de vous luxer puis de vous remettre en place une épaule par une pression de son petit doigt. Ceux qui subissent ses traitements ne sont pas en état de s'exprimer en phrases complètes, ils grommellent des bougonnements de contrition en implorant sa pitié. À la merci de Bussaba, Mariella Reitner sera dans l'impossibilité d'insister pour son interview.

Maria Cristina, satisfaite de sa bonne idée, se fait accompagner dans le salon, passe une tenue de coton léger, s'allonge sur la table et place son visage sur le trou circulaire tandis que des mains délicates commencent à lui palper le dos.

« Vous permettez ? », demande une voix rauque, caverneuse, résultat d'une existence passée à fumer du tabac brun. Puis des coups secs sur le sol.

Maria Cristina lève la tête. La grande journaliste qui a interviewé le monde entier, du Dalaï Lama au dictateur cannibale Bokassa, celle qui a couvert en première ligne la guerre du Golfe et l'Afghanistan, se tient devant elle. Certes, l'éclairage, le maquillage et la coiffure font des miracles, mais au naturel cette femme ressemble à une jarre des Pouilles dotée de vie. Elle ne dépasse pas le mètre soixante, une dermatite séborrhéique couvre son dos et ses bras, soixante ans d'excès de graisses saturées, de sucre et d'alcool l'ont érodée comme le pylône d'un appontement, sa peau a une couleur malsaine. Elle a subi de nombreuses interventions à une hanche, et désormais, elle tient debout grâce à une canne et à ses deux jambes coniques qui s'emboîtent directement sur le thorax, sautant d'un coup le pubis et l'estomac. La blouse qu'on lui a fournie ne ferme pas et sa graisse déborde du soutien-gorge à petites fleurs lilas, grand comme le spinnaker du *Moro di Venezia*, le bateau de Raul Gardini. Ses bras sortent des manches comme des nageoires de lamentin. Une frangette à l'indienne cache son front. Des sourcils fins encadrent ses yeux de pierre grise habités par un esprit ironique et gaillard. Deux sillons partent de ses narines et vont encadrer la bouche et le menton. En définitive, elle semble plus adaptée à la vie aquatique qu'à la vie terrestre.

« Eh bien, quelle idée merveilleuse, dit-elle. Cela fait une éternité que je ne me suis pas fait masser, la dernière fois, c'était à Pékin je crois, quand j'étais correspondante pour *Il Messaggero* sur la place Tiananmen. J'ai toujours affirmé, même si je ne te connais pas, que tu es une femme supérieure. » Elle a un ton enjoué et peu flatteur, elle regarde autour d'elle, contente de ce dérivatif inattendu.

« Heureuse de te connaître. » Maria Cristina tend la main. « Je sais que c'est un peu intime, mais j'ai voulu te faire une surprise. Une fois que tu l'auras essayé, tu ne pourras plus t'en passer. »

La journaliste lui serre la main et claudique vers la table de massage. « Je dois m'allonger là-dessus ?

— Oui.

— Et comment je fais pour grimper ? Il n'y a pas de marchepied ?

— Bussaba va t'aider. » À peine Maria Cristina a-t-elle prononcé son nom que, tel le génie de la lampe d'Aladdin, la masseuse apparaît, enveloppée dans une tunique bleu électrique.

On raconte que Bussaba vit dans une cave sous le spa Kaw depuis cinq ans. Elle ne sort jamais, n'a rien vu de Rome, si ce n'est la Chaise du Diable. Elle a un âge impossible à définir. Le chignon qui retient ses cheveux blancs lui tire les tempes. À la place des yeux, elle a deux fentes sans rien dedans. D'une stature similaire à celle de Mariella Reitner, elle est en revanche un agglomérat de muscles. Sans prononcer un mot, elle enserre le thorax de la journaliste, et d'une fente de jambes, elle la pose sur la table de massage comme si elle était à une finale d'haltérophilie.

« Bonté divine ! Mais comment avez-vous pu faire ça ? C'est incroyable. Je dois peser deux quintaux. » Mariella Reitner se débat sur la table tel un lion de mer sur la banquise, essayant de glisser sa tête dans le trou.

Le massage commence lentement, les Thaïlandaises, par de légères pressions, inspectent les corps, se familiarisent avant d'intervenir.

La voix de la journaliste arrive, comme enfermée dans une boîte, rythmée par les manipulations. « Maria Cristina, le fait que tu m'aies permis de te rencontrer m'emplit de joie. Je sais combien tu es réservée et combien tu rechignes à mêler ta vie personnelle au travail de ton mari. Je sais aussi que tu ne fais pas de télé, et tu as parfaitement raison. Mais je… AAAHHH ! » La journaliste pousse un hurlement. « Ooooh mon Dieu… ! Qu'est-ce que ça fait mal ! »

Maria Cristina se retourne et voit Bussaba l'impitoyable lui tirer un bras avec l'inexpressivité d'un crocodile qui arrache une cuisse à une gazelle.

« Ça va ? demande-t-elle en cachant un petit sourire.

— Comment dire, c'est vigoureux, voilà, soupire Mariella Reitner. Certains affirment que ça fait du bien. » Puis elle revient à ses moutons. « Moi je voudrais surtout parler de toi, de Maria Cristina mère et épouse. Et puis je connais ta passion du social.

— Tu crois ? Ce n'en est pas vraiment une.

— Tu vois ? Tu es modeste. J'ai vu tes photos, les pieds dans la boue pendant les inondations du Molise. Et je sais ce que tu as fait pour les filles mères musulmanes.

— Pour cette photo du Molise, on m'a accusée de faire de la pub pour les bottes en caoutchouc. Quant aux mères musulmanes, c'est elles qui tenaient à avoir un reportage dans *Vogue*. Laisse tomber… »

La journaliste ahane mais ne lâche rien. « Tu te dévalorises et en tout cas, ahhhh… une femme ne peut pas se transformer en Mère Teresa juste parce qu'elle est, ahhh… l'épouse du président du Conseil. C'est une vaste fumisterie, tout ça. Tu es… Tu es ainsi, tu es… » Elle n'arrive pas à terminer sa phrase, Bussaba est en train de lui tordre l'épaule comme une serpillière mouillée. Elle reprend son souffle. « Une interview franche, sans crasse, dans une atmosphère sereine. Je te le jure sur la tête… » Mariella pousse un hurlement de douleur. « Si j'y arrive à l'interview. Cette bonne femme est en train de me tuer.

— C'est comme ça, les massages thaïs. Énergiques. Ça fait mal, mais après tu vas voir comment tu te sens.

— Comme une merde, explose la journaliste, et elle pousse un hurlement. La T_4 et la T_5, oh mon Dieu ! là où j'ai été opérée. Oh mon Dieu ! Aaaaaahhh ! »

Bussaba s'est hissée sur la table et, se tenant à des cordes qui tombent du plafond, elle fait le pas de l'oie sur le dos de Reitner, qui se débat comme une otarie gestante.

Maria Cristina se lève et attrape la masseuse par les chevilles. « Descends ! Descends de là ! Tu lui fais mal !

— Au secours… Au secours… Au secours… ! répète Mariella. Arrête ! Arrête ! »

Mais la masseuse, accrochée à ses cordes comme un orang-outang en cage, ne cède pas. « Non, madame. C'est normal. Ça Ashiatsu, ça fait du bien au dos. Plus de douleur, plus de soin.

— Je t'en prie, descends, l'implore Maria Cristina. »

Bussaba saute à talons joints sur une fesse de la journaliste, qui désormais ne réagit plus, elle semble évanouie. « Non. Traitement pas terminé.

— Je te dis de descendre ! lui intime Maria Cristina. Maintenant ça suffit Bussaba ! DESCENDS ! »

L'impitoyable, vexée, saute de la table et disparaît.

Maria Cristina et l'autre masseuse traînent comme un poids mort Mariella Reitner dans la zone de détente, et là, elles l'allongent comme Bouddha endormi sous le bosquet de bambous.

« Tu veux que j'appelle un médecin ? », lui demande Maria Cristina, en lui aspergeant le visage d'un peu d'Évian.

La femme, les yeux fermés, émet un faible non.

« Je suis mortifiée, dit l'épouse du président du Conseil. Je suis profondément désolée. Que puis-je faire ?

— Rien. Je vais me ressaisir. Tiens-moi juste compagnie. » Mariella Reitner tend une main à l'aveuglette, attrape celle de Maria Cristina, et d'un ton misérable continue : « Écoute-moi. Je te promets une interview dont tu n'auras pas à te repentir. Je veux que tu racontes qui tu es. On ne parlera pas de tes deuils. Je te poserai des questions claires, sans tergiverser, sans insister, sans gossips, dans mon style, et toi, tu répondras comme tu l'entends. » Elle s'interrompt pour reprendre son souffle. « Un dialogue entre amies, improvisé. Tu verras, tu oublieras les caméras et les gens t'aimeront. » Un sourire souffreteux se dessine sur ses lèvres. « Qu'est-ce que tu en dis ? »

Et maintenant, comment faire pour lui dire non ? « Hélas, en cette période je suis très prise et ça me sera difficile, sinon… »

La voix de Mariella Reitner se ranime. « Aucun problème. Ce sera quand tu veux. On s'organisera. J'ai besoin d'une heure et demie. »

Maria Cristina se maudit. Elle a commis l'erreur des débutants : prendre pour excuse l'emploi du temps chargé. Caterina lui a écrit un mémo en ce sens pour s'assurer qu'elle ne tomberait pas dans le piège. Même si vous opposez un mur d'engagements, les journalistes, telles des souris obstinées, trouvent une fissure où se faufiler pour ouvrir une brèche. Qu'est-ce qui pourrait mettre fin à cette discussion ? « Tu sais, je dois m'occuper d'Irene, ma fille…, lâche-t-elle. Elle ne va pas bien.

— Oh, je suis désolée. Qu'est-ce qu'elle a ?

— Elle a… le syndrome de la main alien. »

Tel un crapaud calamite, la journaliste entrouvre un énorme œil sphérique et gris. « Je ne sais pas ce que c'est. De quoi s'agit-il ?

— Une pathologie très rare, dit Maria Cristina repensant à l'épisode d'une série sur les maladies les plus étranges au monde. C'est comme si sa main gauche avait sa propre vie. Irene est convaincue que ce n'est pas la sienne, qu'elle ne fait pas partie de son corps. Elle l'appelle Camille et la traite comme une personne. Elle l'emmène à la mer. Les médecins la gardent en constante observation. Je ne peux jamais la laisser seule. Parfois, Camille se retourne contre elle en empoignant une fourchette ou d'autres objets pointus.

— Eh bien ! C'est terrible. Je n'imaginais pas qu'une telle maladie pouvait exister. Ça se soigne ? » Mariella Reitner ouvre son second globe oculaire, le ton est désormais plus sérieux et pressant. « Bon, moi je pense que cette interview, tu dois vraiment la faire. Tu veux savoir pourquoi ?

— Parce que sinon tu portes plainte contre moi pour mauvais traitement ?

— Je vais être honnête avec toi, ma chère. L'histoire de la femme la plus belle du monde ne t'a pas rendu service. Tu es devenue un accessoire de ton mari. La poupée qui ne parle jamais.

— C'est moi qui ne veux pas parler. Personne ne m'en empêche.

— Mais les gens ne le savent pas, ils ne savent pas qui tu es, ils ne te connaissent pas. Tu ne te donnes pas la possibilité de te faire connaître. C'est tout un monde que tu gardes bien caché. » La journaliste lui effleure le sternum. « Je sais, nous avons été éduquées à l'ancienne, à garder en nous nos émotions, à ne jamais parler de nous, mais toi, que tu le veuilles ou non, tu joues un rôle et les gens te jugent sans rien savoir de toi. Ta vérité la plus intime, tu dois la révéler afin de montrer que tu es un être indépendant, avec une pensée personnelle. Certains, un peu plus sensibles, perçoivent ta profonde timidité, sinon ils ne t'auraient pas appelée Maria Tristina. Mais les autres ?

— Ils m'appellent Maria Cretina.

— Et ça, ça ne doit pas arriver.

— Je m'y suis habituée. Désormais, je ne me vexe même plus. »

Mariella Reitner lui caresse le dos de la main. « Ce n'est pas juste. »

Maria Cristina la regarde, baisse la tête, sentant que sa volonté est en train de faiblir. La journaliste a raison, l'heure est venue de dire qui elle est.

« J'ai peur de la télé. Mon cerveau se vide, je ne peux plus dire un mot. C'est trop important, je ne dois pas passer pour Maria Cretina.

— Ça ne se produira pas. Ce sera une interview calme et détendue, si je te pose les bonnes questions et que tu n'essaies pas de dire des choses intelligentes… N'oublie pas, personne ne dit des choses intelligentes, on dit seulement des choses vraies ou fausses. Toi, tu montreras qui tu es et ce sera un cadeau pour les Italiens. Ta beauté ne doit pas occulter la personne qui est derrière, ta sensibilité, ta gentillesse, ta simplicité qui te rendent si différente. Dans un monde où les gens jouent des coudes pour paraître, toi tu es un être spécial. » Mariella Reitner a le ton léthargique d'un hypnotiseur.

Maria Cristina inspire et se passe les doigts dans les cheveux.

Mariella Reitner lui arrange une mèche. « Alors, on la fait ? Tu verras, même ton mari sera content. En ce moment, il a plus que jamais besoin de ton aide. » Puis, sur un ton plus bas : « Toi, mon trésor, tu peux changer le sort du gouvernement. Tu comprends ? »

Maria Cristina acquiesce. « Mais tu me traiteras bien ?

— Tu as ma parole. »

Maria Cristina regarde les poissons rouges tourner dans le bassin. « D'accord. On la fait.

— On la fait. »

5.

Bonnet enfoncé sur le front, lunettes de soleil lui cachant le visage et doudoune noire jusqu'aux chevilles, l'épouse du président du Conseil sort furtivement du spa.

Le soleil pointe entre les immeubles, traçant des bandes dorées sur la via Borgognona. La rue est un enchevêtrement de camionnettes et de scooters qui livrent des paquets, de tables bondées de touristes qui dégustent des pâtes à l'amatriciana ultragrasses et des carbonaras trois fois trop cuites.

Maria Cristina est emplie de l'excitation d'avoir dit oui à Mariella Reitner et elle n'a pas envie de rentrer à la maison, elle veut se plonger dans la vie du centre-ville. Ce sont les soldes. Elle adorerait faire du shopping comme n'importe quelle femme. Elle traverse la rue en évitant quelques vespas qui slaloment à contresens et s'arrête devant une vitrine, il y a là une belle valise cabine en cuir bleu, à moitié prix, parfaite pour les courts séjours. Elle est tentée d'entrer mais n'ose pas. Même ainsi dissimulée on la reconnaîtrait. Le fait qu'elle circule seule est toléré par la sécurité mais elle ne doit pas s'arrêter et doit toujours communiquer sur l'endroit où elle va.

Caterina l'appelle sur son portable. Elle doit vouloir savoir comment ça s'est passé ave Mariella Reitner. Elle va avoir une grosse surprise.

Tandis qu'elle se déplace vers la vitrine latérale où sont exposées des bottes rouges, elle s'aperçoit qu'à côté de la boutique, attablée dans un bar, une Chinoise la fixe. Elle ne peut éviter d'échanger un regard. Elle est belle et élégante. Ses cheveux tombent sur ses épaules, raides comme des spaghettis à l'encre de seiche. Elle a de grands yeux et un rouge à lèvres violet, on dirait un droïde de dernière génération créé pour divertir les hommes dans un film de science-fiction. Elle porte une robe grise en laine grattée, à col montant. À côté d'elle deux hommes, chinois eux aussi, en costume-cravate, parlent à un troisième homme de dos.

Est-ce une chanteuse, une actrice, un mannequin célèbre ?

Maria Cristina se tourne vers la vitrine, mais du coin de l'œil elle continue à épier l'Asiatique. Elle aussi continue à la fixer, elle doit l'avoir reconnue, elle dit quelque chose aux autres, l'un d'eux écrit une note sur sa tablette alors qu'arrive le garçon avec les cafés. L'homme de dos se tourne pour en prendre un.

C'est Nicola Sarti.

Maria Cristina lève ses lunettes pour en être sûre. C'est vraiment lui, l'ami d'Alessio qu'elle a rencontré hier soir à la fête. Craignant qu'il la reconnaisse, l'épouse du président du Conseil se cache derrière une voiture et se penche pour l'observer tandis qu'il touille son café. Il s'est fait un catogan, il a toujours la barbe négligée, une cigarette allumée est accrochée à ses lèvres, et, les jambes croisées, il bavarde avec les Chinois.

Ils se sont perdus de vue pendant vingt ans et en moins de vingt-quatre heures, ils se rencontrent deux fois. Quelle coïncidence ! *Le mannequin chinois doit être sa fiancée*, lui suggère Diana Brinzaglia, la fille du fleuriste de la Storta, qui a parfois raison sur certaines choses.

Maria Cristina est tentée de s'approcher, mais emmitouflée comme elle est, avec les cheveux graissés par les huiles thaïlandaises, ce n'est pas le moment. Et la belle Chinoise lui fait peur. Donc tant pis. Elle va s'en aller mais, comme s'il avait senti un regard sur lui, il se retourne et pendant une seconde leurs yeux s'entrechoquent. Nicola Sarti met un instant à accommoder, à décider si c'est elle ou pas. Maria Cristina en profite pour lui tourner le dos, non, non, ça ne va pas, on dirait que tu t'enfuies, alors elle tourne la tête tout en s'éloignant. Lui s'est levé, incertain, si bien qu'elle fait volte-face en raidissant son cou, ouvrant grand la bouche comme si elle ne le reconnaissait que maintenant, il est au beau milieu de la rue, un minibus blanc klaxonne derrière lui, il tend la main, la désignant comme pour dire : Non, mais regarde qui est là ? Il s'écarte, laisse passer le minibus et vient à sa rencontre, d'abord doucement, puis plus vite, et elle, elle reste plantée là.

« Secca ? Nicola Sarti a toujours un doute. Secca, c'est toi ? »

Maria Cristina lui sourit. « Salut.

— Qu'est-ce que tu fais par ici ?

— Je suis allée là… » Elle indique la porte cochère du spa. « Pour me faire masser. Et toi ?

— Moi ? Un café. Tout près d'ici il y a un hôtel que je réhabilite.

— Ah bon ? »

Nicola secoue la tête. « Incroyable. On ne se voit pas pendant vingt ans, et on se croise deux fois.

— J'ai pensé la même chose. »

Entre eux, l'un en face de l'autre, il y a une longue pause. Dans les bars tout autour, on prépare les centrifugeuses, les portions de riz blanc et les haricots verts à la vapeur ; les pizzerias à la coupe sortent du four des pizzas rouges et des blanches et eux ils se regardent. Avec ce pardessus de drap vert porté sur les épaules, il ressemble à un chasseur de primes.

« C'est un signe ? lui demande-t-il en jetant son mégot par terre.

— De quoi ?

— Je ne sais pas… Un signe. » Nicola Sarti se retourne vers les Chinois, leur faisant signe d'attendre.

Elle en profite. « Écoute, vas-y. T'inquiète. Tu es avec des gens.

— Non. Nous avons terminé. Je me libère illico. » Nicola Sarti regarde sa Rolex. « On déjeune ensemble ? »

Elle secoue la tête. « Non, je ne peux pas.

— Pourquoi ?

— Je ne peux pas aller au restaurant. Ça m'est impossible.

— Tu n'auras pas à le faire. Déjeunons à mon hôtel. Toi et moi. Seuls. Un truc rapide. Allons-y à pied. C'est tout près d'ici. » Il semble avoir tout planifié clairement dans sa tête tant il y a d'assurance dans ses paroles.

« Je n'ai pas averti mes gardes du corps.

— Avertis-les.

— C'est tout un bazar, se défend-elle. J'aimerais bien, mais comme ça, à la dernière minute… »

Nicola Sarti s'approche d'elle. « Et alors, si tu aimerais bien, fais-le. On ne se rencontre pas deux fois par hasard, on vient de le dire. »

Cet homme-là ne doit pas souvent essuyer de refus dans sa vie, pense Maria Cristina. « Mais je ne peux pas ! », miaule-t-elle en regardant autour d'elle, en quête d'une aide.

« Essaie, Secca. Tu es ou tu n'es pas Maria Cristina Palma ? »

Le *Piccola Britannia*, comme promis par Sarti, n'est pas loin du spa. Juste derrière la via dei Condotti, dans une ruelle obscure où donne l'arrière des restaurants et des boutiques d'antiquaires en entresol. Nicola Sarti lui raconte que l'hôtel est fermé depuis vingt ans et que, lorsque les héritiers se sont décidés à le vendre, il a saisi l'affaire au vol. Il va le réhabiliter pour le transformer en boutique-hôtel, un truc à la mode dont Maria Cristina ne sait pas très bien en quoi cela consiste.

La façade de l'immeuble est couverte d'échafaudages et de bâches vertes. Ils traversent une entrée délabrée où s'entassent des sacs de ciment et entrent dans un hall au papier peint délavé, enveloppé de toiles poussiéreuses, qui en est resté aux années quarante. Un escalier prétentieux s'enroule autour d'un lustre en cristal démesuré posé sur une plate-forme tubulaire. La décoration rappelle un bordel d'un vieux film américain. Les maçons sont en pause et seul un chef de chantier taciturne, qui ne semble pas l'avoir reconnue, les escorte à travers des couloirs obscurs jusqu'au bar intérieur.

« Je n'avais pas raison ? » Nicola Sarti pose son pardessus. « Ici, tu es en sécurité, il n'y a ni paparazzi, ni journalistes ou fans. Tu peux enlever ton camouflage. »

Maria Cristina a informé la sécurité du changement de programme et une voiture l'attend dehors. Elle hésite à enlever ses lunettes : elle n'a ni fard, ni rouge à lèvres, ni mascara. Elle est à un âge où, sans maquillage, on se sent désarmée. Et elle reste impressionnée par la beauté du top model chinois, dont elle ne saisit pas les rapports qu'elle entretient avec Nicola Sarti.

Elle ôte son bonnet et ses lunettes.

Le bar est une petite pièce carrée, sans fenêtre. Les lampes en laiton aux abat-jour de tissu vert peignent des coulures de lumière sur les boiseries d'acajou et sur les banquettes en cuir râpé face aux tables rondes. Un comptoir en bois massif avec un plateau de marbre blanc occupe tout un mur. Derrière, un miroir Art déco devant lequel s'entasse une pyramide de bouteilles d'alcool poussiéreuses. Latéralement, sur des demi-colonnes en marbre noir, sont perchés deux paons en bronze à huppe et longue queue dorée.

« C'est merveilleux, Nicola, dit-elle. On pourrait être dans les années quarante à Londres ou dans un hôtel colonial de Hong Kong.

— J'ai décidé d'acheter l'immeuble pour ce bar. » Nicola Sarti regarde autour de lui, satisfait. « Ça peut devenir un lieu privilégié pour boire un bon cocktail.

— Oui, mais il ne faut pas y toucher, je t'en prie.

— Bien entendu, il reste tel quel. » Nicola Sarti passe derrière le comptoir, allume une lampe et la salue sur un ton de barman : « Madame Palma, bienvenue à l'*Hôtel Piccola Britannia*, nous sommes honorés de votre présence, que pouvons-nous vous offrir ? » Il se tourne vers les bouteilles sales ne contenant que du dépôt et de la crasse. « Puis-je vous empoisonner ? Vous pourriez hurler, convulser et mourir sans que personne s'en aperçoive. »

Maria Cristina le fixe, perplexe, elle n'arrive pas à savoir s'il plaisante. « Vous, qui êtes-vous ? Le barman de... » Elle voudrait dire *Shining*, mais ça ne lui vient pas et elle s'en sort avec « ... d'un film d'horreur ? »

Nicola Sarti ouvre un petit frigo. « Je crois avoir quelque chose de parfait pour Madame. » Il sort, avec un petit sourire sournois, une bouteille de champagne frappée. « Cristal Rosé Brut Louis Roederer 2013. »

Maria Cristina, d'un petit saut agile, se hisse sur le tabouret, s'apercevant qu'elle est excitée par ce programme hors des clous. « Oh dis donc ! Il a l'air super cher. »

Tout, dans la vie de l'épouse du président du Conseil, est planifié et partagé, et ce repas improvisé au fond de cet hôtel délabré en compagnie d'un ex, beau parleur, qui la courtise, la fait vibrer comme une gamine au premier rendez-vous.

« En ce qui concerne la nourriture, malheureusement, nous sommes plus mal lotis, continue Nicola Sarti. Nous avons un sachet de salade mixte, une tomate ramollie et du maïs en boîte. Faisons-nous livrer quelque chose de chez le japonais d'à côté et en attendant buvons notre champagne. Qu'en dis-tu ? »

Elle appuie ses coudes sur le comptoir. « La salade, c'est parfait. C'est ce que je mange tous les jours. »

Il lui montre une cœur-de-bœuf. « Et des tomates ramollies ?

— Et des tomates ramollies. Laisse-moi faire, tu ne me sembles pas très à l'aise sur ce coup-là. » Maria Cristina a l'intention de lui montrer qu'elle n'a pas changé, qu'elle est restée la bonne vieille Secca.

« Une First Lady n'assaisonne pas la salade.

— Je ne suis pas la First Lady. La First Lady, c'est l'épouse du président de la République. Moi je ne suis que celle du président du Conseil et je prépare d'excellentes salades. » Elle ouvre le sachet. La laitue est un peu fanée.

« Eh bien, la légende raconte que les Mascagni ont une armée de serviteurs, des maisons partout, et que dans ta propriété à la campagne vivent des animaux disparus.

— Oui, Jurassic Park. Nous élevons des dinosaures. »

Nicola Sarti débouche le champagne, le bouchon lui explose en main. Maria Cristina trouve dans un buffet des assiettes et des couverts, et elle assaisonne la salade avec de l'huile et du sel.

Il sert deux coupes et lui en tend une. « À nous et à cette incroyable… je ne sais même pas comment la nommer. Coïncidence ? Fatalité ? Destinée ?

— Réunion ? »

Ils scrutent les pupilles l'un de l'autre tandis que tintent les coupes.

« Je dois reconnaître qu'avec les années, tu es devenue plus intense, dit Nicola Sarti, finissant son champagne en une gorgée.

— Donc, quand j'étais jeune, j'étais insignifiante ? demande-t-elle sur un ton faussement vexé.

— Non. Mais la vie nous marque, nous rend plus intéressants. »

Maria Cristina trempe à peine ses lèvres. « Ne te moque pas de moi. Je suis immonde. Même pas maquillée.

— Arrête. Tu as les yeux d'un chat. C'étaient eux qui m'avaient ensorcelé. » Dépité, Nicola Sarti regarde les feuilles de laitue. « Dès qu'il fait moins froid, je t'invite à déjeuner dans un endroit digne d'une First Lady… pardon, de l'épouse d'un président du Conseil. Mon complexe hôtelier à Pomezia va accueillir un chef brésilien. Un génie. Nous mangerons sur la plage.

— Si tu cherches à m'impressionner, c'est déjà fait avec le *Piccola Britannia.* » Et, de la pointe de sa chaussure, elle enlève l'autre pour laisser un peu de liberté à son orteil blessé.

Parfait. Il aime bavarder et elle aime se taire.

Nicola Sarti lui raconte une course autour du monde qu'il a faite sur un catamaran où il a démâté et failli y laisser sa peau. Il est infatué de lui-même, excité par ses succès, épanoui dans son travail, il traverse la vie comme si c'était Disneyland. Ou qui sait, peut-être est-ce une posture et est-il en train de faire le paon devant sa femelle. Apparemment, il vit beaucoup dehors, sa peau est brûlée par le soleil et de fines rides sillonnent chaque côté de ses yeux. Il a de grandes mains, autour de ses poignets des bracelets en tissu s'entremêlent à une Rolex. Maria Cristina s'autocongratule, déjà à l'époque elle avait bon goût. Elle se demande s'il est célibataire ou s'il a quelqu'un. La Chinoise top model est inoffensive, c'est une investisseuse avec laquelle il conclut une affaire sur le lac de Côme.

Caterina continue à vibrer dans sa poche, et elle, elle voudrait juste chercher en ligne des infos sur Nicola afin de mieux comprendre qui il est.

Il passe aux souvenirs. La croisière. À Panarea, ils avaient sauvé des récifs un yacht qui avait perdu son ancrage. Le propriétaire les avait invités à déjeuner à terre et Alessio avait tenté sa chance avec sa fille. Maria Cristina rit mais elle se rappelle à peine, elle n'a gardé de ce voyage que des images, celles d'anneaux brisés d'une chaîne rouillée au fond de la mer.

« Mais Alessio ? lui demande-t-elle en l'interrompant. Comment était-il ? Pour toi qui étais son ami. Moi, en tant que petite sœur, je le voyais comme un dieu.

— Un vrai fou. Sympa, fait-il en enfournant une feuille de laitue. Et donc, tu ne te souviens pas de nous deux ?

— Très peu, en vérité, est-elle contrainte d'admettre.

— Notre premier baiser, on l'a échangé à Stromboli la nuit de la San Lorenzo, on comptait les étoiles filantes.

— Oui, et toi tu t'es servi du prétexte du désir pour m'embrasser.

— Ah, donc ça, tu ne l'as pas oublié. »

Maria Cristina change d'expression et soupire. « Pendant des années, je me suis sentie coupable parce que j'étais partie au milieu du voyage. Peut-être que si j'étais restée, Alessio ne serait pas mort.

— Ne dis pas ça. Tu ne voulais pas t'en aller. À Lipari, tu pleurais. Et puis, tu crois que tu aurais réussi à retenir ton frère ? » Il hoche la tête et boit une gorgée de champagne. « Personne ne pouvait arrêter Alessio. Et de toute façon, le destin rôde mais il arrive toujours là où il doit arriver. »

Elle le regarde sans comprendre.

« Ton frère, il l'a bien cherché. Il lui fallait toujours repousser ses limites et, une fois franchies, il osait encore davantage, il faisait un pas de plus au-delà de ses possibilités. Il voulait être celui qui plonge du plus haut, qui descend le plus profond en apnée, en bouteilles, il lui fallait faire exploser le profondimètre. Pareil à ski ou en escalade sans corde. » Son regard s'était perdu au loin. « Il me manque.

— À moi aussi.

— À sa mémoire, fait Nicola Sarti en lui remplissant sa coupe.

— Je ne peux pas. J'ai l'estomac en compote. Hier soir, après que nous nous sommes vus, tu ne peux pas imaginer ce que j'ai fabriqué. Jure sur ce que tu as de plus cher de ne le dire à personne. »

Il pose solennellement une main sur son torse.

Maria Cristina, retrouvant soudain sa verve, lui raconte sa cuite terrible, comment elle a vomi partout dans la voiture parce que l'escorte ne pouvait s'arrêter. « Je ne me souviens même pas de comment j'ai fait pour monter à l'appartement. » Elle cache son visage entre ses mains. « Quelle honte. » Brusquement, malgré elle, elle saisit sa main. « Et aujourd'hui j'ai pris une décision très importante, qui ne me ressemble pas. Je vais aller à la télé, à l'émission *Pane al pane*. Pour être interviewée. Je dois juste vaincre ma peur. J'ai une frousse bleue de la télé. En plus, je sue beaucoup. Un jour, je parlais, je portais un chemisier vert, j'étais en nage, et en direct des auréoles se sont formées sous mes aisselles. Il faudra que je mette quelque chose de blanc.

— Comment est-ce possible, ça ? Tu es ou tu n'es pas la sœur d'Alessio ?

— Tu as raison, c'est à lui que je dois penser. Je voudrais aider Domenico pour les sondages. Les gens nous voient lui et moi comme une seule et même chose.

— Raconte comment tu as gerbé en voiture, et tu auras gagné.

— Tu crois ? » Nicola Sarti n'a pas proféré une absurdité. Elle doit briser les schémas. Être elle-même, ne rien cacher.

« Aujourd'hui, une anecdote intéressante suffit pour gagner une élection. Les gens votent n'importe comment. »

Le téléphone de Maria Cristina ne cesse de vibrer. Elle le sort. « Excuse-moi. » Elle répond en changeant de ton. « Caterina. Qu'est-ce qu'il y a ? Non, là je ne peux pas. Je t'appelle plus tard. » Elle opine de la tête. « Oui, je sais. Après. » Elle raccroche.

« Tu dois y aller ?

— Hélas. Mon coiffeur m'attend. Merci pour cet en-cas romantique. » Elle hausse les épaules avec une grimace désolée. « Ça m'a fait plaisir de te revoir. Cet hôtel va devenir une splendeur. » Elle enfile sa doudoune.

Lui, d'un geste galant, déplace la table pour l'aider à sortir. « On s'embrasse ?

— Bien sûr. » Elle l'étreint à peine, craignant qu'il ne sente la consistance synthétique de ses seins. « Voyons-nous.

— Absolument. À la mer. Tu aimeras, fait-il avec un regard intense.

— Ce serait chouette.

— Allez ! »

Maria Cristina lui sourit. « D'accord. On va essayer.

— Promets-le-moi, lui susurre-t-il sans la lâcher.

— Je te le promets, susurre-t-elle à son tour, sans conviction.

— J'ai des photos et des vidéos de la croisière. Je peux te les envoyer ?

— Oui, bien sûr, envoie-les-moi. » Et cette fois, elle lui donne son numéro de téléphone.

6.

Il a raison, Nicola Sarti. Elle doit redevenir celle qu'elle était. La déchaînée. Et se couper les cheveux est déjà un début.

L'épouse du président du Conseil, cachée derrière ses lunettes de soleil, traverse rapidement la via dei Condotti. Les sacs, les manteaux, les jupes l'appellent comme des sirènes depuis les vitrines, elle résiste, mais c'est décidé, dès que Domenico quitte le gouvernement, elle dégaine sa carte de crédit et ne fera pas de quartier. Cela fait deux ans qu'elle n'a pas mis les pieds dans une boutique, le manque se fait sentir.

Un garde du corps la suit à distance. Ils traversent piazza di Spagna entre des rangées de touristes asiatiques agglutinés autour de la Barcaccia. Il y a de la vie. Les trottinettes. Les gamins en skate. Des canassons efflanqués attelés à leur calèche. Les guides avec leur palette. Les dames avec leur teckel à poil dur. Les files de taxis.

Maria Cristina monte en vitesse l'escalier de la Trinité-des-Monts et se retourne pour admirer la ville qui étend à ses pieds un tapis de toits, de terrasses, de penthouses et de superpenthouses, de dômes scintillants. Rome, atteinte d'un trouble bipolaire, réussit à être la ville la plus désagréable et la plus merveilleuse du monde.

Sur la via Sistina, voitures et bus luttent pour se libérer de l'embouteillage des travaux de la rue.

L'épouse du président du Conseil se faufile dans le Grand Hôtel Battistoni, évitant les portiers de garde devant la porte à tambour, elle passe loin du comptoir du hall où s'agglutinent les clients et se glisse dans l'ascenseur bondé de Japonais. Elle sort au cinquième étage et se trouve face à une porte argentée où est incrustée une grande paire de ciseaux en or. Au-dessous, une inscription : HAIR STUDIO DE DIEGO MALARA.

L'*hair sculptor* Diego Malara est un malabar de plus de deux mètres. Avec sa grosse barbe grisonnante aux poils ondulés comme du sorgho et son crâne ovoïde parfaitement rasé, on dirait un mystique russe. Il porte un caftan beige aux broderies dorées sur les manches. Jeune, il jouait au basket dans la Planet Sport Catanzaro. Quand Maria Cristina l'a connu, c'était un grand ado paumé, le porteur de cafés d'un coiffeur à la mode. Aujourd'hui, vingt ans plus tard, c'est une star de la télé et il a une ligne de produits de beauté. Sous ses lames dorées (il n'utilise que des ciseaux en or massif) passent des actrices, des présentatrices, des mannequins et celles qui peuvent se le permettre.

Il embrasse Maria Cristina avec son habituelle rudesse affectée. « Qu'est-ce que tu fabriques attifée en conspiratrice ? » Il chausse des lunettes de vue lourdes et antédiluviennes.

« Je suis venue incognito. J'ai traversé tout le centre. Personne ne m'a reconnue.

— J'adore. »

Maria Cristina note que quelque chose ne va pas dans la bouche du coiffeur. Il a dû se refaire faire les dents, il a deux arcs blancs et émaillés comme un bidet de chez Richard Ginori.

« Alors, mon chou, qu'est-ce qu'on fait ?

— Les racines. Figure-toi qu'hier soir, dans les toilettes, une Indienne me les a cachées avec du mascara.

— Mon trésor, combien de fois faut-il que je te le dise, les cheveux poussent d'un centimètre et demi par mois. On ne s'est pas vus depuis quand ?

— Je ne sais pas… trois semaines.

— Bon, ben fais le calcul, mon chou. Dès qu'elle a fini avec Miriam Naselli, Chantal te fera ta couleur. »

Maria Cristina fixe ses yeux maures, dépourvus de sclérotique, enfoncés dans ses orbites violacées. « Aujourd'hui, j'ai pris une grande décision. Je vais faire *Pane al pane*. Donc, je ne sais pas, une nouvelle coupe, différente, ça serait pas mal, non ? Qu'en dis-tu ? »

Depuis toujours, Maria Cristina est coiffée à la Kate Middleton, disons, une coupe parfaite en toute occasion publique. Raie au milieu, dégradé en *V*, châtain aux reflets caramel, pointes plus claires.

La mâchoire de Diego lâche. « Mon amour, dis-moi que tu es sérieuse.

— Je te le jure.

— *You made my day* », fait Diego en applaudissant. Il la saisit, l'installe comme un pantin sous un spot, l'ébouriffe, tourne autour d'elle, main sur le menton, sourcils froncés, tel Michel-Ange autour d'un bloc de marbre. Il sort de sa poche une minitablette et se met à chercher. « Ah, voilà. »

Il lui montre une photo de Rosamund Pike, l'actrice du film *Gone Girl*, carré blond platine juste sous la mâchoire, pointes alignées sur le menton. Raie à gauche, longue vague blonde encadrant son visage, l'autre oreille découverte.

« Avec cette coupe, mon cœur, tu vas déchirer, dit Diego Malara, exalté. Une météorite sur la Terre, crois-moi.

— Blonde ? Tu es sûr ? »

Le coiffeur hausse les épaules. « On passe au bac, mon chou.

— On passe au bac, mon chou », répète la sœur d'Alessio.

Une heure plus tard, voici notre héroïne, déjà décolorée et papier alu sur la tête, prête à devenir aussi glaciale et impitoyable que la femme fatale de *Gone Girl*. À ses côtés se tient Miriam Naselli, connue pour avoir incarné l'inspectrice sourde Rina Romolo pendant les cinq saisons du *Hasard risqué*. Les audiences ayant chuté, sa série a été supprimée et elle peine désormais à trouver de nouveaux rôles. Maria Cristina la suit sur Instagram où l'actrice s'est réinventée en tant que guide de parcours spirituels, elle donne des cours de yoga filmés dans la chambre de ses enfants et fait de la pub pour des tisanes, des barbecues et des électrostimulateurs cardiaques.

Elles se connaissent à peine, mais feignent d'être amies car dans le gynécée de Diego Malara toutes les femmes sont amies, puisqu'elles sont riches, célèbres, et en général d'un aspect agréable.

Miriam Naselli lui confesse qu'elle est devenue ménopausée puis daltonienne, et se demande si les deux choses sont liées. À présent, elle parle de ses followers.

« Figure-toi que j'ai posé une question hyperbanale : peut-on dire je t'aime à qui on aime ? J'ai reçu des milliers de réponses superintéressantes. Des trucs superpoétiques, il y a une chaleur incroyable sur la Toile, ce serait génial de la canaliser d'une manière ou d'une autre, d'en faire un livre. Toi qui connais… »

Maria Cristina l'écoute à peine, elle essaie de se convaincre qu'elle n'a pas fait une connerie en se teignant en blonde. Ça ne va pas la vieillir ? Comment vont-ils le prendre sur Internet ?

Une autre bouffée de mots de Miriam investit son cerveau. « D'après moi, il faut le dire haut et fort. Quand nous prononçons le mot amour, les molécules de l'univers changent. Nous avons ce pouvoir effrayant entre nos mains. »

Maria Cristina s'abstrait de nouveau. Dès qu'elle sera rentrée à la maison, il lui faudra les informer qu'elle a décidé d'accepter l'interview. Ils essaieront de l'en dissuader. Mais elle ne devra pas céder. Elle devra les persuader que c'est une opportunité pour le gouvernement.

La voix nasonnée de Miriam Naselli se fraie une brèche, agaçante comme un taon. « La spiruline est riche en bonnes choses. Des protéines, des acides aminés et des omégas de toute sorte. C'est une algue qu'on peut même cultiver chez soi. C'est très facile : on achète un aquarium, on le remplit d'eau et de spores de spiruline, et elles, elles poussent toutes seules et elles forment des petites billes comme ça... Dis donc, pardon, mais qu'est-ce que tu fais pour ta peau ? Elle est si lumineuse.

— Je mets de la crème », répond distraitement Maria Cristina alors qu'elle reçoit un message.

CATERINA
Reitner dit que tu as accepté l'interview.
C'est possible ? Elle bluffe ? Tu m'appelles
dès que tu as un moment ?

Elle est sur le point de répondre quand arrive un autre SMS.

Quel repas agréable. La prochaine fois on se voit à
la mer. Toujours en tête à tête bien sûr.
Je t'embrasse fort. Nic.

Numéro inconnu. L'onde d'un sourire étire ses lèvres tandis qu'elle sauvegarde le numéro de Nicola Sarti.

Ponctuelle, la bonne vieille Diana Brinzaglia l'attend au tournant. *C'est sûr, ton petit copain doit avoir besoin de quelque chose. Rappelle-toi que tu es un moyen d'entrer en contact avec le président du Conseil.*

Non, Nicola Sarti n'est pas ce genre-là. S'il avait eu besoin de quelque chose, il l'aurait dit. Elle a enfin rencontré un être différent de ces habituels ministres flanqués de valises cabines et d'épouses à Macerata.

MARIA CRISTINA
J'adore la vieille salade.
Merci à toi. 😘

NICOLA SARTI
Comme promis quelques souvenirs

Elle reçoit deux photos.

Sur la première, l'équipage du *Nasquira* est assis dans le cockpit arrière. Son frère, Davide, Filippo, Mao, un autre dont elle ne se rappelle pas le nom et elle, très maigre et bronzée. Au milieu, sur la table, des restes de pastèque et une marmite contenant une bouillie desséchée qui semble être des pâtes aux haricots. Une cannette à la main, ils trinquent tous vers l'appareil photo. Dans la seconde, Alessio est seul, à cheval sur la bôme, en train de réparer la grand-voile.

MARIA CRISTINA
Mon Dieu, nous étions jeunes et heureux. Quelle nostalgie.
Et Alessio, comme il était beau ! 😱😱😱

NICOLA SARTI
Toujours été le plus canon.

MARIA CRISTINA
♡♡♡♡

D'autres photos. Sur l'une d'elles, ils sont à l'eau et jouent au ballon. Elle est prise du bateau et avec les éclaboussures on ne voit pas grand-chose, sauf qu'ils s'amusent. Sur une autre, ils sont dans un petit port, pieds nus, chargés de sacs de provisions pour la cambuse, elle a un énorme croissant à la main. Puis une photo sombre, de nuit, des lueurs rougeâtres au fond. Avec la lumière du flash dans les yeux, Nicola Sarti ressemble à un lapin ébloui par les phares. Maria Cristina, chapeau de paille sur la tête, est assise à une table, un plat de pâtes devant elle et un petit corniaud à ses pieds qui attend la becquée. Alessio sur sa planche de windsurf avec Mao. Un élancement d'émotion lui enserre la gorge tandis qu'elle se revoit en compagnie de son frère, les deux orphelins heureux. Libérés des grands-parents, avec toute la vie devant eux.

MARIA CRISTINA
Mon Dieu qu'elles sont belles.
Merci ! Tu ne peux pas savoir comme ça me fait plaisir.
Je suis tout émue.

« Alors, mes belles dames, comment ça va ? »

Maria Cristina lève les yeux de son écran et fixe le coiffeur qui tient une pizzetta au jambon grande comme une dalle de ciment. « Goûter. Le bar d'en bas me bousille le cerveau avec ces trucs. » Il parque son arrière-train sur un tabouret à roulettes et accomplit une pirouette. « Je me disais, chère Maria Cristina, que tu pourrais me filer un coup de main à l'AIA.

— Qu'est-ce que c'est ? demande Miriam Naselli.

— L'association des coiffeurs. Oublie ça, ils préfèrent se faire appeler capilliculteurs, ce qui est ridicule, de toute façon… J'ai pensé que ce serait super de faire de la pub pour notre travail dans des milieux dégradés. Du genre prisons ou centres d'accueil à Lampedusa, ou bien là où tapinent les prostituées, tu ne peux pas savoir combien j'en vois sur la via Salaria quand je vais à Todi… Bref, on pourrait y aller et couper les cheveux de ces malheureuses, les maquiller. Et puis prendre des photos qu'on partagerait. Je sais pas… ça me paraît, euh… Il prend une inspiration de réflexion. Ça me paraît un truc super.

— Hyper super, tu plaisantes ? C'est une idée géniale. » Miriam Naselli bat des mains, ravie.

Maria Cristina élargit la cape qui lui serre la gorge. « Oui. Bien sûr. Une belle initiative », dit-elle, peu convaincue, un œil sur son portable. On lui envoie une vidéo.

« Le gouvernement pourrait la sponsoriser, ajoute Diego Malara. Je ne parle pas d'argent. Mais tu sais, du style "sous le patronage de…" ces trucs qu'on écrit… »

Le petit cercle du téléchargement mouline lentement. Il n'y a pas beaucoup de réseau.

« Selon moi, vous devriez impliquer aussi des acteurs, fait Miriam, parlant d'elle-même. Des coiffeurs célèbres, des acteurs et des SDF. T'imagines pas combien y en a qui dorment en bas de chez moi. J'en ai même trouvé dans les escaliers. Il y en a une fantastique, très élégante… »

Le petit cercle est rempli.

Maria Cristina lance la vidéo. Pas beaucoup de lumière. Un peu de grain. Face à l'objectif, le torse nu, viril, de celui qui a allumé la caméra. Dès qu'il s'éloigne, elle reconnaît en contre-jour le profil de Nicola Sarti. Il est dans la grande cabine, celle de l'armateur. Le hublot, grand ouvert, illumine le lit double sur lequel est assise jambes croisées Maria Cristina topless, non, elle est nue, une bouteille de bière à la main. Elle sourit et se met à genoux. De l'index, elle fait signe à Nicola Sarti de la rejoindre.

Lui, il baisse son maillot de bain, laissant apparaître ses fesses blanches.

« Et si on y allait, ça te dit, Maria Cristina ? »

L'épouse du président du Conseil écrase son portable sur sa poitrine. Comme si un âne l'avait frappée d'une ruade au sternum, des millions d'aiguilles lui piquent les jambes pour remonter le long de son dos jusqu'à la nuque. Elle serre les paupières, les lumières du salon papillonnent, d'un filet de voix elle susurre : « Quoi ? Pardon, je n'ai pas compris. »

Diego Malara se lève et jette la serviette en papier dans la corbeille. « On disait qu'il faudrait en parler à Domenico. Ça me paraît la meilleure idée.

— Je vais aux toilettes. » Maria Cristina se dirige vers la sortie, cape sur le dos et papillotes en alu dans les cheveux.

« C'est de l'autre côté ! », lui hurle le coiffeur.

Mais elle n'entend pas, un vrombissement métallique croît dans ses tympans tandis que le salon, les fauteuils en cuir rouge, les miroirs encadrés de spots, les produits alignés sur les étagères en cristal biseauté, la moquette épaisse sous ses semelles, les abat-jour ambrés, tout disparaît et réapparaît comme si sa vue n'arrivait à rien contenir. Maria Cristina atteint la porte, la cellule photo-électrique la lui ouvre en grand, elle sort. Son téléphone lui brûle les mains. Elle s'approche de l'ascenseur. Appuie sur le bouton. Les numéros bleus des étages montent et descendent, personne ne s'arrête. L'issue de secours est cachée par le velours bleu qui revêt les murs, elle pousse la barre anti-panique et dévale l'escalier de service. Sous les lumières des néons, les murs jaune canari l'aveuglent, elle trébuche, manque de tomber, poursuit sa descente.

Réaction de fuite, ainsi que la nomme les neurobiologistes. La moelle des surrénales sécrète un tas d'hormones : catécholamine, testostérone, cortisol, dopamine et sérotonine. C'est ainsi que réagissent les animaux aux menaces extérieures, produisant des drogues endogènes qui les aident à être plus réactifs.

Quelques étages plus bas, Maria Cristina se trouve face à un caddy plein de produits pour les toilettes, de stylos, de serviettes de bain, qui lui barre le chemin. Elle essaie de le déplacer, n'y arrive pas, passer sur les côtés est impossible, il n'y a aucun espace, alors elle tente de l'enjamber, faisant tomber des tubes de baume, de shampooing et des pantoufles en éponge.

« Descends de là ! Qu'est-ce que tu fabriques ? », lui intime par l'entrebâillement de la porte la voix d'une femme russe, polonaise, en tout cas de l'Est. « Descends de là ! » Le caddy, en travers, la bloque dans le couloir. Elle se met à jurer dans sa langue.

« Excusez-moi… Je suis désolée. » Maria Cristina cherche à ramasser ce qui est par terre. « Il faudrait que je passe.

— Pourquoi vous avez pas pris l'ascenseur ? » La femme de chambre s'évertue inutilement à se glisser dans l'embrasure de la porte.

Maria Cristina pousse encore le chariot. « OK. Je remonte. Pas de souci. Excusez-moi encore. C'est une erreur.

— Stop ! », ordonne la Russe et d'un coup d'épaule elle se fraie un passage. Jésus Marie Joseph ! Vous êtes Pamela.

« Pamela ?

— Pamela la chanteuse.

— Non non, je ne suis pas Pamela la chanteuse. » Maria Cristina secoue vigoureusement la tête.

La femme de chambre n'est pas convaincue. « Vous êtes sûre ?

— Je vous le jure. » Maria Cristina recule et essaie de remonter l'escalier.

« Ouais, mais vous êtes connue. » La femme de chambre lui barre la route.

« Je suis… » Maria Cristina est sur le point d'éclater en sanglots. « Je suis une…

— Je sais qui vous êtes. » Son visage s'illumine. « Vous, vous êtes l'épouse du président de la République. Et me dites pas non. »

Maria Cristina s'affaisse sur une marche et la regarde, la suppliant d'avoir un brin de charité chrétienne. « Laissez-moi seule. Cinq minutes. Rien que cinq minutes.

— OK. Je voulais pas vous embêter. » La Russe a changé de ton. « Vous me feriez un autographe pour mon fils ? Il s'appelle Andrej, il a vingt-deux ans et il est fou amoureux de vous. Il a votre photo à côté de son lit. » Elle sort de sa poche un bloc-notes et un stylo et les pose sur une marche. « Je viens le chercher plus tard. Merci et excusez-moi encore. »

Maria Cristina se passe une main dans le cou. La couleur a dégouliné de partout.

Elle inspire un grand coup et appuie sur *play*.

Nicola Sarti s'allonge sur des draps sales, des paquets de gaufrettes, des T-shirts roulés en boule, des maillots de bain, des cartons de pizza et des barquettes de glace. Il regarde l'objectif, n'est pas certain d'être au centre du cadre, se lève, oriente la caméra et revient sur la couche, prend une demi-bouteille de bière sur la table de nuit et, après en avoir bu une gorgée, il l'offre à Maria Cristina nue, plate comme une limande, cuite par le soleil, les cheveux raides et desséchés par le sel, des bracelets colorés aux poignets. Ils continuent à se passer la bière comme pour se donner du courage. Maria Cristina, à genoux, la finit pour s'en débarrasser. Ses joues se gonflent et d'un jet elle éclabousse Nicola Sarti, explosant d'un rire gêné et se couvrant le visage de ses mains, elle fait non de la tête.

Nicola Sarti s'agenouille, il l'embrasse longuement sur la bouche, la fait s'allonger, ils roulent dans les draps tout en s'embrassant au cœur de cette pénombre asphyxiante, elle lui passe les doigts dans les cheveux et lui, pressé, dirige sa main vers son aine. Elle la laisse un peu posée là, comme oubliée, puis saisit son sexe et commence à le branler. Son pénis peine à bander et le visage de Nicola Sarti apparaît et disparaît derrière les omoplates maigres de Maria Cristina, qui offre son dos et ses parties intimes à l'objectif.

Il lui susurre quelque chose d'incompréhensible en indiquant la caméra, lui fait signe de se retourner. Maria Cristina est secouée d'un petit rire nerveux, comme indécis, puis elle se met debout sur le matelas, cou plié pour ne pas heurter le rouf, et se tourne, plante un instant ses yeux dans l'appareil, se baisse puis s'accroupit sur lui, le cachant. Maintenant, dans le cadre, il y a la plante des pieds sales de miettes, les cuisses et le pénis enfin dressé de Nicola Sarti. Maria Cristina passe ses cheveux derrière l'oreille pour ne pas se cacher à l'objectif et, en regardant la caméra, elle le prend dans sa bouche.

L'épouse du président du Conseil, papillotes en alu sur la tête, assise dans l'escalier de secours du Grand Hôtel Battistoni, éteint l'écran et porte une main à son visage. Elle essaie de se décoller de la paroi contre laquelle elle s'est affaissée, mais n'en a pas la force. Du bout des doigts, elle appuie contre l'arête de la marche pour vérifier que ses sens fonctionnent encore, que ce n'est pas un cauchemar ou la cruelle caméra cachée d'une téléréalité. Elle se force à continuer de regarder. Leurs ébats tout entiers, à n'en plus finir, mais quand il la prend par-derrière, elle n'en peut plus et arrête.

Pas de doute. C'est vraiment elle. Mais bon sang, elle a oublié qu'elle avait tourné un porno ? Une amnésie ? Cela se peut-il ? Elle avait vingt ans, était une autre personne, une « déchaînée », ainsi que le lui a dit hier soir Nicola Sarti. Maintenant, elle comprend ce qu'il voulait dire. Elle se souvient qu'elle aimait bien faire l'amour avec Nicola Sarti et que lui, gamin chroniquement en rut, il avait toujours envie, mais se connaissant, pudique comme elle est, elle ne se serait jamais laissé filmer. Ça ne lui ressemble pas, elle n'a jamais été exhibitionniste.

Elle pose son front sur ses genoux, une régurgitation acide lui brûle la gorge.

Elle devait être défoncée. Pourtant, elle a toujours détesté les drogues, elle a dû fumer trois joints dans sa vie. Nicola Sarti lui avait peut-être donné la drogue du violeur. Mais d'après ce qu'elle en sait, ce truc-là rend inconscient, on subit la volonté d'autrui, tandis qu'elle, au contraire, était active, elle agissait de son plein gré. Elle regardait l'objectif.

« Je ne vais pas pouvoir supporter ça », soupire-t-elle.

Leur discussion est close. Après la vidéo, Nicola Sarti n'a rien ajouté.

Mais il n'y a pas de réseau ici.

« Mon Dieu », dit-elle d'une voix qui semble ne pas être la sienne.

La chose est si incommensurable, totale, qu'elle n'arrive même pas à donner un nom à ce qu'elle éprouve, elle est groggy, sa tête bouillonne comme une marmite, la couleur lui brûle la peau.

Sa fille. Son mari. L'Italie. Le monde. La fin.

Elle fixe la tache blanche de la petite feuille que lui a laissée la Russe. Elle la prend et écrit : « À Andrej avec affection. Maria Cristina. »

Elle remonte les escaliers.

Un quart d'heure plus tard, Maria Cristina est assise près d'un moteur de clim sur le toit-terrasse du Grand Hôtel Battistoni. Elle tient son orteil blessé et le caresse en fixant le ciel d'un bleu trop intense. À côté de la balustrade, un écheveau d'antennes et de paraboles satellitaires accrochées à un treillis projette son ombre sur le revêtement en gravier sale. À sa gauche, une petite porte en métal marron est ouverte sur le local où jadis se trouvaient les réservoirs d'eau, mais où désormais il y a une étendue de fientes de pigeon.

Caterina ne cesse de l'appeler.

Nicola Sarti n'a plus écrit, mais il est en ligne, comme en attente.

Possible qu'il lui ait envoyé une telle vidéo ? Maintenant ? Au bout de vingt ans ? Elle est l'épouse du président du Conseil, bon sang ! Ce type réapparaît hier, et aujourd'hui, comme par hasard, elle le rencontre juste en face du spa ?

Non, rien ne colle.

Quand son mari a pris possession du palais Chigi, on lui a fait subir un long endoctrinement sur la façon d'utiliser son téléphone portable et son ordinateur, sur les attaques informatiques, les courriels suspects, les piratages et tout le toutim. Une vidéo de ce genre, Filippo Pottino, le chef de la sécurité, la traiterait comme une attaque contre l'État. Elle doit l'avertir. Et elle doit la lui montrer. À cette seule pensée, elle meurt de honte. Elle se laisse tomber à genoux, désespérée.

Ça va trop vite. Elle doit parler à Nicola Sarti, écouter ce qu'il a à dire, comprendre.

« Maintenant. » Mais calmement, comme si de rien n'était. Elle se lève, fait trois tours sur elle-même, en expirant et inspirant. Elle l'appelle. Ça sonne, il ne répond pas. Elle laisse sonner jusqu'à ce que se déclenche son répondeur. Elle raccroche. Elle pousse un hurlement, voudrait s'arracher les cheveux, se planter les ongles dans le cou, décrocher les antennes. Elle rappelle. Répondeur. Elle recommence à tourner sur elle-même, le visage et le cou barbouillés de teinture, le téléphone souillé. Elle se penche sur le parapet. En dessous, la via Sistina est un concert d'avertisseurs sur un ruban de tôle.

Son portable sonne.

Elle répond sans regarder. « Allô ?

— Allô ! explose Caterina. Enfin. Tu es où, putain ? » Elle ne se contrôle plus. « Tu es devenue folle, Maria Cristina ? »

Ce n'est pas lui. Elle est sur le point de raccrocher mais se réfrène. « Chez le coiffeur. Je fais ma couleur.

— Les gars de la sécurité te cherchent.

— Je suis sur le toit. Je ne me sentais pas très bien.

— Qu'est-ce que tu as ? », demande l'assistante, inquiète.

L'épouse du président du Conseil attrape un câble d'antenne et le tire. « Rien, je manquais d'air. C'est passé. » Elle est étonnée de réussir encore à interagir, d'être capable de mentir, signe que tous ses circuits mentaux n'ont pas cramé.

« Tu es sûre ?

— Oui. Je descends tout de suite.

— Je les ai avertis. Ils arrivent. Écoute, Mariella Reitner vient de tweeter que tu viendras dans son émission mardi prochain. C'est vrai ?

— Oui. » En arrière-fond se superpose le signal d'un appel entrant. « Excuse-moi, on en parle plus tard. » Elle interrompt la conversation et répond.

« Me voilà, j'étais sur vibreur, dit Nicola Sarti.

— Salut. » Maria Cristina balbutie les premiers mots qui lui viennent. « Comment vas-tu ?

— Bien. Et toi ?

— Nickel. Tout va bien. Écoute… » Elle prend le ton le plus léger possible, simplement curieux. « C'est quoi cette vidéo ?

— Mais comment ? Le dernier jour. Juste avant ton départ. Attends… » Il baisse la voix comme s'il cherchait un endroit où parler sans être écouté. « Tu ne te souviens pas ? L'histoire du porno… »

Maria Cristina s'assied par terre, dos contre le parapet, et arrache violemment le câble de l'antenne. « Non. Quelle histoire de porno ?

— On devait faire un porno et devenir riches. De simples conneries de croisière. Puis les autres sont allés à terre et on l'a fait pour de vrai. Maria La Suceuse, allez. »

Les poumons vides d'air, la question sort silencieusement de sa bouche. « Maria La Suceuse ?

— Ton nom de scène ! Tu disais que ce serait ton pseudo de star du porno. »

L'épouse du président du Conseil a envie de vomir. « Non, je jure devant Dieu que je ne m'en souviens pas. »

Nicola Sarti éclate d'un rire un peu théâtral. « Je m'en doutais. On était fin bourrés.

— Et tu l'as enregistrée comment ? », lui demande-t-elle distraitement, tandis qu'elle marche pieds nus, les yeux bandés, sur des tessons de bouteille. « À cette époque ça existait les portables ? On avait un caméscope ? Je n'ai pas l'impression…

— J'ai utilisé une Sony professionnelle. Mon rêve, tu as oublié ? Devenir réalisateur. J'ai toutes les vidéos du bateau. Même celle où on a pêché un thon pendant la traversée. Elle est super. Il faut que je te l'envoie.

— Celle-là je m'en souviens. L'autre non. » Toute son irritation explose. Diana Brinzaglia lui suggère de se calmer. « Et pourquoi tu l'as dans ton portable ? Je ne comprends pas. »

Il y a une pause avant qu'il réponde. « J'ai digitalisé toutes les bandes. Hélas, le rendu est merdique. »

Maria Cristina se lève et se met à tourner en rond, comme un canasson attaché à un poteau. Elle peine à parler, un nœud dans la gorge. « Mais explique-moi un peu, comment se fait-il que tu te balades avec cette vidéo dans ton téléphone ?

— En fait, je l'ai téléchargée de mon PC après notre déjeuner. Elles y sont toutes. » Il s'arrête en entendant la respiration haletante de Maria Cristina. « Qu'est-ce qu'il y a ? Ça t'a bouleversée ? On n'est que toi et moi… »

Elle lève les yeux au ciel. « Ça m'a bouleversée ?

— Ça ne t'a pas amusée ?

— Non, absolument pas. » Sa voix tremble. « Au contraire, si tu veux savoir, je suis terrorisée, au bord de l'évanouissement. » Elle appuie son menton sur son cou et éclate en sanglots tandis qu'elle entend la voix de Nicola Sarti. « Maria Cristina ? Maria Cristina, qu'est-ce qui t'arrive ? »

Elle renifle. « Rien. Excuse-moi.

— Oh merde. C'est toi qui dois m'excuser. Je suis désolé. Je n'aurais pas imaginé. Excuse-moi, répète-t-il, mortifié.

— Comment tu fais pour ne pas imaginer ? Tu te rends compte de ce qu'il se passerait si quelqu'un voyait cette vidéo ? Je suis l'épouse du président du Conseil.

— Je sais qui tu es. Mais pourquoi quelqu'un devrait-il la voir ? »

Maria Cristina n'arrive pas à savoir s'il joue la comédie ou s'il vient de comprendre qu'il a été inopportun. En tout cas, soit il est idiot, soit c'est un grand fils de pute. « Et puis, pardon, elle s'éclaircit la gorge, qui me certifie que tu ne la montreras à personne ? Imagine, si ça sort sur Internet.

— Je te fais remarquer que j'y suis moi aussi dedans. J'ai une ex qui me hait et deux enfants en bas âge. Vingt-deux ans ont passé et elle n'est jamais sortie. Pourquoi devrais-je la rendre publique aujourd'hui ? »

Maria Cristina s'arrête, regarde les mouettes voler au-dessus des toits, elle est sans voix.

« Vraiment, je suis désolé, répète-t-il, en s'adoucissant. Je suis mortifié. Sérieusement. Je ne pensais pas que tu le prendrais comme ça.

— Efface-la, s'il te plaît.

— Je l'efface. Je te le jure.

— Tout doit disparaître. Même la cassette. Détruis-la. Je t'en prie, Nicola.

— Je l'efface illico de mon portable et de mon PC et ce soir, je brûle la cassette. Tu as raison, j'ai fait une connerie. J'ai commencé à t'envoyer les photos, je l'ai retrouvée là et je me suis dit, voyons l'effet que ça lui fait. »

Maria Cristina se penche vers la rue. « Tu pensais quoi, que ça m'exciterait ?

— Oui, peut-être, je ne sais pas…

— J'ai failli en mourir.

— Tu me pardonnes ?

— Oui. N'en parlons plus. Efface-la.

— Je te le jure. Mais je ne voudrais pas que cette connerie foute tout en l'air. On a été si bien aujourd'hui. »

Maria Cristina ressent une fatigue infinie, elle est transie jusqu'aux os. Elle soupire un « Oui.

— Promets-moi qu'on va se revoir. Ne me déçois pas. »

Elle est exténuée. « Je te promets. Bon, maintenant… » Elle ne sait comment poursuivre, et en tout cas, un connard pareil, il peut se brosser pour qu'elle le revoie.

Par la porte des escaliers apparaissent des hommes de la sécurité. Ils regardent autour d'eux, faisant ce que Maria Cristina appelle la danse du chimpanzé. L'un a carrément son pistolet à la main. Elle fait signe du pouce que tout va bien et qu'elle est au téléphone. Tous trois restent à quelques mètres de distance, en attente.

« Je dois y aller », conclut Maria Cristina.

7.

Irene Mascagni tourne autour de sa mère qui tente de résoudre son problème de maths. « Alors, le charpentier, il a acheté combien de vis… Assieds-toi s'il te plaît. Je suis fatiguée.

— Maman, je te jure, ça fait trop bizarre. On dirait pas toi. » Elle lui touche les cheveux pour vérifier que ce n'est pas une perruque. « Toute blonde. Pourquoi tu as fait ça ?

— C'est la dixième fois que tu me le demandes, s'agace Maria Cristina.

— Tu voulais changer. Mais pourquoi ?

— Assieds-toi. Ne m'énerve pas.

— Comme ça, toi et moi, on est blondes pareil ?

— S'il te plaît, l'implore-t-elle. Mais qu'est-ce qu'il va en faire de toutes ces vis le charpentier ? »

Irene finit par s'asseoir. Elle est grande pour ses dix ans, comme Maria Cristina à son âge, elle est la plus grande de sa classe, des cheveux raides et fins lui arrivent au milieu du dos. Par rapport à sa mère, elle est plus claire de carnation et elle a les yeux bleus. Elle pourrait être sa version nordique.

Maria Cristina se frotte les yeux. « Bon, allez, fais-moi ces fractions. » Elle n'a qu'une envie, se glisser dans son lit et mettre fin à cette horrible journée.

« Et pourquoi tu les as fait couper ? Blonde, ça te suffisait pas ? Ça te vieillit.

— Écoute, jeune demoiselle, j'en ai assez. » Maria Cristina pose le stylo sur la table et s'observe dans le verre du cadre du planisphère accroché au mur de la chambre d'Irene. Diego Malara a plus ou moins réussi à rattraper le désastre qu'elle a créé en laissant la teinture sécher sur sa tête, mais il a tiré une gueule de six pieds de long. Il lui a dit qu'il s'était fait un sang d'encre et qu'elle avait saboté son travail. En tout cas, Irene a raison, elle paraît plus vieille. Elle a les traits acérés, plus durs, comme refaits.

« À mon avis, on va dire que tu es folle, continue Irene, impitoyable, tout en gribouillant sur son cahier.

— Pour une coupe de cheveux ? Et puis, qui dira ça ?

— Ceux qui écrivent sur Internet.

— Et toi, qu'est-ce que tu en sais ?

— Clara a un portable et elle me montre Instagram. Là où il y a toutes tes photos de ceux qui t'admirent », fait la gamine d'un petit ton pédant.

Et voilà, elle a perdu sa fille. Tôt ou tard, cela devait arriver, mais là maintenant, non. Ils lui ont interdit la télé, si ce n'est un film une fois par semaine et jamais seule. Pas d'Internet. Pas de portable. Greta, la fille au pair allemande, la surveille, mais hélas ! à l'école elle est livrée à elle-même, en butte à ses camarades qui ont tous un téléphone et un profil sur les réseaux sociaux. Jusqu'à hier soir, c'était une fillette du siècle dernier, elle adorait lire des romans fantastiques et s'occuper des animaux. Pour son anniversaire, son père lui a offert un microscope et elle passait ses journées à regarder les fourmis, les artémies dans un bocal, à prendre des photos avec son Polaroïd. Domenico, pour faire enrager Maria Cristina, la surnommait Kasparina, comme Kaspar Hauser, le garçon qui, au début du XIXe siècle, racontait avoir grandi dans une étable, sans jamais voir un être humain jusqu'à sa majorité.

Depuis quelque temps, Irene a changé, elle réclame un smartphone, veut regarder des séries à la télé, fait des caprices. L'adolescente est en train d'éclore. Et elle n'a que dix ans, Dieu sait comment elle sera à seize.

« Bon. Ça suffit. Tes devoirs, tu vas les finir toute seule. »

Maria Cristina se lève et prend son téléphone sur la table.

La vidéo est toujours là.

Après le coiffeur, en rentrant à la maison, cachée par les vitres fumées de la voiture, elle était sur le point de la supprimer, et puis elle a compris qu'elle ne devait pas.

C'est une preuve.

Il faudrait qu'elle le dise à Domenico, mais elle a trop honte. Et puis, connaissant sa terreur du scandale, il serait capable de se balancer par la fenêtre.

En tout cas, elle en mettrait sa main au feu, Nicola Sarti ne l'a pas effacée. Mais quel intérêt aurait-il à la rendre publique ? Elle a vérifié sur Internet, c'est un chef d'entreprise à succès. Il aurait tout à perdre. Et au bout du fil, il lui a semblé sincèrement mortifié.

Diana Brinzaglia n'est pas si optimiste. *Il n'y a absolument pas de quoi rester sereine. Ce beau gosse vaniteux se tape la femme la plus belle du monde, qui est aussi l'épouse du président du Conseil et il le raconte à personne ? Il a dû la montrer à quelqu'un. C'est sûr et certain.*

Elle l'imagine en train d'exhiber la vidéo dans les vestiaires à ses copains du foot. Non, ça ne lui ressemble pas. Il n'est pas si con. En revanche, le fait qu'il la lui ait envoyée en même temps que les photos de vacances, de celles de son frère mort, prouve que c'est un rustre sans aucune sensibilité.

Ces pensées en tête, l'épouse du président du Conseil emprunte le long couloir qui relie l'aile principale à celle des domestiques. Dans le sol en terre cuite émaillée de blanc, sont insérés des losanges de céramique florale de Vietri. Sur les murs, des tableaux de peintres macchiaioli alternent avec de grands abat-jour en faïence bleue. En cuisine, Daisy dépiaute un chou-fleur sur l'îlot central en marbre noir. Dehors, au-delà de la terrasse, le ciel retient un brin de jour en empourprant les façades des immeubles. Plus haut, des nuages gris mercure se détachent du fond plus clair du ciel. C'est l'heure des mouettes, elles volent par centaines, en amples cercles, prédateurs métropolitains, assaillant la ville de leurs cris stridents et de leurs excréments.

Maria Cristina ouvre le frigo en quête de quelque chose pour se défouler de sa frustration, mais il n'y a rien de bien folichon. Outre de la ricotta maigre, des yaourts de soja, deux avocats pas mûrs et des endives à la vapeur, les restes d'un poulet bouilli se racornissent. Elle dégote un sinistre bocal de lupins, les grignote en recueillant les peaux dans sa main. « Daisy, ce soir je ne dîne pas. Fais manger Irene et puis, s'il te plaît, mets-la au lit. Greta n'est pas là aujourd'hui. »

Elle prend son ordinateur portable. Dans quelques minutes, elle a une visioconférence avec Domenico, Caterina et Dino Berti, l'un des responsables de la communication. Personne n'a avalé le fait qu'elle ait accepté cette interview.

Elle allume les lumières du bureau, long parallélépipède tapissé de boiseries et de bibliothèques, avec deux grandes fenêtres donnant sur la terrasse. Sur un mur, une espèce de cinéma, un écran gigantesque et des tas d'enceintes. Un canapé en velours prune et une table en bois pareille à la piste d'atterrissage d'un porte-avion complètent le décor. Depuis que Domenico est devenu président du Conseil, il n'y a plus mis les pieds. Il avait ce magnifique bureau, une vie merveilleuse, du temps pour être avec sa fille, il gagnait un fric fou. Il lui a suffi de s'entretenir avec le président de la République pour détruire son existence.

Maria Cristina s'assied au bureau et, en attendant le début de la réunion, elle cherche d'autres infos sur Nicola Sarti. Sa page Wikipédia est maigre. Entrepreneur, fils d'un constructeur immobilier et d'une institutrice de Pescara, il a été à la tête d'un groupe international d'hôtellerie de luxe ayant son siège à Singapour. Depuis quelques années, il a inauguré une nouvelle chaîne d'hôtels. Et pour compléter le tableau, il est passionné de golf, d'automobile et de voile. Il a participé à la Global Ocean Racer, mais son bateau a sombré près du cap Horn. On lui attribue de nombreuses relations avec des actrices et des mannequins. Il a été marié à Domitilla Dentini : très brune, très gros seins, très vulgaire, propriétaire d'un domaine viticole à Cividale del Friuli. Pas beaucoup d'autres infos ni de photos. Quelques-unes dans ses hôtels, une avec la maire de Rome, deux ou trois sur un voilier en tenue rouge cardinal durant une régate. Absent des réseaux sociaux. C'est déjà ça.

Le signal de Skype interrompt son enquête.

Elle arrange ses cheveux en se regardant dans l'écran et elle accepte. L'image se partage en quatre. Domenico est dans une chambre d'hôtel. Caterina est à la cuisine. Des placards en formica blanc, le frigo jaune plein de magnets et un pense-bête avec la liste des courses. Dino Berti, la trentaine, lunettes gramsciennes et casque de cheveux frisés, est installé dans une salle de réunion anonyme.

Tous l'observent en silence. Elle tourne la tête d'un côté et de l'autre pour montrer son carré à la webcam.

— Qu'est-ce que vous en dites ?

Caterina, la première, rompt ce moment d'embarras. « J'aime beaucoup. Ça te va super bien », fait-elle avec un enthousiasme forcé, révélant la traîtresse qu'elle est. Et elle souffle à Domenico : « Qu'en pensez-vous Monsieur le Président ? Elle est très belle, n'est-ce pas ? »

Le président se masse le menton.

Maria Cristina hausse les épaules. « Tu détestes.

— Non, répond Domenico, si lugubre qu'il en paraît peu crédible.

— Dis-le. Il n'y a aucun problème.

— Non, c'est juste que je ne comprends pas. » Il secoue la tête, réticent à s'exprimer.

« Tu ne comprends pas quoi ? »

Acculé, il se décide à parler. « Pourquoi as-tu fait un changement si radical ? N'est-ce pas un peu exagéré ? Courts ? Blonds ? Je ne dis pas que ça ne te va pas, mais… » Il se retient. « Bon, ce n'est pas le moment d'en discuter maintenant.

— Au contraire, discutons-en maintenant », insiste Maria Cristina. Une bouffée de rancœur fait remonter les lupins jusqu'au creux de son estomac, mais elle réussit à moduler un ton acceptable. « Pardon, tes collaborateurs et experts en communication sont là. Et si tu veux mon avis, tu ne me regardes pas comme ton épouse qui s'est fait couper les cheveux, tu me regardes en tant que président du Conseil qui s'inquiète de ce que ma coiffure pourrait, je ne sais pas moi, te faire perdre un demi-point de popularité. »

Domenico est trop malin pour tomber dans la provocation. « S'il te plaît. Je suis épuisé. J'ai eu une journée infernale. On peut dire des choses sensées ? »

Maria Cristina glisse ses fesses au bord du fauteuil et s'adresse aux autres. « Qu'en dites-vous messieurs ? Mes cheveux sont-ils un danger pour la stabilité du gouvernement ? Toi, Caterina, tu ne comptes pas. »

L'assistante pose une main sur sa poitrine. « Moi ?

— Non. Pas toi.

— Et pourquoi pas ?

— Tu m'es trop attachée. Tu es mon amie. »

Caterina hausse mécaniquement les épaules, regarde autour d'elle.

Maria Cristina élargit son sourire. « Et toi, Dino, qu'en penses-tu ? Ce n'est pas bien, mes cheveux ? Sois sincère, au moins toi. »

Dino Berti la scrute en silence derrière ses petites lunettes rondes, sa bouche inversée pend telles les abajoues d'un bulldog français enfermé dans une cage de transport. « Moi, ces choses-là… » Il bredouille quelques mots. « Je ne suis pas expert en la matière. Disons peut-être qu'avant aussi ils étaient beaux. Il faut juste s'habituer. Un grand changement.

— Et moi je dis qu'on ne plaisante pas avec certaines choses, l'interrompt Domenico. Ta coupe de cheveux pourrait passer pour un message. Surtout si, comme tu l'as décidé sans consulter personne, tu dois faire cette interview. En te présentant dans ce studio de télévision avec les cheveux blonds, tu affirmes quelque chose de très précis.

— Et quoi, de grâce ? », l'asticote Maria Cristina. Devant ce grand univers paranoïde des stratégies du consensus dans lequel grenouille son époux, même sa rage finit par s'émousser.

Domenico la regarde et remue les lèvres comme sur le point de révéler une grande vérité, puis il demande aux autres. « Quel message ça envoie, cette coupe ? »

Muets tous les deux, ils ne savent que répondre. Berti, finalement, vole au secours de son patron. « Eh bien, le blond est le patrimoine traditionnel des femmes de droite, donc ça pourrait être mal interprété, une sorte de main tendue aux partis souverainistes.

— En effet, confirme Caterina, puis elle ajoute ce que tous veulent entendre : Il faudrait demander au Bombyx. »

Le Bombyx. L'homme qui tient les rênes du monde. Il est le seul à pouvoir saisir le sens de cette coupe et en comprendre les effets à court, moyen et long termes.

« Exact. C'est à lui qu'il faut demander. Si ça ne convient pas, il suffit de le savoir et je mettrai une perruque, rétorque Maria Cristina, acerbe. Et en tout cas, cette interview je la ferai. Point barre.

— Tu n'étais pas terrorisée par la télé ? interroge Domenico. Que s'est-il passé ?

— La terreur, j'en fais mon affaire. On s'est plu. Elle a été gentille.

— Tu parles, ricane-t-il. Il lui fallait te convaincre.

— Elle a dit qu'elle ferait un truc différent avec moi, plus personnel, un dialogue entre amies…

— Mais vous n'êtes pas des amies, l'interrompt son mari en écartant les bras. Que je sache, du moins. »

Maria Cristina se tait.

« Écoute-moi, cette bonne femme, elle n'est même pas amie avec son chat. Elle t'a embobinée. Sans te justifier, tu devais lui dire que tu ne pouvais pas et on en restait là. » Domenico se lève brusquement et prend un bock de bière sur un plateau. « Caterina, excuse-moi, mais je ne comprends pas pourquoi tu les as fait se rencontrer. Ça ne pouvait pas se régler par mail ? On est dans un beau merdier maintenant, si vous voulez savoir. »

Maria Cristina baisse la tête, la frustration lui obstrue la gorge.

Caterina Gamberini se défend. « En réalité, on craignait qu'un refus direct rejaillisse sur Siniscalchi qui y va demain. Et n'oubliez pas qu'il y a aussi l'autre interview. »

Le président du Conseil continue à tourner en rond dans la pièce. « L'autre, quelle autre ?

— La vôtre, Monsieur le Président. »

Il se rassied sur le lit et se mouche avec un mouchoir en coton blanc.

Maria Cristina lève l'index. « Je peux dire quelque chose ? »

Domenico fait signe que oui, tout courbé, fixant son portable.

« Alors… » Elle s'éclaircit la voix. « Je crois au contraire que mon interview pourrait t'être utile. Tu baisses dans les sondages, ça, même moi je le sais. Si je suis tranquille, si… » Elle ne trouve pas le mot. « Si je suis aimable, voilà, cela pourrait t'aider. Je raconterai mes douleurs passées et les joies qu'Irene et toi vous me donnez. Je dirai combien tu te dévoues pour l'Italie. Je m'adresserai aux femmes, contraintes de travailler et d'être mères, de s'occuper des enfants dans un monde comme celui-là. » Elle improvise, mais elle ne doit pas s'arrêter. « Bref, j'essaierai de me faire connaître. Je n'ai jamais parlé de moi. J'ai été ton ombre. Les gens sont curieux de savoir ce que je pense. Je recevrai certainement des tombereaux d'insultes, comme toujours, mais plein d'autres me défendront. Durant ces deux ans, bien ou mal, j'ai joué mon rôle. Je t'ai soutenu parce que je vois que tu travailles jour et nuit pour ce pays et que tu en souffres. » Maria Cristina, la bouche sèche, regarde autour d'elle en quête d'un verre d'eau qu'elle ne trouve pas. « Je dépasserai mes peurs.

— Et les courants gravitationnels », ajoute dans sa barbe Domenico.

Maria Cristina feint de ne pas avoir entendu. « Je peux y arriver. »

Tous trois restent silencieux.

« Je comprends ce que tu veux faire. » Désormais, Domenico est plus conciliant. « Et je t'en remercie. Je suis sûr que tu y mettras le meilleur de toi-même. Mais, car il y a un mais, si elle t'interroge sur les politiques sociales ou la restructuration du système sanitaire ? Les débarquements d'immigrés ? Qu'est-ce que tu répondras ? Tu vas te taire ? À la télé, on n'a pas besoin de savoir les choses, ce qu'il faut, c'est savoir esquiver les questions.

— Ils ne me demanderont rien de ce genre.

— Qu'est-ce que tu en sais ?

— Elle me l'a promis.

— Tu lui fais confiance, sourit Domenico en enfonçant sa tête dans les épaules. Parfait.

— Oui, je lui fais confiance. Et si elle m'interroge sur des trucs que j'ignore, je dirai que je ne sais pas, que ce n'est pas mon travail, que mon travail c'est de t'aider à te sentir bien, à être heureux, afin que tu gouvernes mieux l'Italie.

— Mon bon samaritain, en somme. Ils n'y croiront jamais. Et si elle insiste ? Dino, excuse-moi… » Il s'adresse à son assistant. « Pose-lui les questions que pourrait lui poser Reitner. »

Le jeune homme s'éclaircit la voix et hoche la tête. « OK, d'accord… Par exemple… » Il adopte un ton de journaliste. « La hausse des prix des ressources énergétiques et des matières premières est un problème pour les familles italiennes, comme vous le savez. Votre mari, selon de nombreux analystes, devrait promouvoir une politique plus incisive sur les revenus, diminuer les impôts des salariés et des retraités, réduire la charge fiscale et le taux des impôts sur le revenu sous les trente mille euros et rendre structurelle l'exonération fiscale sur le salaire de productivité. Au lieu de cela, on parle d'une éventuelle taxe sur le patrimoine, rejetée par une grande partie de la coalition du gouvernement. Ne serait-il pas préférable d'avancer de façon plus mesurée, vu les conflits internes au sein de la majorité ? »

Tous trois se regardent et fixent le petit carré où Maria Cristina déglutit.

« Bien sûr que ces trucs-là je ne les sais pas. Je répondrai que ces questions, c'est à toi qu'il faut les poser. Mais elle ne me les posera pas.

— Mon amour, tu n'en as pas la certitude. » Domenico s'approche de la webcam. « Moi, simplement, je ne veux pas que tu te retrouves en difficulté, c'est du direct n'oublie pas, on ne peut pas refaire la prise. Et si tu commences à te sentir mal, à suer ? Je refuse qu'ensuite tu souffres des commentaires sur Internet, je sais l'effort considérable que c'est pour toi d'aller à la télévision. Si tu tiens tant que ça à m'aider, essayons de trouver une émission plus adaptée.

— Pourquoi pas *Pomeriggio amico* ? suggère Caterina. On peut l'organiser tout de suite. Girardi est un des nôtres.

Mino Girardi, l'animateur, est un servile flagorneur et *Pomeriggio amico* une émission mortifère où se ruent les gens de la téléréalité, les acteurs ringards, les chanteurs de Sanremo. Maria Cristina garde tout cela en son for intérieur, tandis qu'un voile de tristesse lui tombe dessus. Cela dit, on ne peut pas leur donner tort, ils ont raison, c'est trop risqué, pourquoi se compliquer la vie ? Ça l'embête de perdre la face devant Mariella Reitner. Elle lui avait promis. Mais bon. Passons à autre chose. « OK. Ça suffit. J'ai compris, dit-elle pour tenter de clore la discussion.

— Mon amour, si tu vas chez Girardi, tu seras libre de t'exprimer, de te revoir puis de choisir tes passages préférés. Ça oui, ça peut m'aider. » Domenico emploie le même ton qu'il a avec Irene pour la convaincre d'aller chez le dentiste.

« Alors, je n'irai nulle part. »

Tous trois acquiescent, guindés et compatissants.

« Et maintenant, qu'est-ce qu'on fait de Reitner ? interroge le président du Conseil, concret.

— Emmenez votre femme à Londres pour la rencontre avec Meyer, dit Berti en inscrivant quelque chose sur son agenda.

— Excellente idée. Tu as envie d'aller à Londres ? demande Domenico. Irene nous accompagnera. »

Maria Cristina est épuisée. « Je ne sais pas. On en parlera tranquillement. Excusez-moi, je suis fatiguée. Au revoir. »

Au bout d'une demi-heure, Domenico la rappelle. « J'ai réfléchi, si tu es spontanée, si tu expliques combien tu te sens illégitime dans ce rôle, si tu tiens des propos déconcertants qui divisent le public, ça pourrait fonctionner avec Reitner. »

Maria Cristina est surprise. « Tu as changé d'avis ?

— Oui… Ça me paraît bien que tu y ailles et que tu t'impliques en première ligne.

— Tu as parlé avec Le Bombyx ? »

Domenico marque une pause imperceptible. « Oui. » Autre pause. « Il dit que ça pourrait créer un effet de surprise. Occuper l'attention des médias et des réseaux sociaux pour quelques jours. Ça peut marcher. Cela dit, tu dois te préparer. Tu verras, ce sera un succès. Si tu veux, j'irai lui parler, moi, à la Reitner.

— Non. C'est inutile. »

Le pouvoir du Bombyx est immense. Domenico est à sa merci et il n'a même plus la pudeur de le cacher.

Comme elle reste silencieuse, il la relance. « Tu es contente ? Moi, très.

— Oui. »

En réalité, elle n'en a plus envie. À la fin de la visioconférence, la déception s'est transformée en soulagement. Elle s'est sentie plus légère. Et l'idée d'aller à Londres avec Irene, de l'emmener au British, de faire du shopping en toute liberté ne lui déplaisait pas. Mais après tout ce qu'elle a affirmé, elle ne peut plus reculer. Dans quel merdier s'est-elle fourrée ?

Domenico a un ton constructif. « Au fait, demain je ne rentre pas. Les choses traînent en longueur à Turin. Et toi ? Tu as prévu quelque chose ?

— Je ne sais pas, bâille Maria Cristina. J'ai besoin de dormir. Mon orteil me fait mal.

— Que dit le médecin ?

— Je ne l'ai pas rappelé.

— Mon trésor, tu te souviens que demain on est invités à la première de *Tosca* ? J'ai un empêchement. Il serait bon que tu y ailles. C'est important. » Il peine à trouver ses mots. « Gilardoni sera là aussi. Il faut couper court à cette rumeur selon laquelle elle serait ma maîtresse. Tout le monde ne parle que de ça, il faut que ça cesse une fois pour toutes. Ce n'est bon ni pour toi, ni pour moi et encore moins pour notre fille. Alors montrez que vous êtes copines. Ainsi, on déconstruira cette fake news. »

Maria Cristina s'assied sur le lit et repense à la désinvolture de sa grand-mère quand elle évoquait le cocufiage. Elle appelait ça les pratiques du couple. « Cette idée, elle est de toi ou du Bombyx ? Et puis, simple information, je voudrais savoir : cette Gilardoni, c'est ta maîtresse ? Dis-moi la vérité, je t'en prie.

— Tu es folle ? Mais que vas-tu chercher ?

— Ne me mens pas, je mérite mieux, le presse-t-elle. Si tu ne m'avais pas sorti cette histoire, je ne t'aurais rien demandé. Cocue oui, bafouée non.

— Maria Cristina, écoute-moi. » Domenico scande ses mots comme s'il commémorait le massacre des Fosses Ardéatines. « Je n'ai aucune liaison. Comment peux-tu penser ça ? Je suis avec toi, un point c'est tout. » Son ton prend les accents douloureux d'un Atlas souffrant de cervicalgie. « Et même si je le voulais, je n'ai pas le temps de souffler. Tu vois dans quel état je suis ? Putain, ces derniers temps, rien ne va. Mon parti est en train de se désagréger. D'Antonio mène contre moi une guerre insensée. Les gens…

— Arrête, je t'en conjure. L'énumération de tes ennuis, c'est non. N'oublie pas que personne ne t'a mis un pistolet sur la tempe. C'est toi qui as accepté, de ton plein gré, le poste de président du Conseil. Moi, je te demande juste de me dire si cette Gilardoni est ta maîtresse. Pour savoir où j'en suis.

— Il n'y a jamais rien eu entre elle et moi. Elle ne me plaît même pas. Tu veux que je le jure sur la tête de notre fille ?

— Je t'en prie, abstiens-toi.

— Écoute, Maria Cristina, ainsi que tu l'as toi-même éprouvé dans tes chairs, la méchanceté ici-bas provient surtout des proches. Cette histoire est partie de ce traître de Siniscalchi, que j'ai nommé ministre. Rien ne nous sera épargné. Il n'existe aucun espace protégé. Nous devons nous défendre, construire une cuirasse impénétrable. À l'instar des animaux à piquants. »

Maria Cristina lève un sourcil. « Les animaux à piquants ? Lesquels ? Les oursins ?

— Non, non, les hérissons. Tu te mets en boule et tu sors tes épines. Même les loups ne peuvent rien contre les hérissons. L'histoire de cette Gilardoni est une attaque préméditée pour me discréditer. Les gens adorent la fable de Maria Tristina trompée par son mari, la belle statuette cocufiée.

— C'est justement de ça que je parlerai avec Reitner. J'expliquerai que toi et moi, nous sommes des entités différentes. » Maria Cristina a un ton vaguement menaçant que son mari ne saisit pas.

« Bien. En tout cas, demain, tu dois être super sexy. Avec cette nouvelle coupe de cheveux et une robe spectaculaire, tout le monde verra à quel point cette Gilardoni n'est rien à côté de toi. »

Maria Cristina se frotte les yeux, elle n'est pas certaine de sortir vivante de cette journée. « Tu peux avoir les maîtresses que tu veux. Je me fiche des putes que tu te tapes. Mais personne ne doit le savoir. Rappelle-toi que tu es le président du Conseil, tu te feras très vite prendre. Et si tu te fais prendre, je te quitte sur-le-champ. Tu le sais, je t'ai averti. Peu m'importe que tu sois président du Conseil.

— Je te jure que je n'ai aucune liaison. Et puis, avec une épouse pareille, comment le pourrais-je ? C'est autre chose que ce débris de Gilardoni. » Domenico, désarmé, se la joue blagueur. « Elle pue même des dessous-de-bras.

— Arrête.

— Alors, tu y vas ? »

Maria Cristina prend quelques secondes avant de répondre. « OK.

— Et pour la pizza avec le Belge ? Tu t'organises ?

— Oui, ment-elle.

— Merci. Je t'aime.

— Moi aussi. »

III.

Vendredi 23 février

1.

Que la vie et ses mécanismes n'ont aucun sens, Maria Cristina Palma l'a compris à la mort de son premier mari, Andrea Cerri. Pas de processus rationnel ni de parcours philosophique, juste la conséquence naturelle de la énième perte intolérable. Dans sa vie, la douleur est cyclique, elle disparaît par consomption et se renouvelle comme un bulbe au printemps. Avant et après la mort de sa mère. Avant et après la mort d'Alessio. Avant et après la mort d'Andrea. Une toise qui, au lieu des centimètres, a des défunts. N'ayant pas le don de la foi, elle laisse les jours s'écouler, se bornant à les vivre avec la fatalité d'une libellule. La vie existe tant qu'elle est là, et peut-être ne nous abandonne-t-elle pas, qui sait, elle se transfère à un autre organisme dans un relais sans fin. Un homme meurt et naît une sauterelle, une sauterelle meurt et naît un faon, et tous, des virus jusqu'aux primates les plus évolués, nous sommes de simples étuis, des enveloppes que crée l'ADN par nécessité ontologique de se répliquer. Jusqu'à ce qu'elle se remarie avec Domenico Mascagni, Maria Cristina a cherché du réconfort dans les enseignements des gourous hindous. La réincarnation hindouiste la séduisait, elle a pratiqué le Raja Yoga, est devenue végétarienne, mais son mal de vivre a persisté, associé au sentiment de ne pas complètement adhérer à la réalité, malgré la force avec laquelle elle s'y accrochait, comme s'il lui manquait des joints d'étanchéité. Ce mal-être trop banal ou trop complexe la poursuit. Les psychothérapeutes consultés lui ont même donné un nom, dépression. La seule et unique certitude de Maria Cristina est que la vie n'a aucun sens. Si elle avait un sens, Andrea ne serait pas mort dans cet accident, un homme plein de talent, un artiste qui méritait de vivre jusqu'à cent ans. C'est lui qui aurait dû sortir de cette voiture en flammes, pas elle qui n'a pas aucun talent et qui n'aurait pas été une perte, mieux, elle aurait rejoint sa mère, Alessio, ses grands-parents, Botolo et Pulce, ses chiens adorés qui avaient vécu trop peu de temps. Voilà pourquoi notre héroïne affronte son sort avec un courage nonchalant, en traitant le chagrin comme une plaie à cicatriser. Quant à comprendre la vie, elle y a renoncé. Rien de ce qu'elle a fait jusqu'à aujourd'hui ne lui semble être un acte volontaire, un réel besoin, un objectif recherché, un désir réalisé. Les hommes la choisissent tel un lévrier d'exposition. Ils l'engrossent pour avoir un héritier, pour voir si le mix des chromosomes produira une engeance belle et intelligente. Mais elle, elle a toujours été égale à elle-même. De fillette heureuse à orpheline, d'adolescente dans un complexe résidentiel à athlète, à nymphette des Parioli, à mannequin, à femme de, à veuve de, à mère de. Au fil des saisons, elle a modifié son look au gré de la mode, a mis des épaulettes, abaissé la taille de ses pantalons, jeté ses fourrures, renouvelé la couleur de son maquillage, mais c'est toujours la même Maria Cristina : conformiste, ennuyeuse et peu encline aux changements.

Or maintenant, avec la vidéo de Nicola Sarti placée dans la galerie de son portable à côté des photos d'Irene à cheval, des robes à porter et des couchers de soleil à la campagne, une angoisse physique lui obstrue la trachée.

Est-il possible que cette fille-là ce soit vraiment elle ? Comment se fait-il qu'à vingt ans elle ait tourné des films pornos ? Était-ce elle qui riait comme une crétine et regardait effrontément l'objectif tandis qu'elle... ? Ou bien est-ce un de ses doubles revenu du passé pour l'anéantir et la traîner dans la boue, elle et sa famille et l'Italie tout entière ?

Maria Cristina, la tête sous l'oreiller, sombre au fond d'un abîme obscur, l'illusion diurne s'est dissoute dans le désenchantement de la nuit. Le potentiel destructeur de cette vidéo est désormais clair et elle gît toute tremblante dans les bras d'un démon qui lui enfonce ses griffes dans la poitrine. Elle n'arrive pas à bouger, ses membres sont engourdis et les couvertures pèsent sur elle comme une dalle de marbre.

« Ne me déçois pas, lui a dit Nicola Sarti à la fin de leur coup de fil. Promets-moi qu'on va se revoir. Ne me déçois pas. »

La Chinoise devant le spa faisait le guet. Quand elle a vu Maria Cristina sortir, elle l'a dit à Nicola Sarti qui a feint d'être là par hasard. Et qui sait si l'hôtel en rénovation lui appartient vraiment ? Elle sent le souffle du bourreau sur son cou. Si ce n'est pas du chantage, ça y ressemble. Que veut-il ? De l'argent ? Du sexe ? Ou alors cela concerne Domenico, le gouvernement ?

Elle enlève le masque de ses yeux, tend la main et allume la lampe. Trois heures vingt-trois. Elle se lève, mais peut à peine poser le pied droit, son orteil gonflé lui fait mal. Elle boitille jusqu'au miroir, ses cheveux blonds sont hirsutes, elle a le visage brouillé par l'insomnie, le ventre gonflé. Elle se tient là, voûtée et seule comme jamais auparavant.

Elle aurait besoin de quelqu'un à qui se confier, quelqu'un qui la soutienne et la réconforte. Le peu d'amis qu'elle avait, elle les a perdus en épousant Domenico. Avec Andrea, elle fréquentait des écrivains et des éditeurs, mais à sa mort, ils ont disparu. Son amie de cœur, Emma Sallok, un mannequin canadien, est en cure de désintoxication en Caroline pour se guérir de l'abus de médicaments. Sa famille, mieux vaut laisser tomber. Depuis quinze ans, elle n'adresse plus la parole à son dément de père. Sa cousine Amparo, à moitié nonne, fait la navette entre Lourdes et Medjugorje. Tous les autres, oncles et tantes, la détestent. Quand Domenico est devenu président du Conseil, les projecteurs les plus puissants se sont braqués sur lui, et ses proches ont été arrachés aux ténèbres de l'anonymat. Les médias se sont acharnés sur son oncle Livio, sa cousine Raffaella et son mari dermatologue, qui ont été au centre de toutes les investigations. Leurs adultères, leur Volvo 740, leurs comptes en Suisse ont été exposés à l'opinion publique. Ils n'ont pas tort de la haïr.

La vérité, c'est que personne, même pas un prêtre, ne garderait un secret comme celui-là.

Elle retourne au lit, éteint la lumière.

Comment arrives-tu à dormir ? À rester toi-même en sachant que tu es la protagoniste d'une vidéo hard que n'importe qui pourrait voir ? Le gardien de l'immeuble. La chancelière allemande. Tout le gouvernement. Irene. Non, la honte serait telle que tu finirais par te suicider ainsi que l'ont fait tant de femmes dans une situation identique. Il faut du caractère pour s'en foutre. Et Maria Cristina sait qu'elle n'en a pas.

Qui sait ce qu'aurait fait sa mère à sa place. Le scandale l'excitait. Elle bronzait nue sur la plage de Mondello. Elle se baladait en minijupe ultracourte dans les ruelles malfamées de la Kalsa à Palerme, elle était la première dans les charges estudiantines contre la police.

Maria Cristina se rappelle le jour où sa mère lui a dit qu'elle allait l'emmener au bal masqué de son cousin Edoardo alors qu'elle n'avait pas encore dix ans.

En juin ? Les bals masqués ne se font-ils pas à Carnaval ?

Sa mère lui avait expliqué que non, pas forcément, les bals masqués on les faisait quand on en avait envie. Maria Cristina avait sorti la panoplie de Reine de cœur qu'elle avait portée en février. Elle était un peu courte. Mais elle était belle, avec sa jupe en velours rouge et noir ornée de rangées de cœurs, son haut qui laissait les épaules découvertes et son large col de méchante reine. Hélas, la couronne avait perdu presque tous ses diamants.

Dans la voiture qui les emmenait à la fête au sein d'un immeuble moderne de la via della Libertà, elle avait demandé pourquoi son frère portait un jean, des baskets et un sweat-shirt.

« Il est habillé en Gnuzzo, avait répondu sa mère, l'air de rien.

— En Gnuzzo ? C'est qui ? »

Teresa Sangermano avait garé la Mini Minor. « C'est un personnage qui s'habille normalement.

— Ah. Je le connais pas. »

Dans l'ascenseur, Maria Cristina avait mis sa couronne et, empoignant son sceptre, elle s'était regardée dans la glace. Parfaite. Mais à peine entrée dans l'appartement, elle avait vu qu'elle était la seule à être déguisée, les autres invités étaient vêtus normalement.

« Oh, regarde ! Ils m'ont tous copié. Ils sont tous habillés en Gnuzzo », avait ricané Alessio.

La petite fille avait éclaté en sanglots et s'était enfuie.

On l'avait retrouvée une heure plus tard piazza Politeama, sanglotant comme une désespérée sur un banc.

Sa mère avait dû courir après sa fille qui ne cessait de hurler : « Tu es méchante ! » Seule une glace avait réussi à l'amadouer. Elles s'étaient assises toutes les deux à une table de *Caflisch*.

« Pourquoi tu m'as fait me déguiser ? » La gamine avait plongé sa langue dans la chantilly.

Sa mère avait allumé une cigarette. « Dis-moi une chose, tu es heureuse quand on te dit que tu es belle ? »

La fillette avait fait oui de la tête.

« N'oublie pas que cette beauté, ce n'est pas toi qui l'as conquise. C'est un don que nous t'avons fait, ton père et moi, et tu dois savoir la porter, exactement comme la robe de la Reine de cœur. Aujourd'hui, si tu avais été fûtée, tu t'en serais moqué des autres et tu aurais montré à tout le monde que tu étais la reine de la fête. La beauté sans courage est un problème. Justement parce que tu es belle, tu ne seras jamais prise au sérieux et tu devras t'employer cent fois plus que les autres à prouver que tu es intelligente, profonde, afin de ne pas être utilisée et traitée comme une imbécile par les hommes. Ton grand-père est le premier à avoir importé d'Amérique le lait démaquillant en Italie et ta grand-mère sait attraper les bœufs au lasso. Ton frère sait plonger depuis la falaise du Zingaro. Et toi, qu'est-ce que tu sais faire ? Pleurer et t'enfuir comme Gina Mangano, la fille du boulanger ? Nous qui avons le sang des Sangermano, nous devons nous en contreficher du jugement des autres. Même ton père, qui est un salaud, a escaladé l'Everest. Toi, mon trésor, tu ne brilles pas par ton caractère, alors apprends au moins à porter la beauté comme une reine. Compris, mon amour ? »

L'épouse du président du Conseil met son masque sur les yeux.

Donnez-lui du chloroforme.

Quatre heures du matin. Vitesse sept. Inclinaison huit. Pulsations cent cinquante. L'épouse du président du Conseil, sanglée dans une combinaison noire, court sur le tapis roulant en essayant de soustraire du combustible à la centrale thermo-électrique qui lui dévore le cerveau. Des élancements de douleur enserrent son mollet chaque fois qu'elle pose son orteil sur la bande de caoutchouc qui défile sous ses pieds. Au-delà des vitres de la véranda, dans le ciel de Rome luminescent comme du plancton, tournoient les mouettes.

Maria Cristina se rappelle combien le sermon de sa mère avait été inutile. Après sa mort, elle avait été choyée par ses grands-parents et personne ne s'était soucié de son instruction. Elle était ignorante comme un pot, sans inclinations et belle, d'une beauté dépourvue de sensualité : bassin étroit, plate comme un garçon, parfaite pour les photos de mode. Le sport lui réussissait mais, n'ayant pas l'esprit de compétition, les victoires ne l'excitaient pas. Peu après son bac, lors d'une course, elle avait eu une rupture des ligaments croisés et avait abandonné l'athlétisme. À la fin de sa rééducation, elle était allée habiter chez son grand-père, via Barnaba Oriani, avec son frère, qui était inscrit en droit mais ne passait jamais le moindre examen. Dans le libre royaume d'Alessio Palma, on faisait la fête jour et nuit, on commandait par téléphone du risotto aux langoustines dans les restaurants étoilés de via Denza, on faisait mettre sur un compte à l'épicerie des caisses de bière et de vodka, tandis que les Philippins lavaient par terre. Le penthouse était connu dans Rome Nord pour être la base opérationnelle de la jeunesse dorée des Parioli et des filles canons du lycée français. L'entrée était autorisée aux banlieusards s'ils étaient porteurs d'herbe et de coke. Tout ce beau monde bivouaquait sur les canapés Gae Aulenti, faisait trempette dans le jacuzzi sur la terrasse avec la stéréo à fond tandis que la police, appelée par les voisins, demandait les papiers à la porte d'entrée.

Maria Cristina avait mis un peu de temps à s'adapter au style de vie de son frère. N'ayant pas été reçue à l'examen d'entrée à la fac d'Odontologie, elle avait décidé que les études n'étaient pas son truc. Aux yeux de la nymphette des Parioli, tout était ennui, fardeau, angoisse. Rien de sérieux, de pesant ne devait venir fissurer la surface futile sur laquelle elle patinait. Être insouciante et glander du matin au soir était la juste récompense pour les douleurs infligées par le destin. Elle s'évertuait à une seule chose, faire chauffer la carte de crédit de son grand-père. Le reste, c'était Alessio qui s'en occupait, Alessio le fou, celui qui s'élançait en parapente et faisait des roues arrière à 200 à l'heure sur le corso Francia. Le seul et unique homme qu'elle aimait et qui l'amusait.

L'été 1996, Alessio loua un voilier, embarqua sa sœur et ses amis et ils partirent pour une longue croisière. De ce voyage, Maria Cristina a gardé davantage de sensations que de souvenirs. La chaleur asphyxiante des cabines, la puanteur de mazout dans la cale, Alessio dans le compartiment moteur couvert d'huile, et l'odeur écœurante des toilettes chimiques. Le chœur des cigales dans les pins accrochés aux falaises rocheuses des îles Éoliennes. La brise sur la grand-voile. La mozzarella desséchée dans le papier blanc et épais, tachée par le rouge des tomates. Le port de Lipari qui bouillait dans l'infection de l'eau stagnante, les pare-battages bleus, le fond verdâtre d'algues sillonné par les mulets. Les heures passées dans les bars, les tables en plastique blanc, l'asphalte si chaud qu'il brûlait la plante des pieds. Les *pizzette* rances et les *arancini* rassis.

Nicola Sarti fait partie du tableau, rien de plus. Un mec qu'elle se rappelle avoir embrassé sous les étoiles de San Lorenzo.

« En voilà une. Elle était très grande, a-t-il sans doute dit en pointant le firmament. Tu l'as vue ?

— Non. Tu as fait un vœu ? a-t-elle sans doute demandé.

— Oui.

— Ne le dis pas, sinon il ne se réalisera pas.

— OK. Alors voyons s'il se réalise. »

Et ils se sont embrassés. Des histoires d'adolescents. Mais de là, comment a-t-elle atterri sur cette vidéo de la cabine ?

Maria Cristina éteint le tapis de course et, haletante, au cœur du silence de la maison endormie, va dans le bureau.

Assise sur le canapé, le front luisant de sueur qui reflète l'écran de l'ordinateur posé sur ses genoux, l'épouse du président du Conseil tape « porno » dans le moteur de recherche. Elle ouvre le premier lien et se trouve face à un damier de photogrammes colorés. En grande partie, des femmes blanches avec des blacks, des agglomérats humains, des fouets et des phallus de dimensions remarquables. Des milliers d'actes sexuels catalogués avec précision par ethnie, âge, genre, orientation sexuelle, perversion, partie du corps, lieu, qualité de l'image. Sous les vidéos, des titres traduits en une langue improbable : « ma stepsister dans mon bureau veut juste du sexe anal, la fiancée à grosse poitrine te fait un handjob coloré, adorez la bite lentement », et ainsi de suite. Elle clique sur Celebrity. C'est une floraison de femmes célèbres. Scarlett Johansson, Eva Mendes, Madonna, Nicole Kidman. Beaucoup sont des extraits de films où l'on voit d'innocentes nudités ou des scènes de sexe. Puis il y a les vidéos avec les sosies des actrices, certaines ressemblantes, d'autres n'ayant rien à voir. En surfant, on en trouve quelques-unes où l'on a placé la tête d'une célébrité sur le corps d'une star du porno. L'effet est mécanique, peu réaliste, artificiel. Si tel est le résultat, il ne fait aucun doute que dans celle avec Nicola Sarti, c'est bien elle. Elle tape son nom sur le moteur de recherche du site et appuie sur Enter en fermant les yeux. Quand elle les rouvre, elle voit une mosaïque. Le premier carré s'intitule *Maria Cristina Palma sextape.*

Prête à l'apocalypse, elle clique sur Play. Le noir des premiers photogrammes se transforme en un couloir d'hôtel. Deux blacks, tatoués et avec plus d'inscriptions qu'un wagon de métro, discutent en avançant vers la caméra, frappent à la porte et, découvrant qu'elle est entrouverte, ricanent, complices. Un sourire s'élargit sur les lèvres de Maria Cristina. À l'intérieur, la pièce est sombre et ils dégainent les lumières de leur smartphone. Une fille nue avec des cuissardes les attend en mangeant une longue baguette de pain. Effectivement, elle lui ressemble un peu. Maigre, grande, elle a quelque chose d'elle, même les longs cheveux châtains rappellent les siens. Maria Cristina reste hypnotisée à regarder cet accouplement besogneux. Elle se demande ce qui peut avoir poussé cette gamine si jeune et belle à entrer dans le monde du porno. L'argent ? Le plaisir ? La drogue ? Les ennuis ?

« Maria Cristina. »

Son cœur saute dans sa poitrine, elle bondit en poussant un cri étranglé et le laptop glisse, cogne le bord de la table et finit par terre.

« Oh mon Dieu… Pardon… » À la porte du bureau il y a Greta, la fille au pair qui la fixe. « Excuse-moi. J'ai entendu des voix. J'ai cru…

— Quoi ? Qu'est-ce que tu as cru ? lui répond Maria Cristina en rougissant de gêne. Tu veux me faire mourir ?

— Je suis désolée. Pardon. Pardon, répète-t-elle, mortifiée. J'ai pensé à des voleurs… À cette heure… » Elle a encore son manteau, un bonnet de laine enfoncé sur le front et un bouquet d'œillets rouges à la main.

« C'est à cette heure-ci que tu rentres ? Tu ne peux pas rentrer si tard, Greta. Demain tu travailles. Où es-tu allée ? » Elle la bombarde de questions pour essayer de métaboliser l'idée que la jeune fille l'a surprise en train de regarder du porno. L'ordinateur, bien que refermé, continue à ahaner. Elle est tentée de sauter dessus pour le réduire au silence, mais se l'interdit.

« Je suis sortie avec un ami. Il m'a emmenée au pub. Les œillets, c'est lui qui me les a offerts. Puis on est allés au Gianicolo. Il est tard, je sais », répond Greta avec son léger accent allemand, comme si elle était interrogée par la police.

« File te coucher », lui ordonne Maria Cristina d'un ton maternel.

La jeune fille disparaît dans le couloir. Peu lui importe ce qu'elle pensera. Au moins, l'obscurité a caché la honte qui lui enflamme le visage.

2.

Avec l'excuse de son orteil, elle a de nouveau annulé l'entraînement avec Mirco Tonik. Elle est épuisée, n'a pas réussi à se rendormir et la terreur ne s'est pas dissoute à l'aube.

Daisy est en train de passer le réacteur d'un Boeing 747 sur les tapis du salon. En slip et T-shirt, le pied douloureux, Maria Cristina traîne dans la maison sans savoir quoi faire de sa peau. La journée s'annonce aussi pénible à traverser que le désert du Sinaï. Elle devrait se préparer pour l'interview mais n'en a pas envie, mieux vaut penser à la pizza du ministre belge et sa tenue de ce soir, à l'Opéra.

Elle sort sur la terrasse. Le froid lui pique les jambes. Le soleil est enveloppé d'une toile grise. Elle s'accoude à la balustrade. Indifférente, la vie grouille dans le vacarme des voitures sur le quai du Tibre, dans les hoquètements des autobus, dans les meuleuses qui découpent le fer sur les échafaudages et les vibrations plus étouffées des travaux routiers.

« Cri. Excuse-moi. Tu peux m'aider ? »

Maria Cristina se retourne en tirant sur son T-shirt pour cacher ses fesses.

Sur le toit de la véranda, il y a Luciano à quatre pattes. « Tu me tiens l'échelle, s'il te plaît ? J'ai un gros sac de feuilles et j'ai peur de le faire tomber. »

Elle s'approche de l'échelle en aluminium et la bloque.

Luciano crapahute maladroitement jusqu'au bord du toit. « Il fallait récurer les gouttières, elles étaient bouchées. Et puis, tant que j'y étais, j'ai remis en place les tuiles, y en avait plein de décalées, les mouettes, toujours elles. » Il roule sur lui-même, lui offrant la vision d'une bande de fesses blanches et velues. « Là, il faut que je fasse gaffe, la gouttière est fragile. » Il tend une jambe à l'aveugle jusqu'à ce que la pointe de sa chaussure de sécurité touche l'échelon. « Voilà. C'est bon. Un instant. » En tirant derrière lui l'énorme sac, il descend. « Là-haut, j'ai vu deux ou trois tuiles cassées. Je vais passer aujourd'hui à la Plateforme du Bâtiment, j'espère en trouver. Sinon, faut que j'aille à Torvaianica chez le Calabrais, il a des tuiles anciennes et même des carreaux en terre cuite originaux, du dix-neuvième, à mon avis il les récupère dans les églises. » Les mots lui viennent de manière impétueuse, ils écument dans sa bouche et jaillissent comme d'une fontaine. Il peut continuer ainsi pendant des heures, à raconter des choses sur les marbriers roumains indolents, les majoliques défectueuses, les isolations thermiques, les bonus écologiques et les vernis pour sols. L'univers bricoleur de Luciano est réglé par les prix chez le grossiste, la qualité des matériaux et les temps de pose. En parlant, il s'égare dans le grand Bricofer qu'est son esprit, vous expliquant avec l'enthousiasme d'un enfant que les chevilles pour le placoplâtre sont différentes de celles pour les briques et qu'elles sont difficiles à trouver sauf chez les fournisseurs en gros sur le périphérique. C'est un almanach de serrures ouvertes grâce à une radio, de joints pour chaudières défectueuses, de crostini mozzarella et anchois au bar d'un centre commercial sur la via Ardeatina. Des histoires sans fin qui, toutes ensemble, forment la substance de cet homme aux épaules tombantes et à la peau dure.

Il est encore à côté de l'échelle. « T'as compris ? Faut jamais se fier aux couleurs… »

Maria Cristina acquiesce, un pied sur l'autre, les bras croisés sur la poitrine, les yeux dans le vague.

« Quand tu penses qu'un jour j'ai trouvé de la cire de cierge sur du carrelage, donc qu'est-ce que ça veut dire ? Église. Évidemment. Les prêtres ont tout vendu. Le problème de la terre cuite ancienne, c'est que les carreaux font deux centimètres et demi d'épaisseur, magnifiques, mais faut raboter les portes. Et toi, t'as envie de raboter tes portes ? »

Maria Cristina indique la véranda. « Excuse-moi Luciano, j'ai froid, je rentre.

— Pardon, tu as raison. On gèle. Va à l'intérieur. Vite. Je parle trop. » Il l'encourage. « Cours. Cours. »

Maria Cristina rentre dans la chaleur de la véranda suivie par Luciano qui ferme la baie vitrée et lui frotte les épaules de ses grosses mains, comme si c'était sa fille à peine sortie de la piscine. « Ouais, mais toi, tu sors comme ça aussi, Cri. T'es folle. »

Elle apprécie cette étreinte fraternelle.

« Alors, Cri, Tati t'a préparé un sac d'artichauts, de brocolis-raves et de chou noir. Je l'ai donné à Daisy. Tu peux les cuisiner tous ensemble, ça te donne un minestrone… Si en plus, tu y ajoutes du lard et l'huile de Fara Sabina que je t'ai apportée, même Irene en raffolera. »

Tatiana Lomidze, la femme géorgienne de Luciano, est un elfe mince et silencieux avec deux petits yeux brillants comme des gouttes de pétrole. Maria Cristina a essayé de l'inviter chez elle, mais Luciano dit qu'elle est timide et qu'elle a honte. Ils vivent dans un deux pièces à Cesano et louent un lopin de terre où ils cultivent un potager. Un jour, Luciano a laissé échapper qu'ils avaient tenté d'avoir un enfant, mais rien. Sa femme ne voulait pas de FIV et ils ont laissé tomber.

« Tu sais la faire, la pizza ? », lui demande Maria Cristina.

— Je sais faire la pizza géorgienne. La *khachapuri*.

— Qu'est-ce que c'est ?

— C'est une pizza farcie d'un fromage, le sulguni, qui est en fait un genre de provola fumé. On y met un œuf. Extra. Je t'en fais une…

— Non. Je dois faire une pizza à la Benevento. »

Luciano est perplexe. « À la Benevento ?

— Tu connais ?

— Jamais entendu parler. Je connais à la cosaque. Avec du pecorino et du piment. Excellente.

— Et la pizza normale, la margherita, tu sais la faire ?

— Bien sûr. Il faut du temps, huit heures si tu as un levain rapide. Ou sinon, tu achètes la pâte. Moi je la prends au Disco Volante, le pizzaiolo est un de mes amis… »

Elle l'arrête. « Tu sais la faire cuire au four à bois ? »

Il se met les mains sur les hanches. « Ben, oui, faut des fagots. Du bon bois. Du hêtre. Je dois même avoir une pelle à pizza quelque part. Celle de… »

Maria Cristina lui serre les mains et dégaine son plus beau regard orphelin et sexy, capable de faire s'écrouler les statues de l'île de Pâques. « Tu viendrais demain à la campagne pour m'aider ? Il faut aussi ramoner le conduit de la cheminée du four. Tu peux ? »

Luciano balbutie. « Euuuh... Voilà... Je devais aller pêcher le corégone avec un ami au lac de Bolsena... OK, je vais lui dire qu'on ira le week-end prochain. Je m'occupe de tout te trouver.

— Vraiment ?

— Évidemment. Où est le problème ? »

Maria Cristina pose son front sur l'épaule de Luciano et dans sa gorge, tel un rocher se détachant d'une falaise, une boule s'écroule au fond d'elle, un gouffre s'ouvre sous ses pieds, alors elle s'agrippe au malabar, enfonce ses ongles dans le pull synthétique et éclate en sanglots, submergée par les pleurs.

« Cri ! Cri ! Cri ! Qu'est-ce qui t'arrive ? Pourquoi tu pleures ? J'ai dit quelque chose qu'il fallait pas ? »

Elle cache dans ses mains son visage barbouillé de larmes. « Rien. Ce n'est rien. C'est que tu es si gentil. Tu penses toujours à moi.

— Mais y a pas de quoi pleurer. Je t'en prie, Cri... » Luciano écarte les jambes et la détache de lui. « S'il te plaît, tu vas me faire chialer moi aussi. Qu'est-ce que tu as ? »

Maria Cristina fait un pas en arrière, les yeux noyés de larmes, elle renifle. « Rien. Excuse-moi.

— C'est pas vrai. Qu'est-ce qu'il y a ?

— Ça va passer. » Elle essuie ses joues.

Luciano cherche son regard. « Je peux faire quelque chose au moins ?

— Non, hélas non.

— Ah. » Il déglutit. « Pourquoi ?

— Parce que non. Et puis, j'ai honte d'en parler.

— Cri, tu pourrais jamais faire quelque chose de honteux. »

Elle le revoit à quinze ans, lorsque, pincés à sécher les cours, il se faisait corriger par son père pour la couvrir.

« J'ai un problème terrible.

— Me le dis pas si tu peux pas, mais dis-moi au moins comment t'aider. »

Maria Cristina s'approche de la verrière, puis revient vers lui.

« Jure-le.

— Quoi ?

— Jure que tu ne le répéteras pas. »

La tête de Luciano, comme celle d'une tortue, rentre dans ses épaules. « À qui ? Je connais personne.

— Peu importe. Jure-le sur moi qui suis ta sœur.

— Sur toi ?

— Si tu le dis à quelqu'un, je meurs. »

Luciano s'agenouille, main sur la poitrine. « Je le jure. Je le dirai à personne. Sinon, que je meure sur-le-champ. »

Maria Cristina s'assied, s'éclaircit la voix et lui raconte sans pause le Cercle d'Aviron, la Chinoise, le coiffeur, la vidéo, elle sur le toit de l'hôtel au téléphone avec l'autre et l'escorte partie à sa recherche. « Tu as compris ? »

Luciano secoue la tête. Alors, elle lui réexplique mieux, cette fois sous forme de sujet, verbe, complément.

Luciano la regarde avec l'immobilité d'une pintade. « Mais pourquoi t'as fait cette vidéo ?

— Par jeu. Tu sais comment sont les jeunes. J'étais bourrée. Je ne m'en souvenais même pas. » À son insu, elle pétrit un de ses seins, sentant la consistance de la prothèse. « J'ai une trouille abominable.

— De quoi ?

— Comment de quoi, Luciano ? S'il la montre à quelqu'un, s'il la poste sur le Net, je suis foutue.

— Mais lui, il veut le faire ? »

Maria Cristina hausse les épaules.

« Il te l'a dit ? demande Luciano.

— Il dit qu'il va l'effacer. Mais je ne sais pas, il l'utilisera peut-être pour me faire chanter. On n'envoie pas comme ça ce genre de vidéo à l'épouse du président du Conseil. Il pourrait me réclamer n'importe quoi. De l'argent, des services…

— Mais qu'est-ce qu'on voit ?

— Tout, Luciano. Tout. Tu connais les films pornos ? Pareil. » Maria Cristina baisse la voix tandis qu'elle se demande quelles images défilent dans l'esprit de cet homme.

« Il la publiera pas, tu verras. C'est un truc à vous. Il aura honte lui aussi.

— Peut-être. Mais je suis à sa merci. Tu sais le nombre de femmes détruites par des vidéos postées en ligne ? »

Luciano s'illumine. « Faut aller voir les flics.

— Impossible. Je serais obligée de la leur montrer. Et je n'ai pas confiance. »

Il se gratte la nuque. « Parles-en à Domenico alors.

— Tu es fou ? Ça le tuerait. »

Luciano essaie de la rassurer. « Tu verras qu'il va l'effacer.

— Et qui nous garantit qu'il le fera ? » Maria Cristina commence à perdre patience.

Lui reste muet, conscient de ses limites. Il se sent coupable de ne pas savoir comment l'aider et arpente la véranda en passant son poids d'une jambe à l'autre.

« Pardon, tu as raison, tout va s'arranger, il me faut juste rester tranquille. » Maria Cristina pose ses coudes sur ses genoux et couvre son visage de ses mains. Comment diable a-t-elle eu l'idée de se confier à Luciano ? De tous les éventuels confesseurs, elle a choisi le plus inutile. Et par-dessus le marché, elle l'a bouleversé et mortifié.

« Je vais aller lui causer, moi, à ton type. »

Maria Cristina lève les yeux. Luciano est devant elle, poings serrés, si congestionné qu'il semble au bord de l'implosion.

« Toi ? Et qu'est-ce que tu vas lui dire ?

— Que s'il lui prend l'envie de la montrer, je le bute. Aussi vrai que Dieu existe, je le bute. Personne ne te fait du mal, à toi. Personne ne doit se le permettre. »

Maria Cristina se lève en s'étirant le dos. « Non. Impossible. Tu veux finir en taule ? » Elle lui prend le visage à deux mains. « Toi, tu vas m'aider à faire la pizza, faut que je fasse bonne impression à un ministre belge. Je t'aime.

— Moi aussi », répond Luciano, la voix défaite.

3.

Maria Cristina est assise à côté de sa fille dans une Mercedes embaumant le parfum créé pour sa peau par un célèbre artisan français et les bonbons à la cannelle d'Irene. Elles font la queue depuis une demi-heure sous l'orage, en attendant leur tour d'entrer à l'Opéra. La pluie dense et blanche tombe sous les projecteurs de la façade du théâtre, inondant les pavés où se reflètent les néons du restaurant Matriciana et de la pizzeria Jerry I. La place est occupée par les fourgons de police et les cars régie. Un cordon d'agents en tenue antiémeute est déployé face à des ouvriers de la pétrochimie qui s'amassent contre les barrières en hurlant, mais à l'intérieur de la voiture, seul le crépitement de la pluie filtre, le reste est une animation silencieuse. La circulation. Les visages épuisés des travailleurs. Les flashes des photographes.

De la file de berlines noires descendent les femmes qui, telles des coccinelles, cachent sous leur manteau les ailes de leur robe, à leur bras, maris et compagnons les entraînent sur le tapis rouge gorgé d'eau. Les hôtesses font de leur mieux pour abriter les invités avec des parapluies jaunes sponsorisés par une marque de pâtes.

« Ça va être bientôt notre tour. Prépare-toi mon cœur. » Maria Cristina relève le col de son manteau.

À côté d'elle, Irene en robe de velours bleu, coiffée en queue-de-cheval, mâchouillant un chewing-gum, serre *Le Petit Prince* entre ses mains. Elle le trimbale partout. Il est abîmé et sa couverture est défraîchie. « Je préfère t'attendre dans la voiture avec Davide.

— Tu préfères, mais tu ne peux pas. Enfile ton imperméable, allez. Et en descendant, fais attention à ne pas te mouiller les pieds. Caterina t'attend. Je te rejoins plus tard dans la loge. »

Irene glisse le roman dans sa poche tandis que sa mère jette un dernier coup d'œil à son maquillage dans le rétroviseur. Elle vérifie sa coiffure puis scrute pour la énième fois les messages sur son portable avant de le ranger au fond de son sac.

Nicola Sarti a disparu. Il est souvent en ligne sur WhatsApp. C'est peut-être bon signe, s'il avait voulu quelque chose, il se serait manifesté.

La voiture s'arrête devant le podium. Maria Cristina prend une inspiration, et son cœur, sensible aux occasions publiques, bat plus vite. Elle se couvre la tête d'un foulard doré, la portière s'ouvre en grand et Caterina en loden vert tyrolien, sous un parapluie, prend rapidement Irene par la main. « Surtout, ne réponds pas aux questions des journalistes », susurre-t-elle à la mère avant d'emmener la fille.

Dès que Maria Cristina sort de la voiture, la place explose en hurlements, sifflets, applaudissements, insultes au gouvernement, à son mari, aux politiciens rivés à leur siège, et à elle, évidemment, qui est la reine des ordures. Éblouie par les flashs, elle aperçoit au-delà des manifestants les immanquables gamines qui la suivent partout avec leurs portables, plus encore que si elle était une chanteuse ou une star d'Instagram, elles sont trempées mais résistent. Elle les salue tandis que deux rangées d'hôtesses et d'hommes de la sécurité se serrent autour d'elle. À travers la grande verrière embuée, elle entrevoit la foule dans le foyer. C'est presque bon. Il lui reste à dépasser le troupeau de journalistes qui fond sur elle.

« Maria Cristina, que pensez-vous de la déclaration faite aujourd'hui par votre mari sur la loi patrimoniale ? Ceux qui paieront, ce sont justement les grands patrimoines comme le vôtre. Êtes-vous prête à vous sacrifier pour les Italiens ? » hurle une petite frisée obstinée qui s'agrippe comme un macaque à deux de ses collègues masculins.

Sans piper mot, Maria Cristina réussit à pénétrer dans le théâtre où la chaleur de l'humanité lui coupe le souffle. Elle n'a même pas le temps de s'acclimater qu'on lui fraie un passage au milieu des invités et qu'on la pousse sur le tapis bleu menant au photocall. Les assistantes lui enlèvent son manteau et son foulard et la jettent en pâture aux objectifs dans sa nouvelle splendeur de blonde.

Cette soirée est fondamentale. Elle doit resplendir comme une madone byzantine et réexpédier la sous-secrétaire à la Fonction publique à coups de pied au cul à Fossanova Scalo, dans les marais Pontins, où elle ira en guenilles crier grâce auprès de sainte Maria Goretti, patronne de Latina. Il faut que même les aveugles voient que seul un malade mental pourrait préférer cette Gilardoni à Sa Majesté Maria Cristina Palma, qui, de plus, a un atout dans sa manche. Sa nouvelle coupe. Rien qu'avec ça, elle a gagné. Pour la robe, il y a eu un contretemps. Sa styliste, Amelianna Lo Sardo, est aux Maldives et c'est elle qui a dû se débrouiller toute seule. Elle a sorti tous les vêtements de sa garde-robe. Elle est partie sur un petit pull en cachemire et un pantalon noir longueur cheville, très simple, puis est passée à une robe de Capucci qui ressemblait à une installation d'art contemporain. Entre mille doutes et réflexions, après avoir envoyé les photos au Bombyx, elle a choisi celle qu'elle avait portée à Cannes avec Andrea, quand son roman, *La Maison d'étoiles*, avait été adapté au cinéma par un célèbre réalisateur français. Certains le remarqueront, mais tant pis. La robe, signée Hiro Itoki, styliste japonais qui s'amuse désormais à aménager des aquariums végétalisés, est clairement trop recherchée pour l'occasion, elle en est consciente. Le tissu est une étamine dorée transparente. Manches longues, le décolleté en *V* sépare ses seins en passant audacieusement au ras des aréoles et s'aventure sous le sternum, adhérant comme une deuxième peau à sa taille, ses hanches, ses fesses, ses cuisses, jusqu'aux genoux avant de s'ouvrir en une farandole de pétales cachant ses pieds. Comme si cela ne suffisait pas, elle est incrustée de petits clous dorés, mais en haut des genoux, les clous cèdent la place à une forêt de fins rubans, dorés eux aussi. Son cou est orné d'un collier à mailles et petites sphères, évidemment en or.

L'apparition de l'épouse du président du Conseil ainsi parée et avec ce carré blond est une épiphanie pour les photographes dont les flashs crépitent telles des lucioles en hurlant à moi, ici, s'il te plaît ici, à moi, regarde-moi, regarde-moi, Maria Cristina. Elle fait une pirouette en se cambrant. Sa nature de mannequin-cintre prend le dessus, mais sa timidité continue à frétiller, argentée comme un banc d'anchois, dans son célèbre regard mélancolique.

Soudain, deux mains la retournent et elle se retrouve nez à nez avec la sous-secrétaire à la Fonction publique qui l'enlace et l'embrasse à l'intention des photographes comme si elles étaient les meilleures amies du monde. Maria Cristina met quelques instants à réaliser que tout ce bazar a été organisé pour que la rencontre entre l'épouse et la maîtresse se tienne ici, face à la presse.

Le Bombyx. Cet être perfide a fait se confronter les femmes du président du Conseil pour quémander un peu d'attention.

Maria Cristina s'efforce d'être la plus sculpturale et la plus élégante possible, de s'allonger comme une gazelle, elle répond aux effusions avec grâce, les muscles tendus pour marquer la différence de taille et d'allure.

Malheureusement pour elle, Dani, comme l'appelle Domenico, connue au parlement sous le nom de guerre de Too Much, a vingt-neuf ans et ce soir elle est dans une forme éblouissante.

Pour chacun d'entre nous, il existe dans la vie un moment précis et unique qui dure des semaines, parfois quelques jours, où nous offrons au mieux notre beauté au monde. Cela arrive à tous, même aux plus minables, aux disharmonieux, aux difformes, à Éphialtès de Trachis et au bossu de Notre-Dame. Nous nous réveillons un matin et nous sommes beaux. Nos défauts, par miracle, s'entrecroisent et s'annulent, produisant un éphémère état de grâce et d'harmonie. La beauté nous envahit comme un fluide et nous habille la peau, la parfume, s'insinue à la racine de cheveux brillants et sains. Même les plus distraits, même nos détracteurs, s'en aperçoivent et nous regardent avec les yeux de l'amour. Toutes les cellules qui nous composent, trente mille milliards, un univers entier, pour un temps infinitésimal honorent la perfection de la Création en racontant l'admirable évolution qui, d'acides aminés, nous a amenés, pour le dire avec l'immense Shakespeare, à ce chef-d'œuvre qu'est l'homme, semblable par l'action à un ange.

Et justement ce soir, la sous-secrétaire à la Fonction publique est par un caprice du destin dans cet état de grâce. Elle est l'étoile qui illumine le foyer de l'Opéra et réveille même les vieux photographes léthargiques, qui se sentent ramenés à l'époque de Sophia Loren ou de Silvana Mangano. Sa peau élastique et ambrée, comme si elle venait de rentrer des Tropiques, est tendue pour contenir sa poitrine qui explose de santé. Sa crinière crépue, couleur graphite, digne d'une princesse abyssinienne, complote avec des yeux sombres et sournois comme le fond d'un puits boueux où quiconque, homme ou femme peu importe, se jetterait jusqu'à s'en faire exploser les poumons. Cette aura qui la nimbe se ternira vite, mais là, elle met en difficulté notre héroïne. Certes, il lui manque l'élégance, la présence, la froideur altière du top model, mais dans un combat tribal, nues et armées de lances, la sous-secrétaire triompherait avec ses mollets pleins et des fesses faites pour twerker. Même les tatouages de lierre, d'insectes et d'hirondelles en vol qui ornent ses épaules et ses bras inspirent de la crainte à son adversaire.

Maria Cristina, sourire cousu aux lèvres, est anéantie. Cette Gilardoni est même bien habillée. Top blanc, étole de soie safran et longue jupe noire, très simple, tout cela rendant encore plus inappropriée et paroxystique l'emballage qui empaquette tel un nougat Sperlari l'épouse du président du Conseil.

Ce sont ces pirouettes narquoises de l'existence qui rendent Maria Cristina inapte à affronter les défis du présent. Elle n'a pas la fourberie et l'insouciance nécessaires pour ne pas se laisser déstabiliser par le soudain changement de look d'une prétendante au trône. À quoi s'ajoute une incapacité congénitale à se mettre dans la peau de son prochain et à en deviner les coups. À l'instar du dinosaure, elle peine à changer de stratégie alors qu'au contraire, les autres sont des serpents qui sans cesse muent et se transforment : de droite à gauche, de bons à méchants, de péquenauds à dandys. Telle est la beauté de la vie, changer.

Il faut bien l'admettre, la sous-secrétaire est peut-être une plouc, comme dit Domenico, à l'accent péquenaud de la campagne romaine, une fille qui, en tongs et culotte, vote la loi sur l'euthanasie et revendique sur Instagram la joie de manger crues les saucisses de son oncle Tato, mais lorsqu'elle arrive à l'Opéra, d'un coup bien asséné, elle jette au tapis la vieille reine avec la fraîcheur irrésistible de la débutante.

Consciente d'avoir perdu le match au premier round et furibarde, Maria Cristina se fait escorter dans l'obscurité miséricordieuse des loges.

Premier acte de la *Tosca.* La scène flotte dans le noir de la salle et Cavaradossi, un chanteur black au physique de sprinteur, entonne le fameux air *Recondita armonia* dans la chapelle des Attavanti.

Le public, entassé au parterre et aux galeries, s'est calmé et savoure la voix du ténor. L'orchestre dans la fosse emplit le théâtre de musique.

Pour les femmes du président du Conseil, on a réservé la loge royale où elles ont trouvé des biscuits à apéritif, des olives séchées et un mousseux bas de gamme. La sous-secrétaire n'a touché à rien car elle pratique l'autophagie. « C'est-à-dire que je me mange moi-même. Mes cellules saines bouffent les vieilles et les défectueuses. Je m'auto-cannibalise. Je dispose d'une fenêtre de six heures pour m'alimenter. J'ai une faim de loup, tu ne peux pas imaginer ce que je suis capable d'ingurgiter pendant ce laps de temps. Toi, Maria Cristina, t'as du pot d'être si maigre. Moi j'explose de partout. »

L'épouse du président du Conseil ne comprend pourquoi cette Gilardoni joue tant à la bonne copine. Elles ne se sont rencontrées qu'à quatre reprises, et chaque fois elle a tenu à afficher son intimité avec Domenico. Phrases murmurées à l'oreille, tapes sur l'épaule et petits rires.

Heureusement, elle se tait quand le rideau se lève et que l'église de Sant'Andrea della Valle apparaît, ciselée par les éclairages caravagesques.

Maria Cristina ferme les yeux.

L'un des derniers souvenirs qu'elle a de sa mère est lié à *Tosca.* Dans la villa de Mondello, en été, sur la terrasse couverte de majoliques bleues, elles prenaient leur petit déjeuner avec des brioches et des cannoli, les chiens dormaient allongés au soleil. Elle avait perdu ses cheveux à cause de la chimiothérapie et ils repoussaient en une brosse grise, si étrange pour elle qui avait eu une masse de cheveux rougeâtres attachés en queue-de-cheval désordonnée. Son corps, décharné, transparaissait sous l'étamine délicate de son kimono rose pâle. On lui avait installé un fauteuil sur la terrasse et elle s'y effondrait. La bouteille grise sur le chariot, le tube transparent qui serpentait jusqu'aux narines, le récipient où gargouillait l'oxygène, la stéréo portable sur la table et la Callas qui chantait à l'unisson avec les cigales, les pots d'échappement des scooters débridés de l'autre côté du portail, le clapotis lointain de la mer et les cris des enfants sur la plage. Il lui semble la revoir sourire, épuisée et digne, à elle, sa petite fille en maillot de bain plein de sable, avec ses sandales en cuir qui lui faisaient des ampoules aux talons et un matelas gonflable blanchi par le sel sous le bras tandis que Cavaradossi chante : « *Tosca ha l'occhio nero. L'arte nel suo mistero le diverse bellezze insiem confonde.* »

Comme elle aurait aimé que sa mère connaisse Irene. Elle l'aurait adorée, cette gamine si gentille, si spéciale, amoureuse des animaux. Elle se tourne et la regarde. Trop fatiguée pour suivre, elle s'est accroupie par terre et, avec les sièges et les manteaux, elle s'est construit une cabane d'où filtre la lumière de son inévitable lampe de poche. Le nez dans *Le Petit Prince*, elle lit en remuant les lèvres. Elle doit la préserver, elle doit s'assurer qu'elle ne verra jamais cette vidéo. Que jamais un camarade de classe ne lui montrera combien sa maman s'amusait. Jamais. Même quand elle sera grande.

Maria Cristina porte une main à sa bouche et son front tombe sur la balustrade de la loge tandis que Tosca chante : « *Vissi d'arte, vissi d'amore. Non feci mai male ad anima viva. Con man furtiva quante miserie conobbi.* »

Gilardoni lui chuchote. « Ça va ? »

Elle se redresse aussitôt. « Je suis très liée à cet opéra. Et quand Tosca dit "j'ai vécu pour l'amour" », ça m'émeut.

« Qu'est-ce que tu es gentille. » Elle a le ton que l'on emploie avec un chiot. « J'étais jamais allée à l'opéra de ma vie et je sais pas si j'aime bien ou non. Quand ils parlent, ça me plaît pas trop. » Elle s'approche. « Écoute, je voulais te dire, je suis désolée pour cette histoire de Domenico. Je suis mortifiée, mais j'ai rien à voir là-dedans.

— Ne t'inquiète pas. Je le sais », essaie de la stopper Maria Cristina, lui indiquant qu'il y a une *Tosca* en cours.

La sous-secrétaire s'en fout. « Cette rumeur, elle a circulé dès le début, dès qu'il m'a choisie. Mais je sais que tu ne doutes pas de lui, il t'aime à mourir, il me l'a dit mille fois et surtout, faut pas douter de moi, j'ai tous les défauts du monde, sauf celui de me taper les mecs des autres. » Elle secoue la tête en un sourire amusé. « Et puis avec les emmerdes que j'ai en ce moment et Piperno qui me fait la guerre, manquerait plus qu'une histoire avec le président du Conseil. En réalité, je m'amuse beaucoup avec ton mari. C'est un homme très spirituel, ironique à mourir. »

Maria Cristina soulève un sourcil. « Vraiment ?

— Je me tords de rire. C'est un rigolo. »

Domenico a sans doute de nombreuses qualités, mais vous faire tordre de rire, certainement pas. Soit il est Docteur Jekyll et Mister Hyde, soit cette Gilardoni a un étrange sens de l'humour.

« L'autre soir, il m'a raconté qu'à Berlin il a mangé des tempuras avec la chancelière, il a eu la courante et a failli se soulager dans le samovar offert par le tsar Nicola II. Mais il a dû te le raconter.

— Non. »

Gilardoni est perplexe. « Non ?

— Non.

— Peut-être qu'il avait honte. Tu es… »

Maria Cristina perd patience. « Je suis quoi ? »

Le vert des lumières de sécurité et le jaune des cierges du décor se reflètent dans les grands yeux sombres de la sous-secrétaire. « Ben… t'es si élégante, si chic, et faut pas l'oublier, tu es la plus belle femme du monde, alors parler caca avec toi, c'est pas convenable. Je sais pas, je te dis comme ça me vient, ton mari est… » Elle improvise, en sortant tout son accent du bas Latium. « En vrai, comment on pourrait parler de choses dégoûtantes avec quelqu'un comme toi ? Toi, t'es divine, et j'en suis sûre, tu fais même pas caca, tu fais des pralines en chocolat. »

Maria Cristina ne s'amuse pas. « Quelle drôle d'idée tu as de moi.

— Pas moi. Tout le monde. Quand les gens parlent de toi, c'est comme s'ils parlaient d'une déesse grecque, genre Aphrodite ou Hélène. » Daniela Gilardoni affiche un sourire. « Je te dis la vérité. J'ai réfléchi. Pour être avec toi, un homme doit être superficiel. Domenico lui aussi, j'espère que tu vas pas te fâcher, il est un peu superficiel. »

Maria Cristina écarquille les yeux, curieuse.

« Attends, c'est une théorie personnelle. Ça ne signifie pas qu'elle soit juste. Moi je pense qu'une beauté comme la tienne impressionne. Je peux pas te l'expliquer. Il y a quelque chose d'absolu qui nous domine et quand on est près de toi, on a du mal à être soi-même. Moi, à côté de toi, je me sens gauche, jugée, déplacée, voilà, j'ai la tête qui tourne quand je te regarde dans les yeux.

— Ce n'est pas l'impression que tu me donnes.

— Je te jure. C'est comme le syndrome de je ne sais plus qui, celui où tu t'évanouis au musée quand tu es face à Michel-Ange ou Léonard…

— Stendhal ?

— Bravo, celui-là. Ils fuient tous comme des moucherons devant toi. Pour te donner un exemple, pendant la visite du président polonais, sa femme, la boulotte sympathique, elle ne voulait pas t'approcher, elle avait les jetons. »

Maria Cristina ne réplique pas.

« Mais ça, ce n'est pas aux gens superficiels que ça arrive, continue Gilardoni. Je me suis trompée, c'est pas les superficiels, c'est les narcissiques. Ceux autour de qui tout tourne, ceux qui sont imbus d'eux-mêmes et de leur succès, ceux pour qui les femmes sont des choses à exhiber, comme un trophée ou une Ferrari à garer devant la maison. Ceux-là, si tu veux savoir, ta beauté, elle ne leur fait ni chaud ni froid, ils s'en fichent de qui tu es, de tes sentiments, ils t'utilisent pour être plus beaux eux, ils te portent comme une robe de marque tant que ça leur convient. Les sensibles, en revanche, ils ne t'approchent pas, comme si… ils se sentent pris en défaut, petits. La timidité et l'intelligence vont souvent de pair. C'est pour ça que les femmes belles, spéciales comme toi, sont les plus tristes du monde et sont en général maquées à des couillons. Mais ce n'est pas le cas de ton mar… »

À ce moment précis, un hautbois solitaire et mélancolique introduit Cavaradossi qui entonne *E lucevan le stelle.*

Maria Cristina saisit la main de Gilardoni, en indiquant la scène. « Écoute. C'est magnifique. »

Le théâtre entier retient son souffle, extasié par le chant du ténor qui dit qu'il meurt désespéré et n'a jamais autant aimé la vie.

Maria Cristina serre fort les doigts de la sous-secrétaire à la Fonction publique tandis qu'une écharde effilée de mélancolie lui déchire la poitrine.

Pendant un instant, elle a pensé qu'elle avait auprès d'elle Diana Brinzaglia.

IV.

Samedi 24 février

1.

Cette nuit, l'épouse du président du Conseil a dormi. Elle était si fatiguée qu'elle a fait venir Irene dans son lit, a attendu qu'elle s'endorme (une minute et demie), a éteint la lumière, l'a embrassée et a sombré dans un sommeil sans rêve, jusqu'à ce que Daisy vienne les réveiller.

Maintenant, Davide, le chauffeur, conduit en silence tandis qu'il l'emmène à la campagne. Maria Cristina a devant elle une journée bien remplie. Avec Luciano, ils doivent vérifier le conduit de cheminée, allumer le four et préparer la pâte pour la pizza. Irene, Greta, Domenico arriveront dans la soirée, et le ministre belge viendra de l'aéroport. Quant à Caterina, elle a refusé sa présence.

L'assistante n'y croyait pas. « Tu es sûre. Et la pizza pour le ministre ?

— Pas besoin. Luciano sera là.

— Et l'interview ? Tu sais qu'elle est mardi.

— Reposons-nous. »

Caterina, très frustrée, lui a remis une liste de questions que Reitner pourrait lui poser et elles sont convenues que dimanche soir elles se retrouveraient sur Skype pour simuler l'interview, avec l'assistante dans le rôle de la journaliste.

Maria Cristina n'a pas l'intention de faire le moindre essai. Plus elle y pense et plus elle est sûre qu'elle doit improviser et être elle-même.

La campagne glisse de l'autre côté de la glissière de sécurité. Sur la terre labourée des champs, sombre de pluie, dorment des colonies de mouettes. Plus bas, le littoral s'étend le long de la mer opaque qui s'estompe dans un ciel plat et laiteux. Le soleil est le jaune d'un œuf poché. Maria Cristina se regarde dans la vitre, elle commence à apprécier sa nouvelle coupe. Elle porte une robe en jersey vert pétrole, serrée à la taille et col montant assortie à des collants d'un ton plus foncé. Des lunettes rétro carrées noires lui cachent le visage.

Un message arrive sur son smartphone.

LUCIANO
Retourne-toi.

Une vieille Panda bleue suit la berline. Derrière le parebrise poussiéreux, Luciano la salue de la main. Maria Cristina agite alors les siennes.

MARIA CRISTINA
Tout pris ?

Elle reçoit en retour un message vocal. « Cri, excuse-moi, je peux pas écrire, je conduis. J'ai tout pris : la farine, le levain, la pelle pour enfourner et, par sécurité, de la pâte levée. J'ai même apporté du fior di latte d'Agerola. Je me suis informé. La pizza à la Benevento qui plaît à ton ministre, ça existe pas, donc j'ai pris du saucisson piquant pour la faire à la diavola. J'ai connu un magasinier belge qui mangeait toujours la diavola, c'est une pizza très courante à Bruxelles… » Elle l'arrête.

Elle vérifie le fil de discussion avec Nicola Sarti.

Disparu.

Elle regrette que ça se soit fini ainsi. Au fond, il était sympa. Dommage qu'il ait tout gâché en lui envoyant cette vidéo. Un peu à la manière des ados. Pour vous séduire, ils vous envoient la photo de leur bite et si vous n'appréciez pas, ils l'envoient à une autre.

Elle parcourt le mail de la revue de presse suite à la soirée à l'Opéra. Il y a des dizaines de photos d'elle et de Gilardoni. Un site people connu pour sa méchanceté titre *Épouses & maîtresses.*

La sous-secrétaire est plutôt canon mais c'est elle, avec sa nouvelle coupe, qui a attiré l'attention. Elle est tendance sur Twitter. #Nouvellecoupe. Le débat s'est enflammé entre les traditionnalistes, les enthousiastes et ceux qui la haïssent dans l'absolu. Évidemment, ils ont tout de suite saisi l'inspiration de *Gone Girl* et les photos de Maria Cristina et de Rosamund Pike sont partout. Il y en a une où elle est particulièrement bien. Elle la sauvegarde, revient au fil de discussion avec Nicola Sarti, le regarde longuement et écrit :

MARIA CRISTINA
Ciao bonjour. Ça va ?
J'ai coupé mes cheveux.
Qu'est-ce que tu en dis ?

Elle corrige.

MARIA CRISTINA
J'ai coupé mes cheveux.
Qu'est-ce que tu en dis ?

Elle met sa photo en PJ.

Tu es sûre ? se demande-t-elle sans se répondre.

C'est une connerie qu'elle paiera, et pourtant elle a envie de la faire, elle a besoin de comprendre si elle peut requalifier cette histoire en un secret inoffensif et ne plus y penser.

J'y vais ?

Vas-y, lui répond la voix du courage hâtif.

Les deux coches grises. Il l'a reçue.

Elle crève de chaud. Elle demande au chauffeur de baisser un peu la température.

Après Montalto di Castro, la voiture quitte l'Aurelia, emprunte la départementale qui traverse une plaine desséchée et se dirige tout droit vers une chaîne de collines basses et arides. Ils dépassent une station-service qui vend des bombonnes de gaz, puis des serres de fraises qui sont couvertes de PVC transparent. Une ferme décrépie qui donne sur la route et vend des pommes de terre et des artichauts. La limitation de vitesse est de quatre-vingt-dix, mais personne ne la respecte et on en voit les effets sur la chaussée. Des restes de chats, de blaireaux et de renards constellent l'asphalte. Après un virage d'où l'on aperçoit la cheminée blanche et rouge de l'ex-centrale nucléaire, ils tournent vers l'intérieur.

À partir de là, Maria Cristina commence à se sentir chez elle, elle laisse derrière elle le littoral avec les plages de sable et la mer trop basse, les thermes des intellectuels romains, les anchois frits, les Moscow Mule à la tombée du jour, Capalbio et sa vie mondaine gériatrique, les villas d'Ansedonia cachées derrière des murs couverts de bougainvillées.

La route grimpe à travers les collines couvertes de chênes, lièges et verts, la roche grise et effilée forme des ravins et des vallons où prospèrent des sangliers, des chevreuils, des vipères et des porcs-épics. Là où finissent les bois, s'élargissent des pâturages, royaume des vaches et bœufs de la Maremme. Maria Cristina baisse la vitre et se remplit les poumons de l'air glacé qui sent la terre mouillée, les champignons et la mousse. Si la vidéo devait un jour devenir publique et que le monde entier devait admirer les prouesses érotiques de Maria Cristina, elle se barricaderait dans ses terres, coupant les ponts avec tout.

Après cinq autres kilomètres de virages, entre lames de soleil et pénombre des chênes cerris allongeant leurs bras sur la route, ils tournent vers un portail en fer gris orné d'un écriteau PROPRIÉTÉ BASTONI qui s'ouvre en grand et laisse passer la Mercedes et la Panda. Ils traversent un bois de chênes centenaires qui poussent parmi des montagnes de cailloux recouverts de mousse. Là où il y a un peu d'espace s'enracinent des espèces végétales rares et protégées, très épineuses, qui rendent la forêt impénétrable. Une fois franchi le bois de pierres, ils émergent sur des étendues de champs de foin qui descendent vers l'horizon d'un blanc aveuglant. Au loin, un troupeau de bœufs de la Maremme cohabite avec des hérons qui voltigent tout autour d'eux. La voiture poursuit sur une route droite entre deux rangées de hauts pins romains courbés, dont les racines créent des bosses et des creux sous la pierraille blanche. Dans un nuage de poussière apparaît un tracteur vert et jaune qui remorque un tombereau chargé de foin. Avec lenteur, il s'écarte pour laisser place à l'automobile, au volant se trouve Amidou, un paysan du Burkina Faso qui touche la visière de sa casquette de base-ball décousue.

Pour entretenir une exploitation de cinq cents hectares, il n'est resté qu'une quinzaine de personnes, quelques années auparavant il y en avait cent. Et du temps de sa grand-mère, beaucoup plus. Des familles entières occupaient un petit bourg non loin des granges.

La propriété s'étend entre des bois séculaires et des sommets à pic au-dessus de canyons où, quand il pleuvait encore en hiver, roulaient des torrents impétueux. Un petit lac résiste, où se reproduisent au milieu des roseaux les rares tritons dorés et une communauté de ragondins. Outre les pâturages, les champs sont plantés de froment, tournesol et orge selon les années, et une oliveraie de presque mille arbres pousse à flanc de colline, à côté des vignes qui produisaient du Morellino, du Cabernet Sauvignon et du Vermentino. La propriété Bastoni envoyait chaque jour de la viande, des œufs, de l'huile, des conserves, du vin et des fromages de haute qualité pour ravitailler les meilleurs négoces de la capitale.

Quand Maria Cristina a pris en main l'exploitation, la situation était déjà critique en raison d'années infructueuses et à cause de la malhonnêteté d'un administrateur à qui elle avait fait un procès. Mais le coup de grâce a été donné par l'entrée en politique de Domenico. La propriété a attiré l'attention du fisc, de l'inspection du travail, des écologistes, des Services communaux d'Hygiène et de Santé, de l'Association italienne de Loisirs et de Culture, de ligues contre la chasse, pour la libéralisation du cannabis (ils voulaient transformer les champs en culture de marijuana), d'un groupe fondamentaliste néo-franciscain estimant que les dirigeants d'un pays doivent se dépouiller de leurs biens. Devant le portail, des activistes Verts ont établi leur bivouac, deux écolos allemandes ont grimpé dans un chêne et, une nuit, l'une d'elles s'est endormie et a dégringolé, se brisant le fémur.

Deux cabinets d'avocats se sont employés trois cent soixante-cinq jours par an à défendre la propriété contre les procès, recours, conflits et autres amendes. Résultat, l'entreprise est aujourd'hui en déficit et la majeure partie des travailleurs a été licenciée. Le bois progresse en empiétant sur les champs, les quelques têtes de bétail sont devenues sauvages et les fameuses vignes ont disparu sous les mauvaises herbes.

Les voitures, après avoir longé les hangars vides, le vieux silo décoloré par le temps, les étables sans animaux et la petite église au portail en marbre blanc, s'arrêtent devant un austère parallélépipède en pierre grise qui rappelle un monastère médiéval, surmonté d'un toit en tuiles blanchies par les lichens. Les fenêtres aux premier et deuxième étages sont fermées derrière des volets gris. Seules celles du rez-de-chaussée sont grandes ouvertes.

Autour, par la volonté expresse du bisaïeul de Maria Cristina, il n'y a aucun arbre, sans doute craignait-il l'attaque d'une armée étrangère ou d'escadrons de paysans enragés. L'autre façade de la maison domine un plateau se prolongeant comme une rampe jaune sur les coteaux de châtaigniers sauvages et de fougères séchées par le froid qui reverdissent au printemps. Les jours clairs, après les pluies, du deuxième étage on voyait la mer, l'île de Giglio et certains, dotés de bons yeux ou d'imagination, affirment avoir vu la Corse.

Maria Cristina descend de voiture, le smartphone à la main. Les coches de Nicola Sarti sont encore grises.

Luciano descend de la Panda et se dégourdit les jambes en regardant autour de lui. « Tu sais depuis combien de temps je suis pas venu ? »

Maria Cristina secoue la tête tandis que le chauffeur lui donne sa valise.

« Depuis le baptême d'Irene. Presque dix ans. Ça paraît un peu… » Il ne trouve pas ses mots.

« Abandonné ? lui suggère-t-elle. Si ça continue, je vais devoir vendre. »

Emma et Italo, le couple de gardiens qui s'occupe de la maison, s'approchent. Lui, prend la valise sans saluer, et elle, demande ce qu'ils désirent pour déjeuner.

« Moi une salade et du fromage me suffiront. Luciano, tu veux des pâtes ? demande Maria Cristina.

— Pourquoi pas. Je sors le matériel de la voiture et je commence à me préparer.

— Je te rejoins dans dix minutes », lui dit-elle en se dirigeant vers la villa.

Dedans il fait froid. Maria Cristina touche les radiateurs, ils sont tièdes. Emma savait depuis trois jours qu'ils arriveraient samedi, mais par méchanceté ou je-m'en-foutisme, elle vient juste de les allumer.

L'épouse du président du Conseil emprunte un long couloir au plafond voûté et aux murs couleur sauge où donnent des pièces vides de tout ameublement. Dans les chambres, rien que des lits placés au centre, et dans les salons une table avec quelques chaises autour. Rien d'autre.

2.

La raison pour laquelle la villa est dépouillée de tout mobilier mérite en soi un chapitre.

Tous les meubles de famille, l'argenterie, les tapis et la collection de tableaux accumulés au cours des années par la famille Salimbene ont été vendus à l'époque où Maria Cristina était mariée à Andrea Cerri.

Après leur voyage de noces en Arctique sur un brise-glace, le *Fortitude*, ils s'étaient installés à la propriété Bastoni, bien décidés à passer le reste de leur vie à la campagne. Lui avait loué son pied-à-terre du Colisée et elle avait vendu son appartement des Parioli.

La jeune épousée était convaincue que, en allant vivre en pleine nature, son mari retrouverait la sérénité et la concentration nécessaires pour recommencer à écrire. Cela faisait des années qu'il ne publiait plus rien. Depuis qu'elle le fréquentait, elle ne l'avait vu écrire que des articles de journaux, ce qu'il détestait, mais qu'il s'imposait de faire pour ne pas disparaître. Le succès exagéré de son roman, *La Maison d'étoiles*, les traductions dans le monde entier, l'adaptation cinématographique et les prix littéraires l'avaient rendu aboulique, il doutait d'avoir encore quelque chose à dire. Il ébauchait des histoires puis les jetait, affirmant que le présent n'est pas digne d'être raconté, le passé lui l'a déjà été par des auteurs plus grands que lui et le futur n'était bon que pour les tocards.

Maria Cristina était fascinée et effrayée par le super-pouvoir d'Andrea de sortir des histoires du néant, de construire des châteaux issus de son esprit, habités par des personnages imaginaires, et de les transférer sur du papier pour les rendre vivants et aimés des lecteurs. Un pouvoir fragile comme une petite flamme risquant de s'éteindre au premier souffle. Depuis quelque temps, disait-il, il n'y avait pas moyen de la raviver. Il s'y essayait sans conviction, un jour il était heureux, les six lignes qu'il avait pondues étaient prometteuses, le jour suivant c'était de la merde. Parfois, elle l'entendait dans son bureau flanquer des coups de poing sur sa table de travail en jurant. Elle n'osait lui demander de voir ses textes, de lui en parler, que pouvait-elle y comprendre ? Ayant lu grosso modo trois livres (son préféré restait *Madame Bovary*), elle n'y connaissait rien en littérature. La seule chose qu'elle devait faire, c'était le mettre dans des conditions de tranquillité, où il pouvait se balader avec ses chiens, manger sainement, dormir beaucoup et ne pas sentir le poids des lecteurs qui exigeaient un nouveau roman. Pour qu'il redevienne créatif, elle était prête à tout, elle avait abandonné le mannequinat, de toute façon, elle en avait marre de jouer les globe-trotters et elle craignait que seul dans cette grande maison, Andrea déprime. Maria Cristina s'occuperait de l'exploitation et ils essaieraient d'avoir un enfant. Hélas ! rien ne se passa comme prévu. On découvrit qu'Andrea avait des problèmes de fertilité et les revenus de l'entreprise étaient insuffisants pour maintenir leur style de vie. Maria Cristina recommença à défiler, devenant même l'égérie d'une marque de crème pour le visage et une autre de teinture pour cheveux. Andrea, enfermé à la maison, ne se lavait pas, ne se taillait pas la barbe et ne sortait que pour aller dans des restaurants où il buvait et prenait du poids. La dépression faisait de lui un vampire. La nuit, il ne dormait pas et le jour, groggy, il s'enfermait dans son bureau pour jouer à *Fifa* sur sa PlayStation.

En cherchant une solution sur Internet, Maria Cristina découvrit qu'il existait aux États-Unis des gens capables d'aider les artistes en crise. Ils pratiquaient le fameux *Exit*

Counseling ou déprogrammation. Ce qu'ils faisaient n'était pas très clair. Des espèces de psychothérapeutes brisant les parcours mentaux stéréotypés chez l'artiste déprimé. Avec des séances particulières de psychanalyse, ils augmentaient le conflit intérieur du patient en exagérant ses incohérences existentielles et introduisaient des valeurs nouvelles. Tout cela pour l'aider à reconquérir la confiance en soi et en ses propres capacités.

Le plus réputé était un dénommé Michael Mantler dont on disait qu'il avait suivi Mariah Carey, Metallica, David Foster Wallace (qui soit dit en passant s'était suicidé) et le rappeur Sante Mariani.

Le parcours curatif durait cinq semaines et coûtait une somme astronomique. Maria Cristina fit venir le déprogrammateur de Taos, Nouveau-Mexique où, avec l'aide de médecins indiens pueblos, il dirigeait une communauté thérapeutique. Bien entendu, le spécialiste de l'*Exit Counseling* ne se déplaçait qu'en *first class* accompagné de sa smala composée d'Angeni, sa jeune épouse sioux, et de leurs triplés de neuf ans, Akule, Elan et Milap.

Michael Mantler se présenta en plein janvier vêtu d'un maillot de la Juventus tendu sur son estomac gonflé de bière, d'un bermuda d'où sortaient deux mollets ronds et glabres, et d'une paire de tongs. Sa barbe hirsute lui arrivait à la poitrine et sur les côtés du crâne chauve et bronzé pendouillaient de longs cheveux blancs qui le faisaient ressembler à Osho ou à un poète de la Beat Generation. Il n'avait jamais froid et raffolait des pappardelle à la truffe et du ragoût de sanglier. À peine arrivé, il s'enferma dans le bureau avec Andrea pour questionner ses comportements aberrants. Quant à elle, Maria Cristina fut contrainte d'emmener tous les jours la famille d'Amérindiens aux thermes de Saturnia où ils passaient des heures à faire trempette. Elle rentrait le soir, exténuée, espérant que son sacrifice servirait à quelque chose.

Mais l'unique résultat fut que le déprogrammateur réussit à battre son mari à *Fifa*. Il fallut deux semaines pour élaborer le parcours thérapeutique susceptible de faire revenir l'écrivain à ses fastes anciens.

D'abord, se débarrasser de tous les meubles de la maison. Chaque objet était imprégné de la mémoire de celui qui l'avait fabriqué, vendu, choisi, acheté, et cette accumulation de mémoire interférait avec les capacités artistiques d'Andrea, lesquelles devaient agir dans un espace libre, neutre, sans histoire. Tout devait être dégagé. Dans chaque pièce, un seul meuble était admis, neuf, à assembler sans mode d'emploi. Un divan dans le séjour. Un matelas dans la chambre à coucher. Une table et des chaises dans la salle à manger. Les pièces restantes devaient être complètement vides. Uniques exceptions, la salle de bains et la cuisine. Quant à l'éclairage, il devait être rouge, d'une fréquence précise de $490H_Z$ qui s'accordait aux rythmes circadiens du sommeil.

Maria Cristina, un peu à contrecœur, fit remplir trois camions de meubles et vendit le tout aux enchères.

Secundo, Andrea devait se procurer la nourriture par ses propres moyens comme le fait un jeune Indien Pueblo dans le rite de passage à l'âge adulte. Avec un arc et des flèches (les armes à feu étaient prohibées), il devait chasser les sangliers, chevreuils et autres faisans qui peuplaient la propriété. Puis les dépecer et manger leur foie encore chaud.

Ainsi pendant trois mois, après le départ pour Taos de Michael Mantler, Andrea, armé d'un arc technique en carbone et vêtu d'un short en treillis, rôda dans les bois et la pierraille en quête de foie chaud. Il rentrait le soir transi de froid, griffé par les ronces et rongé par des douleurs articulaires. Son butin se résumait à un peu de mûres, parfois des cèpes et de la chicorée des champs. Son humeur s'était améliorée, il n'écrivait toujours pas, mais Maria Cristina espérait que le vieux Rambo reprendrait la plume.

Tout à coup, l'écrivain, barbouillé de sang, couvert de graisse et les yeux exorbités, commença à rapporter des quartiers de sanglier, des viscères et des cœurs de chevreuils. Il disait avoir compris comment se camoufler, comment ne faire plus qu'un avec la forêt, il flairait l'odeur de sa proie ramenée par le vent et se transmutait dans l'esprit du grand loup, le chasseur par excellence, selon les Peaux-Rouges.

Hélas, Maria Cristina, alertée par l'haleine alcoolisée de son mari, découvrit qu'il achetait en cachette le gibier à des braconniers de la région et que, pendant la journée, il se planquait dans un agritourisme pour boire et dormir. Mais elle n'avait pas le cœur de le démasquer. Et ainsi, chaque soir se jouait la farce du retour du chasseur. Quant à écrire, on n'en parlait plus, Andrea racontait qu'il avait compris durant ses heures d'aguets que l'écriture avait été une grande équivoque, que la vie de sauvage était la vraie vie.

Puis la farce dérapa en tragédie. En allant à Rome pour une énième analyse de sperme, le couple emboutit à cent quarante à l'heure un camion-citerne qui avait perdu du carburant sur l'autoroute. L'auto se ratatina comme une feuille de papier alu en prenant feu et Andrea Cerri mourut brûlé vif. Maria Cristina réussit à se libérer de la ceinture de sécurité et à se sauver, subissant des brûlures au troisième degré sur un côté.

Voilà comment s'explique l'absence de meubles dans la villa.

Tout est resté en l'état depuis, rien n'a été ajouté, mais quelque chose s'est perdu et ne reviendra plus, l'esprit du grand loup.

3.

Maria Cristina traverse les pièces, entre dans les toilettes, s'assied sur la lunette glacée et fait pipi. Elle est furieuse contre Emma et Italo. Ils l'ont à peine saluée. Ils exigent sans cesse des augmentations mais ne font plus rien. Et ils se comportent en maîtres des lieux. Évidemment, c'est sa faute. Lorsque vous négligez une exploitation, les employés prennent le pouvoir. Si sa grand-mère avait été là, rien de tout cela ne serait arrivé, elle au moins savait se faire respecter. Maria Cristina devrait prendre son courage à deux mains et les licencier. Mais après, qui s'occupera de la propriété ? Sans parler des indemnités de licenciement.

Son téléphone vibre.

NICOLA SARTI
Tu es super en blonde. La nouvelle Maria Cristina
Palma. Parfaite pour l'interview. Tu sembles plus sérieuse
mais en même temps plus gamine. Tu as très bien fait. Bravo !

Elle s'observe dans le miroir en se redressant sur la cuvette.

MARIA CRISTINA
Merci. Tu es gentil.

NICOLA SARTI
Où es-tu ? Que fais-tu ?

MARIA CRISTINA
En Maremme.
Je viens d'arriver.

NICOLA SARTI
C'est pas vrai ?! Moi je suis à Cala Galera.
Les mécaniciens réparent le moteur de mon
bateau. Le temps n'est pas top mais j'ai envie
d'aller à l'île du Giglio. Tu viens ?

Cala Galera est à une demi-heure de voiture de la propriété Bastoni. Il la suit ou quoi ?

Maria Cristina ouvre grand la bouche en fixant l'écran de son téléphone, la terreur n'était pas partie, elle s'était cachée telle une vipère en quelque anfractuosité de son esprit pour mieux pointer son nez à l'improviste. Maria

Cristina essaie d'inspirer, elle remonte ses collants et regarde ses yeux écarquillés dans la glace. Elle ne doit pas se laisser prendre par la panique. Cala Galera est tout près, mais ce n'est pas ici. Les riches Romains vont le week-end au parc du Circeo ou sur le mont Argentario. S'il avait été à Manciano, le village à côté de la propriété, il y aurait eu de quoi s'inquiéter. En plus, les plus beaux bateaux mouillent à Cala Galera.

Elle se passe le visage à l'eau et lui écrit :

MARIA CRISTINA
Je ne peux pas, hélas.

NICOLA SARTI
Allez ! On part ce soir. Et demain
on se réveille au Giglio. Ils annoncent
du beau temps.

Il le fait exprès ou quoi ? Il la traite comme une femme qui peut faire ce qu'elle veut. Et en bateau, encore ? Il y a quelque chose de si peu prémédité dans ces messages que cela la pousse à croire à sa bonne foi.

MARIA CRISTINA
Ce soir, on reçoit un ministre belge.

NICOLA SARTI
Dommage. Il y aura aussi un couple
très sympa. Mauro et Rosella Singolare.
Te connaissant, ils te plairaient beaucoup.
Vois si tu peux te libérer.

Me connaissant ? En plus, il ne veut vraiment pas prendre en considération qu'elle est l'épouse du président du Conseil italien et qu'elle ne peut s'en aller sur l'île du Giglio avec les Singolare. Elle commence presque à s'amuser.

MARIA CRISTINA
Bon voyage à vous.

NICOLA SARTI
Merci.

Maria Cristina se brosse les dents, se rince avec un bain de bouche, remet du rouge à lèvres et rejoint enfin Luciano qui veut passer à l'action. Elle l'accompagne à l'ancienne cuisine, dans une aile abandonnée de la villa. De l'autre côté d'un portail en bois, se trouve un garage poussiéreux où jadis son grand-père garait sa Maserati et qui contient maintenant des sacs de jute, des fûts pour les olives, des piles de cagettes en plastique blanc. En passant sous une arche, ils arrivent dans l'énorme office sombre, au plafond très haut soutenu par des poutres noires de suie, puis dans la cuisine proprement dite, une grande pièce glaciale, éclairée par un vasistas placé trop haut, quadrillée de petits carreaux noirs et blancs. Sur le côté, un long piano de cuisson en métal noir avec les cercles pour les feux, les portes en fonte et les tubes en cuivre et, au fond, un four à coupole disgracieux, fermé par une porte rouillée, qui dans le temps fournissait du pain à toute la propriété.

« Mais il est énorme, Cri. Ce truc-là, il nous faut deux jours pour le chauffer, dit Luciano, désespéré, les mains sur les hanches.

— Tu crois ?

— Je crois. On doit le charger à bloc. Pour les pizzas, il faut atteindre quatre cent cinquante degrés.

— C'est beaucoup ?

— C'est colossal. Figure-toi qu'un four de cuisine ne monte pas à plus de deux cent cinquante degrés. »

L'homme ouvre la porte, soulevant un nuage de cendres qui brille en contre-jour. Avec la torche de son portable, il éclaire l'intérieur. « Depuis quand il a pas été utilisé ?

— Je me souviens que la dernière fois, j'étais gamine. »

Luciano secoue la tête, puis prend un journal et le brûle à l'intérieur de la gueule du four.

Maria Cristina observe sans piper mot la fumée remplir la pièce.

« Le conduit est bouché. J'ai l'impression que la pizza passe à l'as. » Luciano a le ton dramatique d'un médecin qui annonce l'inévitable décès d'un patient.

Elle lui attrape la main. « Luciano, je t'en prie. J'ai le ministre. Je vais avoir l'air de quoi ?

— Achète-les au village.

— Elles sont dégueulasses. Et puis Domenico lui a raconté que je suis pizzaiola. Ne me demande pas pourquoi. Mais je ne peux pas le décevoir. »

Luciano lui sourit de ses bons yeux. « Alors je dois monter sur le toit. » Italo peut m'aider ?

C'est le jour de congé du gardien qui, en plus, a un problème à la jambe. Il y aurait bien Davide, le chauffeur, mais les seules choses qu'il sache faire c'est conduire et regarder les matchs de foot sur sa tablette. Elle ne se sent pas de l'envoyer sur le toit.

« C'est moi qui vais t'accompagner. Où est le problème ? fait-elle avec un enthousiasme exagéré.

— C'est dangereux. Et si tu tombes ?

— Je ne tomberai pas. Je vais enfiler une paire de baskets et je suis prête. »

Luciano n'est pas très convaincu.

« Fais-moi confiance, l'ensorcelle-t-elle avec ses yeux de Circé. Tu sais sur combien de toits je suis montée dans ma vie ?

— J'imagine. » Luciano lève les trois doigts qui lui restent et d'une voix pratique il ordonne : « Tu dois prendre une corde, une torche et un seau, sinon ça ne marchera pas. »

Et les voici, le factotum et l'épouse du président du Conseil, en équilibre précaire sur l'arête du toit, lui devant, vacillant comme un ours brun, attentif à ne pas briser les tuiles, un seau à la main, et elle, un peu derrière, liée à lui, dans sa robe verte de sauterelle et ses Adidas blanches aux pieds. La cheminée est sur le côté opposé de la maison.

« Ça va ? fait Luciano sans se retourner comme si c'était un premier de cordée sur une corniche du Lagazuoi.

— Bien. »

De là-haut, le panorama s'élargit tout autour de Maria Cristina. Au sud, au-delà d'une étendue d'arbres couvrant vallées et collines transpercées par des saillies et des crêtes rocheuses pointues, elle voit la côte plate et fangeuse qui se baigne dans la mer sombre et plus loin le profil dense du mont Argentario qui cache, plus estompé, le parc de l'Uccellina, Talamone et l'île du Giglio. Au nord, éparpillé sur une colline comme des pépites de chocolat sur un cupcake, le village de Manciano, sur les hauteurs, la tour antique puis une coulée de maisons de plus en plus modernes et carrées. Ses yeux se remplissent de tout ce qui lui appartient encore, la propriété Bastoni avec le silo couleur sang de bœuf, les écuries aux toits en tôle, les enclos vides, les entrepôts fermés et une petite route blanche qui, en serpentant, conduit à l'étang envahi de roseaux.

« T'as pas le vertige ? lui demande Luciano.

— N'oublie pas que je faisais du saut à la perche. Et si je tombe, toi tu seras là pour me retenir.

— Déconne pas. Avançons. »

Ils arrivent à la cheminée, haute et imposante comme celle d'une usine. À l'intérieur, la lumière meurt et on ne voit rien, si ce n'est le noir de la fumée incrustée sur les parois depuis des siècle et des siècles.

« Et maintenant ?

— Et maintenant on fait descendre le seau et on verra si c'est bouché. » Luciano dénoue la corde de ses hanches, l'attache à l'anse du seau, et est sur le point de l'envoyer quand un téléphone vibre dans la poche de son pantalon. Il le sort, c'est celui de Maria Cristina. Il le lui passe.

Message de Nicola Sarti.

NICOLA SARTI
Les mécaniciens n'arrivent pas à
réparer le moteur. Donc, pas de Giglio.
On se voit demain ? Ce serait super si tu
venais à Cala Galera. Ou alors, c'est moi qui viens
dans tes parages. Tu en es où ?

« Il fait chier ! », peste Maria Cristina enlacée à la cheminée.

C'est du harcèlement.

Oh ! C'est toi qui lui as écrit il y a une heure, lui rappelle Diana Brinzaglia, qui fait son métier donc pas possible de la rouler. *Tu lui as même envoyé une photo. Tu t'attendais à quoi ?*

Luciano la voit changer d'expression. « Qu'est-ce qui se passe ? C'est le gars de la vidéo ? »

Maria Cristina fait oui de la tête.

« Et qu'est-ce qu'il veut ?

— Me voir.

— Pourquoi ?

— Il me traite comme si on était des amis. Qu'est-ce que je dois faire, Luciano ?

— Dis-lui non.

— Je ne peux pas.

— Pourquoi ?

— Si ça le fout en rogne et qu'il publie la vidéo ?

— Donc, il te fait du chantage ? Si tu vas pas le voir, il la met sur Internet ? »

Le regard de Maria Cristina glisse sur le factotum et se perd dans l'immensité du ciel. « Je ne pense pas. Mais si je l'ai devant moi, peut-être que je pourrai comprendre ses intentions et s'il l'a vraiment effacée.

— Donne-lui rendez-vous demain. Je vais t'accompagner.

— Non. Je dois y aller seule. »

Luciano se frotte une paupière et réfléchit. « Enregistre-le. Comme ça tu auras des preuves. »

Maria Cristina écarquille les yeux, stupéfaite par ce coup de génie. « Exact. Et comment ?

— Avec ton téléphone. Y a des applis. Tu le mets sur la table et tu cliques. *Tac*, tu enregistres tout, il est piégé.

— Parfait. Demain à déjeuner. Domenico ne sera pas là. » Maria Cristina s'appuie à la cheminée et est sur le point de répondre quand un bruit vif, frémissant, accompagné de sifflements et de souffles emplit l'air. Elle lève les yeux et une créature blanche emplumée sort de la cheminée en déployant des ailes légères comme de la neige qui la giflent en plein visage. Maria Cristina pousse un hurlement et fait un pas en arrière, trébuchant sur une tuile tandis que l'oiseau se cogne contre elle, semble un instant perdre le contrôle de l'air, puis se ferme en *u* et, d'un coup d'ailes se transforme en *n*, la dépasse et prend son envol tandis qu'effrayée, comme si elle voulait l'imiter, elle agite les bras pour retrouver son équilibre, son smartphone lui échappe des mains et en tournoyant tel le tibia de *2001, l'Odyssée de l'espace* disparaît au fond du conduit de la cheminée.

Le tout dure si peu de temps que Maria Cristina et Luciano n'y comprennent rien.

« Par hasard, ce serait pas un oiseau qu'est sorti de la cheminée ? fait-il.

— C'était un oiseau ? demande-t-elle.

— Une chouette effraie, je crois. »

Puis, en parfaite synchronisation, ils se mettent les mains elle sur la bouche et lui dans les cheveux. « Le téléphone ! hurlent-ils et ils se jettent sur la cheminée en se cognant la tête l'un contre l'autre.

— Mon Dieu. Mon Dieu. Mon Dieu, répète Maria Cristina.

— Putain de bordel de merde, ajoute Luciano.

— Dedans il y a la vidéo.

— Il a dû atterrir en bas du four.

— Il a dû se casser.

— Il a fait un sacré vol plané. Il faut descendre pour voir. »

Maria Cristina appuie la paume de sa main sur son front. « Appelle Davide et dis-lui de vérifier, mais il ne doit pas le toucher. Il doit le laisser là où il est. »

Cinq minutes plus tard, la réponse arrive. En bas du four, il n'y a rien.

Maria Cristina regarde dans la cheminée. « Comment c'est possible ? Il a disparu ?

— Il est resté coincé quelque part. Je te le disais, qu'elle était bouchée.

— Et comment on va faire pour le récupérer ?

— En tout cas, pas avec un seau. Faut appeler une entreprise spécialisée.

— Tu es fou ? Ce téléphone, personne ne doit le toucher. En plus, aujourd'hui c'est samedi, qui veux-tu qui vienne ?

— Peut-être les pompiers de Manciano, si tu leur expliques qui tu es.

— Jamais de la vie. Cette histoire sortirait dans tous les journaux. » Maria Cristina se frappe les tempes de ses paumes. « Mais qu'est-ce que j'ai fait au bon Dieu ? »

Luciano bombe le torse. « J'y vais.

— Toi ?

— Oui. » Il lève haut les bras. « Je descends comme ça, la tête la première. Genre torpille. » Et, maladroitement, il essaie de monter sur le parallélépipède en briques.

Maria Cristina, perplexe, observe l'opération, elle ne sait trop comment lui dire qu'il pourrait à peine introduire sa caboche. Et même s'il réussissait, il resterait coincé pour l'éternité.

« Attends. Tu ne peux pas y aller. Tu ne passes pas. » Elle l'arrête alors qu'il est en équilibre sur la bouche de la cheminée à quinze mètres du sol.

« En torpille, non. Mais par les pieds, si. Genre chandelle. » Luciano, au mépris du danger, se positionne comme un nageur sur le plongeoir.

Maria Cristina s'accroche à sa cheville. « Non, s'il te plaît, ne fais pas ça. »

Luciano introduit une jambe, mais arrivé à l'entrejambe, il est contraint d'admettre : « Impossible. »

L'épouse du président du Conseil, tête la première, bras tendus, torche électrique entre les dents, est suspendue à une corde qui descend le long du conduit de la cheminée. Les parois incrustées de suie engloutissent la lumière comme l'antimatière d'un trou noir. Outre la claustrophobie, Maria Cristina a un autre problème, sa robe s'enroule autour de ses hanches à la manière d'un boudin, la fixant à ce conduit étroit et sans fond. Et il n'y a pas moyen de l'enlever. Seuls ses doigts peuvent bouger librement et tâtonnent devant elle.

« Ça va ? Tout va bien ? » La voix de Luciano lui arrive d'un monde lointain.

Si elle répond, la torche tombe, elle grommelle donc un non tandis que la corde lui scie les chevilles. Ce trou n'en finit pas, la cendre et l'enduit qui s'effritent et se désagrègent sont en train de l'étouffer. Ils ont un goût amer, lui engluent la langue et les dents. Dans ces ténèbres mortelles, Maria Cristina a pourtant une illumination, la vidéo n'est pas une priorité de sa vie. Elle préfère que l'ensemble du parlement, le Conseil des ministres, tout Bruxelles et toute l'ONU la voient baiser avec Nicola Sarti plutôt que de crever ainsi, seule, dans cet atroce boyau. Luciano doit la remonter, illico, mais il continue à donner du mou et elle, à s'enfoncer dans l'abysse de ce puits qui se resserre autour d'elle, la broie, et soudain elle reste coincée. Effrayée, elle relâche une seconde la mâchoire et la lampe de poche glisse de sa bouche, mais avec un réflexe de caméléon elle réussit à la rattraper avant que l'obscurité ne l'engloutisse. En gémissant, soufflant, serpentant, rampant, avec le sang qui gonfle ses globes oculaires et ses prothèses mammaires qui appuient sur les côtes, elle pleure, la robe s'allonge, s'étire, mais elle, elle ne lâche rien, encore, allez, elle pousse avec ses bras contre le mur et enfin la maille cède et Maria Cristina s'en extirpe comme un crotale de sa mue, et elle recommence à descendre, tête la première, centimètre par centimètre. Le faisceau de lumière révèle quelque chose, deux petits points lumineux s'élargissant en d'énormes orbites, les yeux d'un démon prêt à lui déchiqueter le visage. Peu à peu, dans les ténèbres apparaît un nid fait de branches, de plumes, il y a des œufs, et parmi les œufs, son portable et une chouette effraie, sans doute la maman, qui l'observe, une couronne de plumes couleur crème orne sa tête, pas moyen de s'arrêter, cet abruti de Luciano continue à donner du mou, l'impact est inévitable. Maria Cristina fond sur le volatile qui se recroqueville pour protéger sa couvée et tout, nid, œufs, torche, oiseau, femme, dégringole le long du conduit. Luciano a lâché mais ensuite il bloque, le contrecoup ondule comme une vague le long de la corde et des trente-trois vertèbres du rachis jusqu'à la C1 de l'épouse du président du Conseil qui ferme les yeux, hurle et quand elle les rouvre, elle pendouille tête la première à l'intérieur du four. De la pointe des doigts, elle effleure la cendre répandue sur les briques, la lumière blafarde de la cuisine filtre par la porte ouverte. La chouette effraie, à moitié estourbie, en battant des ailes réussit à sortir, la corde cède et Maria Cristina, la robe en lambeaux, les chevilles attachées, s'affale sur le plan de cuisson.

Le petit ramoneur a son téléphone à la main.

Elle est restée une bonne demi-heure sous la douche bouillante, se frottant à la brosse pour éliminer la suie collante. Ses cheveux, elle les a lavés trois fois. Mais désormais, le four chauffe que c'en est un plaisir. Le factotum, tel le dieu Vulcain, l'alimente en bois et vérifie toutes les cinq minutes la température avec le thermomètre-pistolet. Elle monte doucement, mais constamment. Le ministre mangera sa pizza bien cuite. Hélas ! il n'y a pas assez de temps pour faire la pâte et ils ont décidé de faire croire que c'est elle qui a pétri celle que Luciano a apportée.

« S'il te demande comme tu as fait, dis-lui que tu l'as laissée lever vingt-quatre heures au frigo et six heures à température ambiante. Et que tu as utilisé soixante-cinq pour cent d'hydratation…

— C'est un ministre, Luciano. Il ne me le demandera pas.

— Non, mais je te le dis juste par précaution. On sait jamais. » L'homme ajoute une bûche au feu. « T'as écrit à l'autre ?

— Oui. Je lui ai dit de venir.

— À la maison ?

— Tu es fou ? Dans une trattoria près d'ici.

— Elle est comment ?

— Pas mal, on y mange bien. Elle est peu fréquentée et je connais les propriétaires, qui peuvent témoigner, m'aider, faire quelque chose au cas où…

— Au cas où ?

— Je ne sais pas. » Maria Cristina clôt la discussion.

« T'es sûre que c'est la bonne chose à faire ?

— Ce problème doit être résolu une fois pour toutes. S'il a l'intention de me demander un truc, il le fera demain. Je l'enregistre et je le crucifie. »

Maria Cristina doit organiser le dîner, elle a appelé des filles du village pour l'aider, c'est elles qui feront tout, cuisiner, dresser la table, servir. Heureusement, on lui a dit que le ministre ne serait accompagné que de trois personnes et que ce serait un dîner informel.

Elle traverse la cour. Mais où sont les chiens ? En son absence, Italo les enferme, chose qu'elle déteste, et quand il sait qu'elle arrive il les libère. Elle va dans l'enclos, l'ouvre, une ribambelle de corniauds abandonnés par les chasseurs et deux gros bergers de la Maremme l'assaillent, lui faisant des fêtes infinies.

Comme elle aime cette escorte puante et joyeuse. Elle s'aperçoit que Pippo, un drôle de croisement entre un basset, un spinone et une hyène, boîte visiblement. Il a une patte gonflée et, entre les orteils, sa peau est rouge et tuméfiée, signe d'infection.

Maria Cristina se dirige d'un pas leste vers une petite maison éclairée. Elle frappe à la porte-fenêtre et, n'ayant pas de réponse, entre.

Le gardien est avachi sur une chaise longue devant la télévision. Sur ses genoux, une assiette avec des restes de foie à la vénitienne et de brocolis. Par terre, une demi-bouteille de vin rouge. Sa femme lave la vaisselle dans l'évier.

La pièce, à la fois séjour, salle à manger et cuisine, est un dépôt de nourriture en conserve que le couple achète au supermarché Métro à Rome. Dans la lumière impitoyable des LED du lustre de Murano scintillent les placards muraux en formica blanc. Il flotte une odeur d'humidité, d'oignons, de brocoli et de liquide vaisselle. Italo, abruti par l'alcool, se tourne et la fixe en silence. Emma, un peu surprise, lui concède un demi-sourire, en s'essuyant les mains dans un torchon.

N'étant pas invitée à entrer, Maria Cristina reste sur le seuil. « Emma, tu as préparé les chambres pour nos hôtes ?

— Oui, celles du premier étage. J'ai mis les couettes et les serviettes de toilette.

— Parfait. » Elle reste un instant silencieuse, puis s'adresse à l'homme. « Pippo ne va pas bien. Il a une patte infectée. Le vétérinaire est venu ? »

Le gardien hoche la tête. « Rien de grave. »

Voilà ce que la plupart des gens de la campagne pensent des animaux, se dit Maria Cristina. Les bêtes sont des bêtes, les hommes des hommes. Telle est l'insupportable devise de la région.

« Le vétérinaire a dit qu'il pouvait pas passer. Il viendra un de ces quatre », ajoute Italo pour tenter d'arranger les choses.

Il a toujours été un peu menteur, là sa hargne est si évidente que cela lui semble être un véritable acte de défi.

Emma vient à la rescousse de son mari. « En plus, Pippo c'est un roublard. Demain il ira très bien. Faut pas vous inquiéter. »

Maria Cristina grimace un sourire. C'est elle qui appellera le vétérinaire demain, mais ensuite elle explose. « En tout cas, ce n'est pas possible de garder les chiens dans ces conditions, Italo. Il faut nettoyer l'enclos tous les jours. Ne pas laisser la nourriture pourrir. C'est normal qu'ils tombent malades. Et tu le sais que je veux qu'ils soient en liberté. » Elle ferme la porte en évitant de la claquer, mais à travers la fenêtre, elle les voit chuchoter vivement, alors elle la rouvre. « Demain matin, cette porcherie doit être récurée. »

Il la fixe et lui tourne le dos en marmonnant.

« Qu'est-ce que tu racontes ? Dis-le-moi en face. »

Le paysan secoue la tête, comme pour signifier vaut mieux que tu t'en ailles.

« C'est quoi ton problème, Italo ? Parle, allez. Tu n'oses pas ? »

Cela, personne, encore moins une femme, ne peut le dire à un natif pur jus de la Maremme, à un gars qui tue les vipères de son talon et fait bouillir des brebis entières dans des barils. On peut lui dire que c'est un voleur, mais pas qu'il manque de courage. Le paysan se gonfle comme un crapaud, son visage aviné ressemble à un radiateur électrique. Il met une main sur sa hanche, avance un pied, plie l'autre jambe comme un arc et soulève le menton dans une posture mussolinienne. « Ce boulot-là, c'est pas à nous de le faire. Nous, on n'est pas des domestiques. »

Pourquoi ces deux-là sont-ils devenus si désagréables et arrogants ? se demande Maria Cristina. Ils ont sûrement mal pris la réduction de personnel, maintenant ils sont obligés de bosser au lieu de jouer aux chefaillons en donnant des ordres aux travailleurs immigrés. Chaque année, ponctuels comme l'impôt, ils réclament une augmentation et elle la leur accorde, mais ils continuent à se sentir exploités et à menacer de s'en aller à Pieve di Cadore chez leurs enfants qui tiennent une boutique de cadeaux et d'objets d'art en céramique.

« Et de grâce, ce serait à qui de le faire ? » L'épouse du président du Conseil s'étonne de son ton calme.

Le paysan hausse les épaules. C'est un homme à la parole rare et confuse qui, si on l'asticote, est capable de vous rouer de coups. Mais aujourd'hui, hélas pour lui, il n'a pas affaire à l'habituelle Maria Cristina Palma. Durant ces trois jours, elle en a vécu des vertes et des pas mûres et l'épée de Damoclès qu'est cette vidéo susceptible de pulvériser son existence lui confère l'audace du fantassin en première ligne. « C'est vous deux qui devez vous occuper de la maison. Ou je me trompe ? »

Comme sortie de la tanière des sorcières de *Macbeth*, Emma s'avance. « Exact. De la maison. Mais les chiens, c'est pas la maison. »

Autant il est revêche et usé, autant elle est menue, nerveuse, et ses cheveux jaune paille ont la consistance d'une perruque de mauvaise qualité. Souffrant de diverticulite, elle est acariâtre, l'inconfort a tordu les lignes de sa bouche en un *u* inversé et elle affiche la même expression de dégoût que si elle avait mangé un plat de calamars avariés.

« Donc, vous ne vous en occupez pas ?

— Donc on s'en occupe, mais en principe ce serait pas à nous de le faire. » Main dans la main, Emma se rapproche de son homme, et s'il empoignait une fourche, ils ressembleraient au couple du tableau de Grant Wood.

« Surtout ramasser la merde. Vous, vous recueillez les chiens errants parce qu'ils vous font de la peine, mais après, qui c'est qui nettoie, c'est nous, conclut-il en appuyant sur merde presque avec satisfaction.

— Et qui devrait le faire ?

— Je sais pas. C'est vous la patronne. Niladri, Nikihil, les Indiens ou Amidou, un des noirs. Ou votre ami. »

Maria Cristina pense un instant à Nicola Sarti. « De qui parles-tu ?

— Celui qui a allumé le four.

— Luciano ? Qu'est-ce que tu racontes ? Tu es devenu fou ?

— Moi ? Vous… », marmonne-t-il.

Maria Cristina lui intime l'ordre de se taire. « Je vais trouver quelqu'un qui s'occupera des chiens. Et de la maison. »

Tous deux la fixent, ils ne sont pas certains d'avoir compris, se cherchent du regard et découvrent la vérité dans les yeux l'un de l'autre.

Est-il possible que Maria Cristina Palma, la petite poupée d'Italie, comme ils la surnomment entre eux, les ait licenciés ?

Maria Cristina traîne un tuyau vert qui projette de l'eau glacée et avance dans le territoire incertain entre le jour et la nuit.

Elle est euphorique. Elle les a virés. Elle a réussi. Cela a été facile. Il fait froid mais son cœur pompe du sang chaud dans ses artères. Elle arrive haletante vers les niches et commence à arroser tout autour, repoussant les crottes et les horribles bouillies de pain, la viande hachée et les croquettes avariées vers le caniveau, tandis que les chiens, excités, aboient en essayant de mordre le jet d'eau. Pippo a pointé son museau à la porte de la niche, mais il ne bouge pas.

Assez, se dit Maria Cristina, sa place est ici avec ses chiens et sa terre. Assez de cette farce d'épouse du président du Conseil. Elle a des choses plus importantes à faire. Elle doit reprendre en main la propriété. Elle en parlera avec Domenico. Elle inscrira Irene à l'école de Manciano, qui redeviendra ainsi la petite fille solaire, amoureuse des animaux, saine, et non une fille à papa gâtée pourrie.

Une procession de phares avance vers la villa. Maria Cristina ferme le robinet, les voitures s'arrêtent sur l'esplanade. De la première descendent les hommes de l'escorte, de la deuxième le chauffeur, Greta et Irene, et de la troisième Domenico, Marina et…

Caterina.

Elle s'est présentée alors qu'elle lui avait expressément demandé de ne pas venir.

La rage gargouille sous son diaphragme comme du lithiné. Elle a l'impression de se dédoubler, une Maria

Cristina observe l'autre charger tête baissée. Les hommes de l'escorte la voient arriver telle la reine du grand hiver suivie de ses bergers de la Maremme. La mère, avant de déclencher l'enfer, s'approche de sa fille, l'embrasse, ignore son mari et fonce sur Caterina. « Qu'est-ce que tu fous ici ? »

La jeune femme dégaine son sempiternel sourire extatique, entre émotion enfantine et joie, elle a une telle chance d'être là dans son château de conte de fées, et il lui faut quelques instants de trop pour le rengainer. Sanglée dans son petit manteau, son bonnet de laine à pompon rouge et son pashmina, elle recule. « Salut Maria Cristina. Voilà, j'ai pensé que ça te ferait plaisir… »

Maria Cristina la foudroie du regard de toute sa hauteur. « Non, ça ne me fait pas plaisir. Je t'avais dit non. Mais rien à faire, il a fallu que tu viennes.

— Je sais… c'est que… » La jeune femme regarde autour d'elle, en quête d'un secours.

« C'est que quoi ? » Maria Cristina est aveugle et implacable comme Diké, la déesse de la Justice. « Pourquoi tu ne me respectes pas ? »

L'assistante perd pied, elle n'arrive qu'à hausser les épaules comme si elle avait été prise à chaparder dans une mercerie.

L'épouse du président du Conseil se tourne vers les hommes de l'escorte qui ont allumé une cigarette et jouissent de la scène. Mirtillo, l'un des bergers de la Maremme, un ours blanc, pousse un rugissement tout près du tympan droit de Caterina Gamberini qui se tortille avec une grimace de terreur.

Maria Cristina, sans même le regarder, attrape le chien par la peau du cou et le chasse. « Vous, messieurs, vous le savez ? »

Silence. Embarras. Parmi ceux qui fument en manque de nicotine, il y a aussi Domenico qui, avant d'intervenir, tire une dernière bouffée. « Calme-toi, mon trésor. Qu'est-ce qui te prend ? Elle te sera utile pour préparer l'interview. »

Maria Cristina, en garde comme un boxeur sur le ring, peine à détacher son regard de Caterina. « Il me prend que si je demande quelque chose, j'entends qu'on m'obéisse.

— Elle n'y est pour rien. C'est moi qui lui ai dit de venir.

— C'est vrai », balbutie l'assistante, la secrétaire, la fée Clochette, qui diable vous voulez qu'elle soit.

Maria Cristina la pointe du doigt. « Et en tout cas, pour la pizza, il n'y a pas besoin de quarante-huit heures pour que la pâte lève. »

Caterina regarde autour d'elle, les yeux écarquillés comme pour dire, vous voyez, elle a perdu la raison.

L'épouse du président du Conseil agite son index. « Ne fais pas l'innocente. C'est inutile. Je t'ai entendue dans les toilettes, l'autre soir à la fête. Tu as dit que je te fais de la peine, que je suis idiote, frivole.

— Moi ? Je n'ai jamais dit ça. Tu as dû confondre avec quelqu'un d'autre. Je te le jure. » La fée Clochette, voix geignarde, s'enflamme, portant sa main à la poitrine. « Comment peux-tu penser une chose pareille ?

— Je ne la pense pas, je l'ai entendue. »

Le regard du président du Conseil rebondit de son épouse à l'assistante.

Maria Cristina n'est pas satisfaite, elle tourne autour de la jeune femme, la jambe légère, en souriant et hochant la tête, elle doit lui assener le coup de grâce.

Flanque-lui ton poing dans la figure, lui suggère Diana Brinzaglia. *Si tu le fais, chapeau.*

« On peut en parler calmement, à la maison. » Domenico est embarrassé. « Il est inutile de faire cette scène ici, devant tout le monde. S'il te plaît. Il y a Irene.

— Tant mieux. Elle doit comprendre dans quel repaire de scorpions je vis. » Maria Cristina ne se contrôle plus. « Je veux que quelqu'un, s'il vous plaît, raccompagne cette demoiselle à Rome. Je ne la veux pas chez moi. » Puis, à Domenico : « N'oublie pas qu'ici je suis encore chez moi. »

Domenico fait une ultime tentative. « Tu es sûre ? Allez…

— Jamais été aussi sûre. »

Caterina Gamberini a le regard piteux de quelqu'un qui subit une injustice. « Il n'y a aucun problème, Monsieur le Président. Je suis navrée. Tout est ma faute. Maria Cristina m'avait dit qu'elle voulait rester seule et je n'avais pas à venir… »

L'épouse du président du Conseil croise les bras. « Voilà, c'est bien. Et donc, fais en sorte de partir.

— Oui, c'est mieux, fait son piètre médiateur de mari. Michele, c'est toi qui la ramènes.

Le chauffeur ouvre la portière en grand avec un sourire sarcastique.

Tel un superhéros, Maria Cristina est nimbée d'une sphère d'énergie. « Viens, Irene. Oncle Luciano est là, allons le saluer. »

Mère et fille, main dans la main, se dirigent vers le four.

« Maman, qu'est-ce qui t'a pris ? lui demande Irene.

— Rien. C'est juste qu'il fallait la remettre à sa place, celle-là. De temps en temps, c'est bien de le faire.

— Je te l'avais dit.

— Quoi ?

— Que tu es différente avec ces cheveux. »

Maria Cristina incline la tête. « Tu crois ?

— Oui. Tu es plus… je ne sais pas. Plus du genre des femmes de politiciens dans les films. Tu as bien fait. Et puis, Caterina, je l'aime pas. Tu sais ce qu'elle a fait une fois ? Elle est allée dans la salle de bains et elle a volé un parfum.

— Pas possible !

— Si ! Je te le jure ! Tu sais ce qu'elle a fait ? » Irene se plante devant elle, lui barrant le passage. « Tu sais ce qu'elle a fait ? Elle a vidé le parfum dans une carafe de thé froid, et le thé froid elle l'a mis dans le flacon de parfum. Elle les a échangés, tu comprends ? Je le sais parce qu'une fois je voulais me mettre du parfum, en vrai c'était pas moi qui en voulais, moi le parfum ça me donne mal à la tête, c'était Erica et on l'a pris, et elle s'est aspergée de thé froid et elle disait que c'était bizarre. Bien sûr que c'était bizarre, c'était du thé froid. Et en plus, le sucre ça colle à la peau. » Elle raconte le tout à une vitesse supersonique pour arriver le plus vite possible à la fin. Irene est ainsi, elle est toujours muette mais dès qu'elle se met à parler, elle n'en finit plus. Et ses histoires sont trop compliquées et absurdes à suivre.

Elles arrivent près de Luciano qui somnole à côté du four, écroulé sur une chaise, bras croisés, tête sur la poitrine. La cuisine est toute propre. Le plan de travail est prêt avec des saladiers de tomates, mozzarella, parmesan, les pâtons sont dans des barquettes en plastique.

« Chuut… faut pas le réveiller, susurre Maria Cristina à sa fille.

— Mais les pizzas, c'est toi qui vas les faire ? chuchote la gamine.

— Bien sûr. Et toi aussi. »

Irene sautille, ne retenant pas un petit cri de joie qui réveille le factotum.

Tous deux s'embrassent comme s'ils ne s'étaient pas vus depuis des mois.

La température de la vieille cuisine a augmenté et il fait bon chaud. Si Luciano ajoute des lampes et des bougies, ils pourront dîner ici, sur la longue table de marbre. C'est très spectaculaire, familial, et elle est sûre que le ministre appréciera.

Elle explique tout à Luciano.

« Et c'est quand que je t'apprends à étaler la pâte ?

— J'ai vu un tuto sur YouTube. T'inquiète.

— T'inquiète, mon œil. »

« Maman, tu me rejoins ? »

Maria Cristina est à genoux face à la baignoire et elle lave le dos de sa fille. « Non, il est tard.

— Allez, deux minutes.

— Je ne peux pas. Le ministre va bientôt arriver.

— Allez maman. Juste une minute. Deux secondes. Comme quand j'étais petite. »

Maria Cristina, exténuée, se déshabille en laissant ses vêtements sur le sol et se glisse dans la baignoire. L'eau lui réchauffe les pieds et ses membres transis. « Oh que c'est bon…, soupire-t-elle. J'en avais besoin, tu as raison.

— Ton ongle est tout noir. Il va se détacher. » Elle le touche. « Je peux l'arracher ?

— Non.

— Alors on fait la course à celle qui tient le plus longtemps sous l'eau.

— Je ne peux pas me mouiller les cheveux.

— Alors compte. » La fillette se bouche le nez et s'immerge la tête en arrière, puis réémerge en écarquillant les yeux, hors d'haleine. « Combien ?

— Trente-six.

— C'est beaucoup ?

— C'est énorme. Bon maintenant va t'habiller. Allez, zou. »

Irene sort de la baignoire et elle, elle s'enfonce dans l'eau en fermant les yeux, elle entend sa fille grelotter en se frottant avec la serviette de toilette, les pieds mouillés sur le carrelage.

« Mets tes pantoufles. Et demande à Greta de te sécher les cheveux. »

La porte se ferme et le silence se fait enfin. Elle ajoute un peu d'eau bouillante et, avec un long soupir, glisse dans l'eau jusqu'aux épaules, mais non, c'est une conjuration, on frappe à la porte.

« Qu'est-ce qu'il y a ? demande Maria Cristina.

— C'est moi. » La voix de Domenico.

« Je prends mon bain.

— Je voulais te parler.

— Je vais sortir.

— Je peux entrer ?

— Donne-moi cinq minutes. J'arrive. »

Domenico passe la tête par la porte entrebâillée. « Il faut que je te parle. Toi et moi, seul à seule. Tu permets ? »

Maria Cristina tente de s'enfoncer dans ces trente centimètres d'eau. D'instinct, elle a envie de serrer les jambes et de se couvrir les seins de ses bras, mais elle se retient, c'est quand même son mari.

Lui, discret, évite de la regarder. « Le Belge est en retard. Son avion vient à peine de décoller.

— Parfait. Comme ça je vais tout préparer tranquillement. »

Domenico s'assied sur la cuvette et dénoue son nœud de cravate. « Tu m'expliques ce qui s'est passé avec Caterina ? Elle a appelé Calfiero et Calfiero m'a appelé. Elle lui a dit qu'elle se sent maltraitée. Elle pleure. Elle a besoin d'une explication avec toi.

Maria Cristina lève les yeux au plafond. « Oh la pauvre.

— Tu aurais pu éviter de l'agresser devant les gars de l'escorte. Tu l'as humiliée.

— Non, je ne pouvais pas. Si tu veux tout savoir, elle a même dit que je lui fais de la peine parce que je suis avec toi qui as des maîtresses. Donc, je ne veux plus la voir. Il faut la virer. Point barre. »

Domenico se lève et se regarde dans la glace, fixant ses yeux bouffis et vérifiant ses gencives anémiées. « Il faut lui donner une promotion.

— Une promotion ? »

Domenico croise les bras, s'appuie au lavabo. « Une fille comme elle, si tu la vires, elle se retournera contre toi. Elle peut écrire, raconter n'importe quoi. Si tu la rétrogrades, c'est pire. On doit lui donner une promotion.

— Donc, quelqu'un fait mal son travail et il faut le promouvoir ? Ça marche comme ça ?

— Exact, l'inverse de ce qui devrait être. Si tu y tiens, je la licencie. Mais ne t'étonne pas après si tu retrouves sa merde étalée partout. On est dans le viseur. Moi j'ai retenu la leçon. Je ne moufte pas, je n'exprime aucun jugement sur personne, je suis un bouddha. » Il touche son ventre rebondi. « Il faudra du temps pour lui trouver un nouveau poste. D'ici là, tu devras prendre patience et coexister encore un peu avec elle.

— La serviette. »

Domenico la prend sur l'étagère et se rassied sur les WC.

« Tu peux sortir s'il te plaît ?

— Qu'est-ce qu'il y a ? Tu as honte ? » Le président du Conseil laisse glisser son regard sur les seins de son épouse.

Elle les cache de ses mains. « Bravo. Tu vois que si tu y mets du tien, tu y arrives.

— Et pourquoi as-tu honte ?

— Que veux-tu que je te dise ? Je me sens vieille et moche. »

Domenico place son index sur sa tempe. « Tu es folle. Tu es spectaculaire, tu es un canon stratosphérique. Tu fais de la gym tous les jours, tu es belle à tomber. Sais-tu combien d'hommes voudraient être à ma place en ce moment ? »

Maria Cristina sort de la baignoire et s'enveloppe du drap de bain. « Mais comment tu parles ? Tu es spectaculaire, tu es un canon stratosphérique... Quel âge as-tu ? Tu t'exprimes comme ça avec Gilardoni ? »

Lui n'enregistre que le nom de Gilardoni. « À propos, comment ça s'est passé avec elle ? » lui demande-t-il d'un ton détaché.

Maria Cristina, percevant la tension, prend un peu plus de temps que nécessaire pour répondre. « Bien. »

Domenico prend le fil dentaire et en coupe un bout. « De quoi vous avez parlé ?

— Il y avait l'opéra. »

Le président du Conseil enroule le fil autour de ses index. « Elle a été gentille ?

— Pourquoi elle ne l'aurait pas été ? » Maria Cristina l'écarte du lavabo et se brosse les cheveux. « On a parlé de toi.

— De moi ? Et qu'est-ce que vous vous êtes dit ? »

Les antennes de Maria Cristina le sentent frémir dans l'attente de sa réponse. « Elle dit que tu la fais beaucoup rire. Il paraît que tu es un comique. Ça m'a étonnée. Avec moi, tu es toujours sérieux. Alors qu'avec elle tu plaisantes tout le temps. Elle dit que tu la fais mourir de rire. Texto.

— Quelle idiote… » Sur le visage de Domenico s'élargit un petit sourire vaniteux.

Maria Cristina se tait, se coiffant et le fixant dans le miroir.

Mais jusqu'à quel point s'amuse-t-il avec sa garçonne ? Garçonnes, c'est ainsi que son grand-père appelait ses maîtresses occasionnelles. Elle pose la brosse. Saisit ses vêtements, son portable…

Où est-il ?

Il était à côté de la baignoire.

Elle regarde autour d'elle, cherche par terre, sur les étagères, entre les serviettes de toilette.

« Qu'est-ce que t'as perdu ? marmonne Domenico, le fil dentaire entre les molaires.

— Oh mon Dieu, Irene. » D'un bond, Maria Cristina se précipite hors de la salle de bains, se cogne l'épaule contre le chambranle de la porte, son pied mouillé glisse sur la terre cuite, elle réussit à ne pas s'affaler mais le drap de bain tombe au sol, nue, elle le ramasse, emprunte le couloir avec l'énergie qu'elle avait lorsqu'elle faisait de l'athlétisme, traverse le salon comme un guépard, coupe par l'entrée, se retrouve devant les gars de l'escorte, n'essaie même pas de se couvrir tandis qu'ils lancent un applaudissement. Elle gravit les escaliers quatre à quatre, franchit une volée de marches, un palier et prend le couloir des chambres à coucher. Elle s'aplatit hors d'haleine contre la porte, tant bien que mal se couvre avec le drap de bain et ouvre.

Irene est assise sur le lit, impassible, on dirait l'infante d'Espagne et Greta la servante lui sèche les cheveux.

« Le por… ta… ble », épèle Maria Cristina.

Sa fille, pas du tout surprise, le lui indique. Il est posé sur le chevet. « T'as changé le code ? Je voulais jouer à Candy Crush. »

4.

Le ministre est arrivé.

Ce soir, Italie et Belgique doivent confronter leurs positions, demain les deux pays ont une réunion importante, mais heureusement, Domenico a décidé qu'ils dîneraient d'abord. Donc, si Dieu veut, ce sera un truc rapide.

Tandis que son mari est au téléphone, Maria Cristina essaie de divertir le ministre, mais ce n'est pas chose aisée, il tourne en rond dans la cuisine comme un lycaon en cage.

Wim Claes semble tout droit sorti d'un ministère soviétique des années soixante-dix, il a des favoris accrochés devant les oreilles, ses cheveux bruns sont collés par quelque cochonnerie sur son front luisant. Il porte des lunettes à lourde monture, si démodées qu'elles en deviennent à la mode. Les verres lui font des petits yeux. Les lèvres charnues et féminines se soulèvent et laissent voir une dentition forte, jaunâtre. Il a sur le dos un costume bleu sombre élimé qu'il porte avec désinvolture, une chemise blanche au col étriqué, du dégriffé, serré par une grosse cravate à rayures obliques noires et grises.

Il s'habille parce qu'il le faut mais il pourrait tranquillement se couvrir de poils. Il est impatient, poli sous la suffisance, et n'a aucun égard ni pour Domenico ni pour elle, dont il dit être un grand fan. Il lui rappelle quelqu'un, mais elle n'arrive pas à savoir qui.

En attendant les pizzas, le Belge a dévoré le saucisson, le fromage et deux kilos de porchetta.

« Où nous sommes-nous rencontrés ? demande-t-elle, s'agrippant au premier sujet de discussion qui lui passe par la tête.

— À Paris. J'étais chauffeur. Je vous ai emmenée aux défilés. » Il parle un très mauvais anglais.

« Vraiment ? Et vous êtes devenu ministre ?

— Je me suis fait connaître. J'avais les idées claires », dit-il en mordant dans une tranche de coppa.

Domenico lui a raconté qu'il est le leader d'un parti de droite. Il milite contre les immigrés, pour la sortie de la Belgique de l'Union européenne, pour un impôt unique. La sempiternelle rengaine.

« Vous avez teint vos cheveux ? lui demande-t-il en se servant un verre à la table du buffet.

— Qu'en pensez-vous ?

— Ça vous va bien. Mais, si vous permettez, vous étiez mieux avant, plus sicilienne. » Un instant, il plante ses petits yeux noirs dans les siens. « Mais vous devez être habituée aux compliments. Vous en avez sans doute marre d'être la femme la plus belle du monde. » Il affirme cela avec l'insouciance de celui qui a affaire tous les jours aux femmes les plus belles du monde.

Maria Cristina répond d'un sourire. « Eh bien, au risque de vous surprendre, non, cela me fait toujours plaisir. »

Voilà qui il lui rappelle.

Le professeur M.

Le professeur M., chef du service d'orthopédie, saint patron de tous les athlètes blessés, était un ami de son grand-père. Il avait opéré de grands tennismen, des footballeurs, et Maria Cristina quand elle s'était déchiré le ligament croisé antérieur droit.

Après l'intervention, le chirurgien lui avait annoncé sans ambages qu'elle pouvait oublier le sport de haut niveau. La jeune fille l'avait bien pris. Elle subissait les compétitions et si ses résultats étaient honorables, ils n'étaient pas excellents. Sa blessure était une bonne excuse pour abandonner l'athlétisme avec dignité. Le professeur la suivrait personnellement pendant sa longue rééducation.

« C'est moi qui m'occuperai de cette belle jeune fille, avait-il dit à son grand-père en observant les radios. On va lui refaire une jambe toute neuve. »

Ainsi, chaque semaine, Maria Cristina se rendait dans une belle clinique au cœur d'une colline de pins donnant sur la via Olimpica. Elle entrait dans le cabinet et le chirurgien informait la secrétaire qu'il ne voulait pas être dérangé. La jeune fille se déshabillait derrière un paravent et, en culotte et soutien-gorge, s'allongeait sur la table d'auscultation.

M. avait des mains très fortes et impitoyables. Des mains faites pour changer des pneus de voitures et passer de l'enduit sur les murs, pas pour opérer son prochain. Et pourtant, aux dires de tous, il était le meilleur. Il pliait de plus en plus son genou raide et ligneux comme le pied d'une chaise, la faisant pleurer de douleur. Au début, Maria Cristina ne s'en était pas rendu compte mais, séance après séance, elle avait remarqué que le professeur approchait de plus en plus les mains de son entrejambe. L'ex-athlète était longiligne, mais ses membres devaient bien s'arrêter à un moment donné et c'était là que la main du professeur semblait tendre. Un jour, comme s'il s'était lassé, avec l'excuse d'un nouvel exercice, il avait frotté ses doigts juste là, d'avant en arrière.

Maria Cristina s'était pétrifiée. Elle ne pouvait pas penser que ce geste n'avait rien à voir avec la thérapie. Elle s'était demandé s'il fallait lui dire quelque chose, se dégager, mais elle n'osait pas, et s'il le prenait mal ? Si elle se trompait ? Elle essayait, du mieux qu'elle pouvait, de serrer les cuisses.

Après deux ou trois autres séances, le professeur lui avait demandé sur le ton impersonnel avec lequel il lui disait de contracter son mollet : « Écarte les jambes, s'il te plaît. N'oppose pas de résistance. Ferme les yeux et ne pense à rien. Laisse-toi aller. Je vais te faire une manipulation qui devrait éliminer les adhérences. Je te mets une main sur la gorge, comme ça tu ne bougeras pas. »

La jeune fille n'avait pas moufté.

« Ouvre, ouvre les jambes, allez, ça ne fait pas mal. »

Alors, il avait glissé le tranchant de sa main et s'était mis à frotter le coton de sa culotte, et elle, les yeux fermés, la trachée enserrée dans un étau, respirant à peine, raide comme un merlan congelé, lèvres et paupières closes, elle avait attendu la fin de la séance, entendant le médecin aspirer et souffler l'air de son nez comme une pompe de kayak et de temps en temps il émettait un son comme s'il avait un chat dans la gorge.

Même histoire les rendez-vous suivants.

Maria Cristina n'en parlait à personne, trop de honte, trop de gêne, et quand son grand-père lui demandait comment sa thérapie progressait, elle répondait par monosyllabes.

La rééducation de son genou était douloureuse, et ce frottement final, séance après séance, avait allumé un petit feu agaçant, comme la chaleur d'un poêle dans une église glaciale, qui s'insinuait dans sa chair et n'avait rien de bon.

Maria Cristina, les yeux fermés, essayait de s'imaginer que c'était Dario qui la touchait, ce garçon blond avec une boucle d'oreille, qu'elle voyait dans la loge du gardien de la résidence l'Olgiata et qui ressemblait à Kurt Cobain, mais aussitôt, devant la table d'auscultation, Kurt Cobain se transformait en un énorme homard debout sur ses pattes orange, ses grandes antennes frôlant le plafond, avec une carapace pleine d'épines aiguisées et des bulbes oculaires sur les pédoncules. Il lui enfonçait sa pince entre les jambes et si elle avait bougé, il l'aurait décapitée comme un poulet.

Maria Cristina sortait du cabinet tête basse, dégoûtée d'elle-même, cramoisie, sûre que la secrétaire, les infirmiers et les patients dans la salle d'attente savaient tout et ricanaient dès qu'elle était dehors.

Un jour, le professeur avait accueilli Maria Cristina avec un bouquet de roses sombres comme du sang, et il l'avait informée que c'était leur dernière séance, son genou allait mieux, et à partir de maintenant, ce serait sa kinésithérapeute de confiance qui s'occuperait d'elle.

« Cela dit, aujourd'hui, ma chère, tu dois faire davantage. Tu as été talentueuse, mais tu peux faire mieux, lui avait-il dit, très sérieux. Allonge-toi et ferme les yeux, je vais te débloquer. » Il avait commencé à la toucher, l'habituelle main là mais cette fois-ci, l'autre main appuyait sur son sternum comme s'il voulait arrêter son cœur. « Tu dois être encore plus douée. Fais-moi voir ce que tu sais faire. » Elle avait acquiescé et le homard et ses pinces avait commencé sa lente et implacable manipulation.

Maria Cristina savait que le médecin n'allait pas s'arrêter et qu'il pousserait là où son corps lui demandait d'arriver, là où n'étaient pas arrivés ses petits amis du lycée. La flammèche s'était transformée en un incendie qui lui brûlait le ventre et arquait son bassin comme une brindille en flammes, lui cambrant le dos sur le plastique noir de la table d'auscultation, la faisant claquer des cuisses, et descendant, impitoyable, jusqu'à ses pieds et ses orteils contractés, tandis que l'air tournoyait dans sa bouche et sa poitrine et en même temps se déchirait et se recousait autour d'elle, la fin n'arrivait jamais (comme lorsqu'on traverse le tunnel du Saint-Bernard et que la lueur argentée tout au fond ne devient jamais lumière). Maria Cristina, désespérée, la désirait sous les doigts de M. qui la fouillaient sans pitié jusqu'à ce qu'ils fassent sortir, comme un poulpe de sa tanière, l'orgasme mettant fin à tout. Maria Cristina, les traits chiffonnés, s'était tordue autour du poignet de l'homme, elle l'avait serré fort, lui enfonçant ses ongles dans la chair, possédée, implorant Dieu, s'il te plaît, s'il te plaît, arrête, elle l'avait mordu au bras et toute la tension de ces mois horribles accumulée dans ses muscles l'avait terrassée, frémissante, exactement comme un poulpe sur l'étal d'une poissonnerie. Elle était restée là, secouée par les décharges posthumes de cette tempête électrique.

« Ouvre les yeux. »

Non. Sa honte était trop forte.

« Maria Cristina, ma chère, s'il te plaît, ouvre les yeux », avait dit M.

Elle s'était couvert le visage de ses bras et avait fait non.

« Ouvre les yeux, j'ai dit ! » Il avait suffi que la voix du docteur s'élève d'une octave pour les lui faire entrouvrir. Devant elle, il n'y avait pas le homard, mais l'ami de son grand-père, le génie du bistouri, avec des mocassins carrés comme des briques, compact comme un poupon en latex, les traits obtus et le regard qui traînait sur elle. Entre la table d'auscultation et lui, le docteur interposait son ventre bedonnant, son pantalon de velours côtelé vert caca d'oie déboutonné, son boxer rayé gris et rose baissé et son truc sombre et dur comme une cigale de mer.

« Ouvre la bouche. »

La tête de Maria Cristina oscillait entre la queue et le visage de l'orthopédiste.

« Tu as pris ton pied, petite conne, maintenant c'est à moi. Ouvre. » Il lui avait de nouveau comprimé la gorge et elle avait desserré les lèvres et la lui avait gobée, le laissant faire.

Notre organisme ne tolère pas les intrusions. Quand une épine, une écharde, la mandibule d'une tique pénètre l'épiderme, notre système immunitaire les reconnaît comme étrangères et les attaque pour les éliminer, s'il n'y parvient pas, il crée tout autour une barrière fibreuse, un kyste, pour les isoler et nous protéger. Même les pinces du professeur M. avec le temps avaient été encapsulées et étaient devenues inoffensives, reléguées à une vilaine expérience de jeunesse à laquelle Maria Cristina pensait rarement, se demandant pourquoi elle ne l'avait jamais dit à personne, ne l'avait jamais dénoncé, ou simplement pourquoi elle n'avait pas cessé d'aller chez lui. Qu'était-ce ? Un viol ? Un abus ? Un acte consenti ?

Cette réponse, elle ne se l'était jamais donnée.

Elle est revenue ponctuellement chez M. chaque semaine et aujourd'hui encore, vingt ans plus tard, cet orgasme originel résonne en elle, puissant parce que ignoble.

Le fait est que, après M., Maria Cristina a toujours eu du mal à atteindre le plaisir. Quand elle est sur le point de jouir, c'est comme si elle perdait sa concentration, comme si elle se décollait, telle une affichette d'un mur. Elle connaît la signification du sexe dans un couple heureux, elle le considère comme essentiel pour se lier à son compagnon et lui prouver son amour, indispensable pour procréer, mais il ne l'excite pas, pour tout dire ça l'ennuie et donc elle doit être maîtresse dans l'art de feindre. Les rares fois où elle a joui, c'était le fruit d'une rencontre occasionnelle avec des hommes qui l'ont plaquée contre le mur des toilettes d'une discothèque ou prise sans égards dans une voiture au fond des ténèbres d'une route bordée d'arbres.

Maria Cristina suit des yeux le ministre belge qui tourne autour du buffet avec cette attitude effrontée, sûre, de Père Éternel. Il est indifférent au charme de la villa et de la cuisine éclairée avec élégance, à la table dressée aux couleurs de la campagne de la Maremme. Il n'a salué ni les employées, ni Luciano, ni Greta, il a prodigué une caresse sur la tête d'Irene juste parce que c'est la fille du président du Conseil.

Maria Cristina sait qu'elle est désirable dans sa robe-fourreau noire qui cache à peine ses jambes. Elle sent sur elle les regards du staff du ministre, deux jeunes hommes sur la trentaine, mignons, et une rousse plantureuse un peu usée, mais leur chef l'ignore totalement. Le prédateur de buffet se meut par à-coups tel un vélociraptor, parle d'une voix trop forte dans cette langue pleine de consonnes, ordonnant à ses troupes Dieu sait quoi, et, pour être franc, cela l'irrite.

« Maria Cristina ? »

L'épouse du président du Conseil se retourne. « Oui ?

— Tu ne devais pas faire la pizza ? demande Luciano impatient. J'ai tout préparé.

— Exact. » Maria Cristina se lève. « Tu as raison. » Elle s'approche du ministre qui s'entretient avec Domenico, assis à table. « Ne devions-nous pas faire une pizza, tous les deux ? »

Wim Claes la regarde, feint de ne pas se souvenir, puis répond. « Très juste. »

Domenico indique le four. « Je vous accompagne. »

Le ministre suit Maria Cristina vers le plan de travail. « Vous allez me la faire comment ?

— Comme vous la voulez. J'ai cherché la pizza à la Benevento mais n'ai pas réussi à trouver les ingrédients. Si vous me dites avec quoi on la fait, je pourrais vous la préparer.

— À la Benevento… Piquante. Avec du saucisson.

— À la diavola ?

— Exact. Je l'ai mangée à Benevento. »

Maria Cristina lance un coup d'œil entendu à Luciano et enfile un tablier. « On la fait ensemble ?

— Je peux ? » Il lui noue le tablier dans le dos, enlève sa veste et retrousse les manches de sa chemise, découvrant des tatouages délavés et irréguliers. « Vous commandez, je m'exécute. »

Les deux membres du staff s'approchent du plan de travail, armés de leur portable, prêts à filmer et à poster. Irene, émergée de son sommeil, répète à l'envi qu'elle en veut une au jambon cuit.

« Bon. On va prendre le pâton et l'étaler. » Maria Cristina utilise le ton des chefs à la télé. « Il faut l'étendre puis l'élargir, en repoussant l'air vers les bords. » Elle soulève la pâte et la frappe d'une main. « La pizza est arrogante, on doit la gifler sinon elle ne sera pas bonne. »

Le ministre l'imite, fessant le pâton d'un regard mauvais, puis il rit de bon cœur. C'est un triomphe. Tout le monde applaudit.

Luciano, pelle à la main, dévoré par l'angoisse, contrôle l'exécution. Domenico, de l'autre côté du plan de travail, hébété par la fatigue, sourit à sa femme.

Ils disposent la tomate, la mozzarella, le basilic et l'huile. Et bien sûr des tranches de salami piquant sur celle du Belge.

Luciano enfourne en déclarant : « Une minute et demie. »

Chacun vérifie sa montre. Au final, celle du ministre sort plus ronde que celle de Maria Cristina, qui ressemble à l'Afrique.

Wim Claes est assis à côté d'elle, la pizza a changé son humeur, il ne cesse de répéter, la bouche pleine, que c'est la meilleure de sa vie.

En effet, elles sont croustillantes et bien levées, avec la corniche épaisse et tachetée.

« Il fait toujours ça ? » Le ministre indique Domenico qui est de nouveau au téléphone dans un coin de la cuisine, près de sa secrétaire qui lui montre quelque chose sur sa tablette.

« Souvent.

— Moi quand je mange, je ne parle jamais au téléphone.

— C'est bon pour votre digestion.

— On vous appelle *Maria Tristina.* » Il le dit dans un très mauvais italien. « Ce qui signifie Maria triste, n'est-ce pas ?

— Oui.

— Pourquoi ? »

L'épouse du président du Conseil le fixe. « J'ai les yeux mélancoliques.

— La mélancolie, c'est le bonheur d'être triste, a dit Victor Hugo. » Il indique la demi-pizza de Maria Cristina restée dans l'assiette. « Donne-la-moi, si tu ne la manges pas.

— Vous n'en voulez pas une autre ? Je vous la fais tout de suite.

— Non, je veux la tienne. »

Maria Cristina le fixe puis lui passe l'assiette.

« Ou peut-être que tu es triste parce que tu mènes une vie qui ne te plaît pas ? Ton mari préfère commander que d'être avec toi. » Il plie la pizza et mord dedans.

« *Cumannari è megghiu ca futtiri* », lui dit Maria Cristina en sicilien. Et elle le lui traduit : « Commander c'est mieux que baiser. »

Le ministre manque de s'étrangler de rire.

« Et votre épouse ?

— Je n'en ai pas, dit Wim Claes en mâchant. En fait, ce n'est pas de la tristesse, c'est de l'ennui.

— En vérité, c'est en parler qui m'ennuie », rétorque-t-elle, irritée de ne pas être assez spirituelle pour le remettre à sa place avec une meilleure réplique.

Cette volonté qu'a le Belge de bavarder avec elle alors qu'il ne lui a pas accordé un regard de toute la soirée, cette tentative hâtive de la psychanalyser, de réclamer le reste de sa pizza, n'est qu'une énième façon de la courtiser, puérile et machiste.

Le vélociraptor a cédé.

Et comme la nuit précédente, Maria Cristina dort profondément. Avec la lucidité qui émerge parfois du sommeil le plus lourd, elle se dit que le lendemain, face à Nicola Sarti, elle sera plus apaisée, elle n'aura pas peur et mettra un point final à cette histoire. Et s'il n'en va pas ainsi, elle en parlera à son mari.

V.

Dimanche 25 février

1.

« Maria Cristina… Maria… »

L'épouse du président du Conseil émerge subitement du sommeil et enlève son masque. « Oui ? Quoi ? »

La pièce est sombre. L'aube peine à s'insinuer entre les rideaux occultants des fenêtres. Un rai de lumière se faufile par la porte entrouverte du couloir.

« Je voulais te dire au revoir, susurre Domenico. Je pars.

— Oh mon Dieu… » Elle est encore plongée dans son rêve, elle sent sur le bout de ses doigts la peau froide des ailes de poulet qu'elle enfilait sur un fil afin d'en faire un collier pour Irene. « Mais quelle heure est-il ?

— Cinq heures quarante. On se verra à Rome, demain je ne suis pas là. Mardi je suis à Londres. »

Maria Cristina devine le profil de son mari assis sur le lit, le parfum de son après-rasage, le tabac et le café dans son haleine.

« D'accord. On s'appelle plus tard ? coupe-t-elle sans manifester l'agacement d'avoir été réveillée.

— Oui. Bien sûr. » Pause. « Tout va bien ? »

Maria Cristina se relève un peu. « Je dormais. Qu'y a-t-il ?

— Italo et Emma m'ont dit que tu les as licenciés. »

Maria Cristina se frotte un œil. « Oui. Je ne veux plus d'eux. Je trouverai quelqu'un d'autre. » Il glisse sa main sur la couverture et lui caresse l'épaule.

« Mais toi, tu vas bien ? Hier je t'ai trouvée un peu étrange.

— Pourquoi ?

— Eh bien, par exemple, tu as couru toute nue dans toute la maison. Tu as aussi chassé Caterina de cette façon.

— Non. C'est… » Elle ne sait que dire. « Je suis juste un peu… » Sa phrase meurt là.

« Tu me sembles un peu épuisée.

— Je dois reprendre en main la propriété. Elle est au bord de la faillite. On en parlera calmement.

— N'oublie pas qu'Emma et Italo peuvent te le faire payer.

— Eh bien d'accord, je paierai, mais je ne veux pas subir de chantage de ces deux-là. »

Domenico acquiesce, puis, comme si le sujet était clos, il lui dit : « La pizza était excellente.

— Moi je n'ai rien fait. C'est Luciano.

— J'ai vu que tu parlais avec le Belge. Quelle impression il t'a faite ? »

Bon, rien à faire, il veut bavarder. « Un connard. Et ce n'est pas un de mes fans. Ni un des tiens.

— De quoi avez-vous parlé ?

— De rien, de bêtises. Laisse-moi dormir, s'il te plaît, sinon je ne vais pas réussir à retrouver le sommeil.

— Oui, excuse-moi. On s'appelle plus tard alors. Dors. »

Maria Cristina sent ses lèvres froides sur son front, mais elle ne se redresse pas.

« Qu'as-tu décidé pour l'interview ? lui demande-t-il.

— En quel sens ?

— Tu es sûre de vouloir la faire ?

— Tu avais dit que je devais la faire. Maintenant tu ne veux plus ? Le Bombyx a changé d'avis ? S'il vous plaît, dites-moi ce que je dois faire.

— En fait, j'ai l'impression que cette interview te déstabilise. Et je ne veux pas que tu te sentes responsabilisée, le gouvernement n'est pas entre tes mains, tu as toujours dit ne pas vouloir t'en mêler. Ne t'inquiète pas, tu n'es pas forcée de m'aider. Si tu préfères renoncer, dis-le-moi, d'accord ? »

Tombe un long silence pendant lequel Maria Cristina entend les moteurs des voitures de l'escorte tourner dans la cour. « D'accord. Non, je ne renonce pas. J'ai donné ma parole à Mariella Reitner.

— Oh, si ce n'est que ça, on peut trouver une excuse.

— Si tu ne veux pas que je la fasse, dis-le clairement.

— Mais tu es folle ? Bien sûr que je veux que tu la fasses. Tu plaisantes ? Allez. J'y vais.

— Tire bien les rideaux, s'il te plaît. » Il s'exécute et ferme la porte derrière lui.

Maria Cristina entend les pas de son mari sur le sol du couloir, les portières qui claquent, les autos qui démarrent en crissant sur le gravier, et enfin le silence.

Elle remet son masque. Pour la première fois depuis qu'ils sont mariés, elle a le sentiment de tenir son époux dans le creux de sa main, il est terrorisé par l'interview, mais n'a pas les couilles de la lui interdire.

Comment a-t-elle pu envisager de lui parler de la vidéo ?

La matinée s'écoule lentement, enveloppée dans une chape de nuages fumeux. La nature est immobile, haletante, la terre est nue et engourdie, attendant un signal pour se réveiller. Après l'excitation de la veille, les chiens somnolent, dispersés le long des murs de la villa. Irene dort. Greta dort.

Luciano est parti, mais il était prêt à rester. Il lui a encore demandé si elle voulait être accompagnée au déjeuner avec Nicola Sarti.

« Quand j'ai fini, je t'appelle », lui a-t-elle promis.

Maintenant, il ne lui reste plus qu'à attendre l'heure du rendez-vous, elle n'arrive pas à se changer les idées. Nicola Sarti, le dieu de la paranoïa, lui tient compagnie.

Elle sort chercher Pippo. L'escadron de chiens la suit en aboyant, mais Pippo n'est pas là. Elle le trouve entre les roues d'un tracteur, roulé en boule sur la paille.

« Pippo… »

Le chien la fixe, tête basse et queue entre les pattes.

« Fais-moi voir, sois sage. »

L'animal tremble, il a la patte gonflée, les doigts rouges et chauds. Il respire vite, sa langue pend sur le côté de la gueule. Elle le prend dans ses bras et l'emmène à la maison, mais il ne veut pas y rester, il se couche devant la porte. Elle le fait sortir. Elle appelle le vétérinaire. C'est dimanche, il ne répond pas.

Dans la salle de bains, devant son miroir, rouge à lèvres à la main, elle se voit décrépite et ne peut le camoufler à coup de poudres et de couleurs. Le poison que Nicola Sarti lui a injecté commence à suinter à l'extérieur, sa peau a perdu son élasticité, elle a les yeux battus, elle remarque de nouvelles rides qui vont du nez aux lèvres. Et elle déteste ces cheveux blonds.

2.

Sur la départementale allant à Manciano, à la sortie d'un virage en épingle, apparaît soudain l'enseigne de la *Trattoria La Quinta Stagione*, un panneau noirci par la pluie avec des lettres pyrogravées, comme c'est la règle à la campagne.

La petite route blanche menant au restaurant traverse des rangs de vignes et longe un vaste enclos où trois rottweilers aboient en poursuivant les voitures qui passent. Au fond, le parking est ceint de sculptures creusées dans des billots. L'œuvre fantasque de la tronçonneuse de quelque artiste local. La ferme a été modernisée. L'enduit synthétique couleur pêche, les huisseries en PVC blanc et une longue véranda en verre et aluminium ont ôté toute grâce à la bâtisse. La Land Rover Defender beige, qui n'est en général utilisée qu'à l'intérieur du domaine Bastoni, s'arrête dans un nuage de fumée. La portière rongée par la rouille s'ouvre et en descend une femme cachée par un foulard et des lunettes de soleil, déguisement qui, dans la région, caractérise l'épouse du président du Conseil incognito.

Il n'y a pas d'autres voitures, Nicola Sarti n'est pas arrivé. Il est une heure moins le quart. Maria Cristina ne tenait plus chez elle.

Dans l'établissement, la lumière qui filtre des petites fenêtres ne suffit pas à éclairer les murs en pierre grise. Comme elle l'espérait, il n'y a personne.

Elle dépasse l'inévitable meule de moulin où sont exposés bocaux de conserves à l'huile, cuissots velus de porc, bouteilles de digestif et autres pâtes d'épeautre. Aux murs, une enfilade de têtes de sanglier vermoulues, les tables sont dressées sur des nappes à carreaux, un feu allègre et pétillant brûle dans une cheminée en pierre, et sous la grille, un tapis de braises vives est prêt à accueillir saucisses et côtelettes. Un imposant frigo vitré laisse voir des steaks de tous les pays du monde, Argentine, Danemark, Brésil, Mongolie et de la région. La viande passe du noir au blanc du gras, au rouge sang, au rose pâle.

Le fils du patron l'accueille, un type cérémonieux à la dentition imposante. Aujourd'hui, il porte un costume bleu à col Mao, il réclame, si ce n'est trop lui demander, une photo, pour lui évidemment, pas pour poster sur les réseaux, et Maria Cristina est contrainte d'enlever ses lunettes de soleil et de sourire.

« J'ai besoin d'un peu d'intimité. Ainsi que je vous l'ai dit au téléphone.

— La véranda est toute à vous, Madame. Personne ne vous dérangera. » Le restaurateur pose sa main sur sa poitrine comme si c'était une question d'honneur. « Dana va vous accompagner. Je vous en prie. En attendant, je vous fais servir un plateau de charcuterie. »

Cela fait plus de vingt ans qu'elle vient ici, et ils n'ont toujours pas enregistré qu'elle est végétarienne.

Une jeune serveuse à la peau laiteuse et aux cheveux aile de corbeau, intimidée par sa présence, l'installe à la table la plus froide mais la plus isolée de la véranda.

« Je vous apporte un peu de vin ? », demande-t-elle avec un accent de l'Est.

Maria Cristina regarde sa montre. Une heure moins cinq. Elle ne devrait pas, mais un peu d'alcool peut lui donner du courage.

« Très bien. Peu. Un demi-litre. »

Elle ouvre son portable et écrit à Caterina.

MARIA CRISTINA
J'ai parlé avec le président du Conseil.
On s'appelle plus tard.

Puis elle essaie de voir comment fonctionne le mode enregistrement. C'est simple, il suffit d'appuyer sur le bouton rouge. Seulement, elle devra le faire sans qu'il la voie et éteindre aussitôt l'écran.

Le vin, le pain et le plateau de charcuterie arrivent. Des pétales de jambon, de lonza, de salami, de speck et des grappes de petites saucisses sont enroulés sur des gressins.

Elle remplit son verre et, à petites gorgées, sirote le rouge pâteux et fort en alcool qui lui monte aussitôt à la tête, desserrant un peu l'étau de l'angoisse.

Une heure cinq.

Nicola Sarti est déjà en retard. Bien sûr qu'il se fera attendre. Elle fixe le parking comme si elle pouvait le faire se matérialiser. De plus, le restaurant n'est pas facile à trouver. C'était une erreur de le rencontrer ici. Autour d'elle, tout est imprégné de viande, tout dégouline de graisse animale et d'odeur de mort.

Une heure dix.

Elle revérifie son message sur son portable. Oui, le rendez-vous était bien aujourd'hui, à treize heures précises. Il a dû trouver de la circulation sur la via Aurelia.

Elle boit un autre verre. C'est le deuxième. Elle prend un bout de pain pour se remplir l'estomac. Il est fade, elle, elle est habituée à celui de Sicile, salé et humide.

Elle regarde l'heure. Les minutes s'égrènent avec une exténuante lenteur, la véranda reste vide et glaciale malgré la pompe à chaleur, elle ferme les yeux en se concentrant sur les bruits des voitures qui filent sur la départementale. Aucune ne ralentit.

Une heure douze.

C'est inadmissible, elle qui l'attend là comme une conne, même le président de la Commission européenne ne l'a pas fait attendre si longtemps.

Elle appelle la serveuse, commande un autre demi-litre de vin, prend une fleur de finocchiona et la met en bouche. Le saucisson fond en libérant le goût du fenouil, le poivre lui chatouille la langue avec un effet psychotrope, il l'emmène loin en arrière, au temps de sa grand-mère, des sandwichs, des pique-niques dans le bois avec Alessio.

« Mon Dieu que c'est bon », admet-elle en un murmure, mais aussitôt après elle s'irrite. À cause de ce fils de pute, elle vient de rompre son inflexible régime végétarien. Lors d'un dîner de gala, le président de la Turquie avait fait venir exprès pour elle du caviar gris, c'est lui qui l'avait fabriqué de ses propres mains, en pressant sur les esturgeons, et elle, insupportée, avait refusé, créant un incident diplomatique, et maintenant, à cause de Nicola Sarti, elle vient de s'enfiler une rondelle de saucisson au fenouil. Elle prend une tranche de speck et l'avale pratiquement sans la mâcher.

Elle se verse un autre verre de vin pour tenter de repousser le froid glacial de la véranda et enfonce ses incisives dans une minisaucisse de sanglier. Basta ! Si ce connard n'arrive pas d'ici une minute, elle engloutit tout le plateau et commande une Black Angus saignante.

À une heure et quart, elle bondit sur ses pieds.

Nicola Sarti a gagné. Il l'a humiliée. L'esprit embrumé par le gras animal et l'alcool, elle renfile sa veste et se laisse glisser sur la chaise, écartant les jambes.

« Oui. Ça suffit », se dit-elle, et pourtant quelque chose la retient.

Une heure vingt.

Elle prend son portable et lui écrit.

MARIA CRISTINA

Tu as eu un problème ? Hélas, moi je dois y aller.

Désolée. Je t'embrasse

Un vrombissement sourd fait trembler les vitres de la véranda et un véhicule s'arrête sur le parking dans un crissement de gravier.

Maria Cristina se met sur la pointe des pieds et voit un pick-up noir aux pneus énormes. Sur le plateau arrière sont montés un treuil et un tréteau auxquels est arrimé un moteur de hors-bord. La portière s'ouvre et Nicola Sarti descend.

Maria Cristina l'attendait avec une Ferrari, une Lamborghini, sur Internet on dit qu'il aime les bolides. Et il se pointe avec une camionnette ?

Tout est bon pour la surprendre.

L'homme sort du véhicule un cube en polystyrène avec un ruban doré.

Mais qu'a-t-il apporté ? Maria Cristina efface son message, quitte sa veste et arrange son pull tandis que son cœur se met à battre la chamade.

« Excuse-moi, Secca, dit Nicola Sarti en entrant dans la véranda. Pardon ! »

Maria Cristina se lève.

Nicola Sarti pose la mystérieuse boîte sur la table. « Je n'arrivais pas à trouver le restaurant. Un cauchemar. Il n'y avait aucun réseau et le GPS est devenu fou. Tout est allé de travers.

— Ce n'est pas grave. Tu es là. Moi j'ai commencé à boire. » Son sourire s'élargit et elle lui tend la main.

Il l'attrape, l'attire à lui et fait claquer deux bises sur ses joues. « Pour me faire pardonner, j'ai un cadeau. » Il dénoue le ruban et ouvre la boîte. « Regarde. »

À l'intérieur, sur un lit de glace et de laitue de mer, il y a des oursins, des gambas, des crevettes, et deux langoustes.

« Quelle merveille… ! » s'exclame Maria Cristina. Elle ne se souvient pas si, à l'hôtel, elle lui a dit qu'elle était végétarienne. Probablement non, vu le cadeau.

« Alors, ça c'est une partie du poisson mis en soute pour la virée en bateau. Mais comme le bateau est en panne, il me reste sur les bras. Il est très frais, je le fais venir directement de Mazara del Vallo. Et les oursins sont une tuerie.

— Merci. Excellent, dit-elle avec trop d'enthousiasme.

— Le tout, cru ou bouilli avec un peu de mayonnaise maison. Les oursins, n'oublie pas, il faut les manger à peine ouverts, avec du pain.

— Irene va adorer.

— J'en étais sûr. Elle est la fille de sa mère. » Nicola prend la boîte, la pose sur la table d'à côté et s'assied. « Qu'est-ce qu'on boit ? »

C'est un Nicola Sarti différent de celui de l'Hôtel Piccola Britannia. Il est plus tendu, nerveux, il semble sous coke. Sans doute à cause de ce nouveau tête-à-tête ou peut-être est-ce seulement l'embarras dû à son retard. Il ne cesse de parler, essaie de l'impressionner avec son existence tourmentée par les obligations, les casse-pieds, les enfants, les chefs brésiliens et son ex. Lui, le pauvre, il ne demande rien d'autre que de la légèreté et du fun. Au moins, il lui a fait des compliments sur sa nouvelle coupe. « Fantastique. Ça te va divinement. C'est une vraie révolution. C'est une Maria Cristina Palma version dark lady.

Je n'ose imaginer quand tu iras à la télé. C'est quand, ton interview ?

— Après-demain. » Maria Cristina pousse un gros soupir. « Arrête de m'y faire penser. J'en ai les jambes qui flageolent.

— T'inquiète. Les gens ne t'écouteront pas, ils seront obnubilés par tes cheveux. Tu verras les réseaux sociaux.

— Irene, ma fille, me répète que je suis différente comme ça. Je ne lui plais pas. »

Il secoue la tête. « Mais non, ils sont parfaits. »

Il a dédaigné le vin de la maison, a commandé une bouteille de Sassicaia, une côte de bœuf de la région, des frites et de la chicorée sautée. Elle a choisi des légumes grillés et un consommé de champignons.

Pour le moment, le seul souci de cet homme, c'est la panne de son bateau. C'est une embarcation équipée d'un moteur électrique alimenté par des voiles dotées d'énormes panneaux solaires, c'est un projet écoresponsable, super-sponsorisé, son intention est de faire le tour du monde sans utiliser le moindre litre de carburant. À chaque trajet océanique, un chanteur se produira en live sur Instagram. Entre Cuba et les États-Unis il devrait y avoir Tiziano Ferro. Mais qui sait si c'est vrai.

« Je suis hyperimpatient de partir. De toute façon, même en pleine mer grâce au téléphone satellitaire je peux tenir des réunions à distance et continuer à surveiller mes hôtels. Et puis, il y aura Catherine, une fille incroyable, à la fois skipper et secrétaire. Un génie absolu. » Il s'interrompt, quelque chose vient de s'allumer dans son cerveau. « Secca, allez, viens toi aussi ! Ce serait un beau signal, la promotion d'un projet écologique. Tu ferais la traversée entre l'Italie et les Baléares.

— J'aimerais beaucoup…, répond Maria Cristina, perplexe.

— Eh bien, viens, allez !

— Mais comment veux-tu que je fasse ? Tu oublies qui je suis », est-elle contrainte d'ajouter.

Nicola Sarti se verse un verre de vin, en avale la moitié et pose un coude sur la table. « Tu es l'épouse du président du Conseil, OK. Mais tu n'es pas le président du Conseil, exact ? Quand le président de la République a nommé ton mari, est-ce que par hasard il t'aurait nommée toi aussi ? »

Elle réfléchit puis admet : « Non.

— Et alors, quels sont tes devoirs ? Je n'ai pas l'impression que tu meures d'envie d'être l'épouse du président du Conseil. Il n'existe aucun rôle moins paritaire, plus sexiste, plus dépassé que celui de l'épouse officiante. Ils te paient au moins ?

— Bien sûr que non.

— Pourtant tu n'es pas libre de prendre des vacances et de venir en voilier avec moi. Ce n'est pas juste. Tu es la First Lady et tu devrais faire ce que tu veux. »

Sous pression, Maria Cristina réplique, piquée au vif : « Personne ne m'oblige à rien, figure-toi. C'est moi qui ai choisi de soutenir mon mari. Il me l'a demandé, j'ai accepté. Et je suis honorée de représenter l'Italie. »

Nicola Sarti n'insiste pas et se met à parler de l'inauguration de son nouveau complexe hôtelier, un espace professionnel avec des règles humaines pour les employés, tous des jeunes, il a confiance en la jeunesse, les jeunes ont une vision, les vieux comme lui peuvent tout au plus injecter du pognon et un peu de leur expérience. Le problème, c'est que personne ne veut aller à Pomezia, trop loin de Rome, même avec un salaire double. Les jeunes sont démotivés et préfèrent rester à la maison.

Maria Cristina ne pipe mot. Combien de milliers de fois a-t-elle entendu cette rengaine ? Elle n'arrive pas à le cerner. Est-il un maître chanteur, ou juste l'un de ces innombrables fanfarons contraints de s'entourer de célébrités pour avoir le respect d'eux-mêmes ? Son show ne l'émeut pas. Comment peut-il penser qu'elle en ait quelque chose à foutre de son bateau électrique, de son fric, de ses chanteurs et de ses hôtels de ploucs ?

Elle est déçue. Depuis l'autre soir au Cercle, pas une minute ne s'est écoulée sans qu'elle pense à lui, se demandant s'il est une menace, un soupirant téméraire, un cavaleur obsédé, un ex encore amoureux, un ami. En conduisant pour venir au restaurant, elle s'est fait tout un film X. Nicola lui propose un pacte. Elle devra toujours être disponible pour satisfaire ses désirs sexuels, sinon il postera la vidéo. Et l'idée l'a effleurée que, au cours du repas, il lui ordonnerait de se faire baiser dans les toilettes. Et pour être sincère, ce fantasme l'a un peu excitée. Mais il n'en est pas ainsi. Elle a face à elle un énième narcissique qui cherche à l'impressionner comme il le ferait avec une assistante dentaire. Il est bel homme, mais aujourd'hui il est décati et semble se laver rarement. Sa calvitie s'étend au-delà du front. Un fil de barbe remonte haut sur ses joues. C'est un mélange entre un hippie de Formentera et un dirigeant de Vodafone. Il traîne encore derrière lui les années quatre-vingt-dix. Les Guns N'Roses lui ont sans doute planté leurs griffes dans le cœur, pour preuve les vêtements de marque savamment déchirés, la quincaillerie sur les poignets, la Rolex, le paquet de Lucky Strike sur la table à cinquante ans bien sonnés.

« Ça va ? fait-il comme s'il s'était rendu compte qu'il l'avait perdue.

— Oui. Ça va, s'empresse-t-elle de répondre.

— Tu es sûre ? »

Maria Cristina sourit, il est temps d'en arriver à l'essentiel et de connaître ses intentions. Elle prend son portable sur la table et le pose sur ses genoux, prête à déclencher l'enregistrement.

Mais comme dans une scène d'un spectacle de cabaret, enveloppé d'un nuage de fumée, apparaît le fils du patron tenant une plancha en fonte aussi épaisse que le blindage d'un char sur laquelle grésille un quart de bœuf sanguinolant.

Même Nicola Sarti est surpris. « C'est énorme. Vous êtes sûr que ça fait un kilo ?

— Un peu plus. Mais c'est un morceau extraordinaire, le chef n'a pas eu le courage de l'abîmer. Et ainsi, la First Lady pourra elle aussi le goûter, explique le patron, tout content.

— Non, merci. » Maria Cristina recule instinctivement sa chaise.

D'un geste chorégraphique, le restaurateur pose le plateau sur la table. « C'est très chaud ! Ne touchez la plancha sous aucun prétexte. S'il vous plaît. Un dermatologue de Frosinone a failli y laisser un doigt. »

La fumée a envahi la véranda et les vêtements, les cheveux, la peau, tout sent l'odeur de viande brûlée. Nicola Sarti, de l'autre côté de la table, n'est qu'une silhouette dans le brouillard dense et chaud. Du patron, il ne reste que la voix à l'accent de la Maremme qui commence à énumérer les qualités de cette viande persillée.

Maria Cristina profite du brouillard pour actionner le mode enregistrement de son téléphone, elle tente de lancer l'application mais des bandeaux publicitaires en rafales, telles des matriochkas, remplissent l'écran. Tondeuse à gazon, baskets, complément alimentaire, casse-tête, jeux à télécharger. Vous en fermez un et un autre s'ouvre et vous vous retrouvez comme par magie dans le Store. Furieuse, bouillonnante de chaud, elle claque son portable sur la table. Elle regarde autour d'elle et dans les lambeaux de fumée, elle s'aperçoit que le patron s'est éloigné et que Nicola Sarti, à l'instar d'un chasseur néolithique, aiguise la lame de son poignard sur un fusil fourni avec le plateau.

« Tu ne l'as fait qu'avec moi ou aussi avec d'autres ? », lui demande-t-elle d'une voix de fausset.

Il lève un sourcil.

« Je suis la seule ou des vidéos hard tu en as fait aussi avec d'autres ? »

Nicola Sarti, qui cherche à savoir par où attaquer la dépouille bovine, est pris par surprise. Il la fixe, il n'est pas certain d'avoir bien compris, il pose l'arme sur la table. « Oui. Rien qu'avec toi. » Sa voix est descendue d'une octave. « En fait, non, j'en ai fait une autre. Il y a des années. Avec mon ex-femme. Un désastre, ou presque.

— Pourquoi ? le presse-t-elle.

— J'ai un peu honte de le raconter. »

Maria Cristina croise les bras. « Si tu ne veux pas, tant pis. »

Il attrape le couteau, coupe un gros morceau de chair dégoulinante de sang et le mâche lentement. Sa pomme d'Adam monte et descend sur sa trachée. Quand enfin il avale, il parle. « Nous étions en Tanzanie. On avait pris une Jeep pour visiter les parcs nationaux. J'étais en tête de la caravane de 4 X 4 dans une savane illimitée, nous étions mariés depuis quelques jours, cela faisait des heures que je conduisais et je… elle… » Il hésite, regarde autour de lui et baisse la voix : « … m'a taillé une pipe. Pendant qu'elle me suçait, j'ai pris mon portable en pensant à Pamela Anderson, tu te rappelles ? Trop de choses en même temps, conduire à gauche, tourner la vidéo, bref, pour finir, à un moment donné un éléphant et son petit se pointent, les premiers qu'on voyait. Je pousse un hurlement : "Sarah, regarde, il y a un éléphant !" Je freine pour le filmer avec mon portable et la voiture de derrière nous rentre dedans. »

Maria Cristina pose une main sur sa bouche. « Tu t'es fait mal ?

— Non, rien. Mais Sarah a eu le coup du lapin. Pour le reste du voyage, elle a dû porter une minerve. Pendant le safari, je devais la tourner comme une marionnette pour lui faire voir les animaux. Aujourd'hui encore elle me le reproche. » Nicola Sarti émet un petit rire, mais Maria Cristina reste sérieuse.

« Si tu me racontes cette histoire de ta femme comme ça, tranquillement, tu as dû aussi raconter des trucs sur nous à d'autres. » Elle le dévisage. « Tu l'as fait voir à quelqu'un ? »

Un nuage menaçant traverse les yeux de Nicola Sarti, il les baisse sur sa côte de bœuf et se passe la main sur le front sans proférer une parole.

Maria Cristina le harcèle. « Dis-le-moi, allez, vas-y. Je dois savoir. C'est important. » Elle hausse la voix. « Putain, je suis l'épouse du président du Conseil d'Italie. À mon avis, tu as un sérieux problème, tu ne comprends pas à qui tu as affaire. » Et puis, en pinçant les lèvres : « Tu ne sais pas à qui tu parles. »

Tu l'as dit ! ricane Diana Brinzaglia.

« Bon Dieu de merde ! », éclate Maria Cristina en se maudissant. Qui a pris possession de sa langue ? Longtemps contenues, ce sont désormais la peur et l'angoisse qui s'expriment. Calme-toi, se dit-elle. Il faut qu'elle manœuvre petit à petit et avec un brin d'astuce.

Nicola Sarti répète dans sa barbe avec un sourire. « Tu ne sais pas à qui tu parles… C'est ce que tu as dit ? Tu as tout à fait raison. Je ne le sais pas. Tu n'es pas la personne que j'ai connue. Tu ne vas pas bien. Tu as tellement la trouille que tu trembles. Regarde-toi. »

Maria Cristina s'aperçoit que ses mains frémissent.

« Je n'attends absolument rien de toi. C'est toi qui m'as invité ici. » Le ton de l'homme s'enflamme, il se ressaisit du coup encaissé. « J'ai commis une sacrée erreur en t'envoyant cette vidéo. C'était idiot, tu me semblais être celle du bon vieux temps. Je t'ai envoyé des photos de nous, d'Alessio. C'était comme si nous ne nous étions pas vraiment perdus.

— Nicola, vingt ans ont passé. Nous ne sommes pas restés en contact. J'ai une fille. Excuse-moi si j'insiste. Je ne suis pas une de tes petites copines à qui tu envoies une vidéo hard, je suis une mère, outre le fait que j'ai un petit rôle institutionnel. »

Il l'interrompt. « Pardon, mais je ne t'ai pas violée, je ne t'ai pas cognée, tu es autant responsable que moi de cette vidéo. Pour ce qui est de ta question, mon ex se marre en l'évoquant. Ce n'est pas un souci pour elle. Et non, la vidéo de la Tanzanie je ne l'ai montrée à personne. Pas plus que la tienne. J'en parle parce que tu me l'as demandé. Je dois faire quoi ? Te le jurer sur la tête de mes enfants ? Je suis un gentilhomme et je ne me vante pas d'avoir sauté Maria Cristina Palma. Je n'en ai pas besoin. Et puis, si tu ne me crois pas, après tout, c'est tes oignons. » Il a le regard tellement féroce que Maria Cristina en arrive à craindre qu'il la frappe.

« Tu l'as effacée ? dit-elle en déglutissant.

— Comme je te l'ai promis.

— Prouve-le-moi. »

Il balance son portable sur la table. « Regarde par toi-même. 2123. » Allez.

Elle reste immobile.

Nicola Sarti écarte le plat de viande sur le côté. « Il n'existe aucun moyen de te le prouver. Je pourrais l'avoir effacée de mon portable mais sauvegardée sur une clé USB, sur un disque dur. Ou alors dans le Cloud. Partout. Et la cassette, l'avoir enterrée dans un bois. Hélas ! tu dois me faire confiance. » Il lui adresse un grand sourire perfide. « Et toi, tu l'as effacée ? »

Maria Cristina reste silencieuse.

« Alors ? »

Elle fait non de la tête.

« Et pourquoi ?

— C'est une preuve. Je ne peux pas l'effacer.

— Preuve de quoi ? »

Maria Cristina doit avaler une balle de golf pour répondre. « Au cas où tu voudrais me faire chanter. »

C'est comme si elle lui avait planté un fer brûlant dans le flanc. Nicola Sarti se lève d'un bond et jette sa serviette sur la table. « Putain, Maria Cristina… » Il la regarde plus déçu qu'en colère. « T'es pas bien. Vraiment. Je suis désolé de te le dire. Montre-la à ton mari. Moi je n'ai aucun problème. Et toi, tu en as un ? Si ton mari la voit, qu'est-ce qui se passe ? »

Elle balbutie. « Pourquoi tu fais ces vidéos ? »

Nicola Sarti reprend son portable et enfile son pardessus. « Je ne fais pas ces vidéos. C'est arrivé deux fois. Et puis, à l'époque, tu me paraissais plutôt enthousiaste, passe-moi l'expression. Tu es sûre de ne pas te rappeler comment est née cette vidéo ? Tu étais une fille spirituelle et désinvolte, tu disais aimer ma queue et vouloir me la sucer toute la journée. Tu te souviens ou pas ? » Il a élevé la voix.

Maria Cristina rougit, regarde autour d'elle, puis baisse les yeux sur la table.

« Aujourd'hui tu es une femme parano et méchante. Te redécouvrir sur ces images m'a renvoyé à cette époque de liberté. Point barre. Contrairement à toi, moi je suis un livre ouvert. Je t'ai pas cherchée, je t'ai pas fait chier, je t'ai rien demandé. Au contraire, je t'ai demandé pardon. C'est pas pour me voir que tu m'as fait venir ici, c'est juste par peur que je diffuse la vidéo. Eh bien, la vie pourra encore te surprendre. Tu verras… »

Nicola Sarti jette sur la table deux billets de cent euros et, en secouant la tête, s'en va.

Maria Cristina conduit vers la maison. Ses mains tremblent sur le volant. Sur le siège passager, il y a la boîte en polystyrène. Malgré l'odeur de combustible qui remplit l'habitacle, elle sent celle du poisson, très forte. Elle pile sur une placette en bord de route, juste à côté d'un alignement de bennes à ordures pour le tri sélectif. Elle descend, prend le paquet, l'ouvre et verse tout le poisson dans la poubelle grise avec la laitue de mer et ce qui reste de glace. Puis elle s'approche du container pour le plastique, elle est sur le point d'y jeter la boîte quand elle s'aperçoit qu'au fond, trempé, est collé un ticket de caisse. C'est celui de la poissonnerie *Il Veliero* de Civitavecchia, cent soixante-dix euros, imprimé la veille à 17 h 23.

Il n'avait pas dit que les crustacés étaient très frais et venaient directement de Mazara del Vallo ?

3.

Elle a expédié Irene et Greta à Rome avec le chauffeur, a enfilé des chaussures de randonnée et est partie se balader. Elle veut aller jusqu'à la limite ouest de la propriété, dans la partie la plus sauvage. Elle traverse les pâtures, pénètre dans le bois, puis continue vers le sud, elle gravit des rochers et des terrains escarpés pour descendre au fond de fossés de pierre, à l'intérieur de gorges creusées dans le tuf, glissant sur des crêtes grises de boue où s'accrochent les fougères et d'où les racines des chênes pointent tels des vaisseaux sanguins, et plus bas encore, au fil de l'eau, sur les sentiers de pierraille, parmi des cimetières de troncs recouverts du vert émeraude de la mousse, s'embourbant dans les ruisseaux sombres et nauséabonds.

Elle marche vite, en proie à une torpeur abstraite, sans s'arrêter, réussissant parfois à ne pas penser à Nicola Sarti, au début son orteil a protesté dans la chaussure, mais au bout d'un moment la douleur s'est atténuée et, d'aiguë et cadencée, elle est devenue sourde et continue, son cœur bat au rythme de sa respiration. Elle s'enfonce dans une forêt de troncs tordus, rongés par le lierre, parcourt des montées et des descentes où s'étendent des strates de feuilles et de branches sèches, des buissons, des cailloux pointus, des taches de lumière et d'ombre, puis de nouveau des buissons et des troncs enveloppés de lierre, comme si ce n'était pas elle qui avançait, mais un tapis qui roulait sous ses pieds et lui proposait toujours le même paysage avec des variations infinitésimales.

Maria Cristina s'arrête dans un endroit isolé et inaccessible, sans aucune trace humaine, ici tout est pareil depuis plus de mille ans. Elle s'assied sur un rocher, laisse l'odeur humide de champignons et de terre lui emplir les narines et l'air froid tourbillonner dans ses bronches enflammées par la fatigue tandis que son cœur ralentit enfin.

Il pourrait lui arriver n'importe quoi, mais pas maintenant, pas ici. Le bois la protège. Maria Cristina regarde les fourmis avancer en file, les araignées aux pattes démesurées, les lichens argentés. La lumière filtre du haut, dense, à travers des spirales de brume, elle entend les cris d'oiseaux inconnus et le vent souffler dans les branches.

Ici, elle n'est plus l'épouse de Domenico Mascagni, la mère d'Irene Mascagni. Ici elle n'est qu'un organisme partie prenante de la nature, enfin elle-même.

Elle doit tout quitter. Retourner en Inde et se cacher dans un Ashram pour retrouver un équilibre. Elle croise les jambes, redresse son dos, laisse ses mains pendre de ses poignets, ferme les yeux, étire son cou vers la lumière en une pose parfaite pour un magazine féminin ou une revue de fitness.

C'est la mise en scène occulte et glamour du Surmoi freudien qui la dirige même quand, désespérée au fond d'un bois elle cherche à se transformer en anachorète, et qui lui rappelle de bien se tenir et de serrer les fesses pour les spectateurs invisibles assistant au déroulement de son arc vital. Maria Cristina n'est que l'actrice de son existence, dans le théâtre de son esprit elle interprète tous les rôles, la sportive, le mannequin, la sainte, la femme de l'écrivain, l'épouse du président du Conseil, la victime d'un revenge porn, la blanche et flottante Ophélie dans le tableau galvaudé de Millais. Rien n'est authentique. La seule et unique vérité est la certitude d'un malheur imminent. Elle le sent sur sa peau, une pression constante sous la poitrine, comme les animaux qui perçoivent l'arrivée des catastrophes.

Elle a fait une sacré scène au restaurant. Qui interprétait-elle face à un Nicola Sarti incrédule ? La femme de poigne, rigide, antipathique, la Thatcher de la Maremme ? La protagoniste de *Gone Girl* ? Allez savoir. Le résultat est qu'elle l'a rendu fou furieux. Ses yeux brillaient d'une rage vengeresse.

Tu verras, a-t-il dit.

Qu'est-ce que ça signifie ?

Ça signifie que la vidéo est déjà en ligne ou qu'elle y sera bientôt, conclut Diana Brinzaglia.

Elle doit l'appeler illico et s'excuser. Lui dire qu'elle allait mal, arranger les choses avant qu'il ne soit trop tard. Elle prend le téléphone dans sa poche. Aucun réseau. Elle est dans un foutu ravin, au centre du jurassique, ou alors peut-être que lui l'a appelée, il a compris qu'il avait exagéré mais est tombé sur son portable éteint.

À quatre pattes, tel un Néandertalien poursuivi par un tigre à dents de sabre, elle gravit la pente escarpée, visant le ciel, les hauteurs, les antennes-relais, la voûte sillonnée de signaux téléphoniques, son smartphone à la main comme un sourcier, mais rien, pas la moindre petite barre.

Il y a une tour de roches entre chênes et cerris, reliquat d'activités volcaniques millénaires, elle grimpe dessus en s'agrippant à des lames de pierres, se hissant sur les arbustes épineux, glissant ses pieds dans des anfractuosités repaires de serpents, elle se pousse vers le haut, parcourant des corniches, plus haut, encore, à la force des poignets, jusqu'à atteindre le sommet, un pic parfait pour les rapaces. Comme dans *Le voyageur contemplant une mer de nuages* de C. D. Friedrich, Maria Cristina se dresse sur l'océan d'arbres et voici les barres, assez pour téléphoner pas pour se connecter.

Elle compose en hâte le numéro de Nicola Sarti qui sonne une, deux, trois, quatre fois, et puis la voix du répondeur automatique. Elle raccroche. Il verra qu'elle l'a appelé. Elle s'assied. Mains dans les cheveux. Coudes sur les genoux. Voici que le téléphone sonne. Elle répond.

« Allô ?

— Allô, Cri.

— Luciano…

— Cri. J'ai essayé de te joindre des tas de fois. Comment ça s'est passé ? Tu as enregistré ?

— Tu parles. J'ai tout fait foirer.

— Comment ça ?

— Je lui ai dit que c'était un maître chanteur. Et je lui ai demandé ce qu'il attendait de moi.

— Et lui ?

— Il s'est foutu dans une rage noire.

— Donc, c'est pas un maître chanteur.

— Si, bien sûr. Mais il ne veut pas qu'on lui dise que c'en est un. Il n'est pas du genre à exiger de l'argent ou des faveurs, ce qui lui plaît c'est exercer son pouvoir sur moi. Il est trop intelligent et fourbe pour demander des choses explicites, il veut me piéger. Il m'a dit que j'étais une mauvaise personne et que l'existence n'avait pas encore fini de m'apprendre à vivre. Une véritable menace.

— Donc, qu'est-ce qu'il pourrait bien vouloir ?

— Je ne sais pas.

— Du fric ?

— Non. Je ne crois pas. Il continue à me faire comprendre qu'il est blindé. Mais c'est peut-être un bobard. Tu n'imagines pas à quel point il est vaniteux. C'est un menteur. J'ai les preuves. »

Elle lui raconte le coup du ticket de caisse de Civitavecchia.

« Et à la fin, il m'a jeté l'argent de l'addition sur la table comme si j'étais une pute, et il m'a dit : tu vas voir. »

Luciano se tait.

« Tu es là ? demande Maria Cristina.

— Il doit vouloir quelque chose de ton mari.

— Probable.

— Qu'est-ce que je peux faire ?

— Rien, Luciano. Ce type-là est prêt à poster la vidéo en ligne. Je suis la seule à devoir résoudre ce problème. Je vais en parler à Domenico. Écoute, je suis dans un endroit où ça capte mal, je t'appelle plus tard.

— N'oublie pas, appelle-moi.

— D'accord. Je t'aime.

— Moi aussi. »

Le soleil plonge au-delà de la masse obscure des collines, laissant derrière lui des bavures et des stries de rose, gris et violet, tandis que Maria Cristina rentre à la maison en foulant les champs de foin jaunis. Le regard pointé droit devant elle, les bras qui balancent, l'esprit qui roule autour de son tortionnaire comme l'huître autour du grain de sable.

Nicola Sarti n'est pas celui qu'il prétend être. Soit il a des problèmes d'argent et la vidéo est un chantage, soit il veut autre chose. Du sexe ?

Non. Au restaurant il s'est montré trop offensé, il a fait une scène exagérée, il a balancé l'argent pour la culpabiliser, l'attacher à lui et lui passer la corde au cou. En tout cas, il ne postera pas la vidéo avant d'avoir réclamé ce qu'il veut.

Il est temps de tout dire à Domenico, qui donnera la vidéo à qui de droit. D'abord au Bombyx.

Elle s'arrête hors d'haleine, mains sur les hanches.

Devant elle, s'élève une crête aride, pelée, constellée d'excréments, seuls y survivent les chardons épineux capables de se défendre des mâchoires des brebis qui hachent tout.

Le Bombyx est le seul qui puisse l'aider.

Si la vidéo était en ligne, il aurait les moyens technologiques de la bloquer, si elle ne l'était pas, il pourrait préparer un plan de défense, il a les idées et les compétences pour prévoir l'impact du film sur son existence, sur celle du gouvernement, sur l'Italie tout entière.

Elle doit lui parler. Mais comment ? Elle n'a jamais eu affaire directement à lui. Ses messages arrivent par l'intermédiaire de Caterina, du service de com ou de Domenico lui-même. En revanche, elle connaît l'adresse mail sur laquelle il lui confirme ses choix de tenues à porter. C'est avec ça qu'elle doit le contacter, en espérant qu'il réponde.

Arrivée à la maison, elle court prendre son ordinateur, cherche dans ses courriels, et lui écrit.

> Cher Bombyx,
>
> Je sais que tu ne communiques que par e-mail et sms, mais j'ai absolument besoin de te voir en personne, en privé, le plus vite possible. J'ai un grave problème dont je dois te faire part, un problème qui peut compromettre ma situation actuelle et celle de Domenico et peut-être les équilibres politiques du pays. Je suis sûre que tu es la seule personne susceptible de m'aider en ce moment. S'il te plaît, réponds-moi et dis-moi comment faire pour te rencontrer. Merci.
>
> Maria Cristina Palma.

Elle espère avoir réussi à lui transmettre son inquiétude et l'urgence qu'elle a de le rencontrer.

Dans la villa, il n'y a personne. Emma et Italo sont enfermés chez eux. Les pièces vides et sombres résonnent de ses pas et les chiens qui aboient lui flanquent un cafard insurmontable. Cette maison l'a toujours protégée. Sauf maintenant. Maintenant, elle aurait besoin de quelqu'un à qui parler, de quelqu'un qui l'aime. Elle partirait bien tout de suite à Rome, mais elle doit attendre le retour du chauffeur qui a emmené Irene.

Elle met à bouillir des fenouils et les mange debout, avec un reste de pizza du repas avec le ministre. Son smartphone toujours sous les yeux.

Elle cherche quelque chose de sucré dans le congélateur quand son portable sonne. Une barquette de glace à la pistache à la main, elle s'approche de l'écran.

Mariella Reitner.

Qu'est-ce qu'elle veut celle-là ?

Elle est fatiguée, épuisée, elle a les nerfs à fleur de peau, mais elle répond quand même. « Oui ? Allô.

— Maria Cristina.

— Ciao Mariella.

— Comment vas-tu ? Excuse-moi si je te dérange à cette heure, un dimanche…

— Aucun problème. Comment va ton dos ? Je n'ai plus pris de tes nouvelles…

— Mieux, merci. J'ai avalé des anti-inflammatoires et la douleur est passée. Je ne veux pas t'importuner. Je voulais juste parler de deux ou trois choses pour l'interview de mardi.

— Je t'écoute.

— Tu me confirmes que tu la feras ?

— Oui, bien sûr. Pourquoi ? »

La journaliste hésite, puis : « J'ai eu vent de rumeurs disant que tu ne veux plus la faire. Et qu'ils te remplaceront au dernier moment avec une excuse bidon.

— Des rumeurs ? C'est-à-dire ?

— On ne m'a rien dit à moi directement, mais à quelqu'un de ma rédaction, de la part de ton staff. Je ne veux pas t'importuner, mais ils disent que tu crains que je te pose des questions indiscrètes sur les relations entre ton mari et la Gilardoni.

— Non. Je n'ai jamais rien dit de ce genre.

— Je m'en doutais. Donc tu me confirmes que tu viens ?

— Pardon, mais quelles seraient les relations entre mon mari et la Gilardoni ?

— Eh bien, tu sais ce qu'on dit… En tout cas, je ne te demanderai rien de tout ça, je te l'ai promis. » Pause. « À moins que ce ne soit toi qui veuilles en parler.

— Non, je ne veux pas en parler. Mais je n'ai pas compris… Il existe des photos, des vidéos, que sais-je, des éléments nouveaux prouvant qu'ils ont une liaison ?

— Non. Juste des ragots. Je ne suis pas cliente. S'il devait y avoir des preuves fondées, il est évident que ça changerait la donne, pas pour le scandale en soi, mais pour les interférences que comporte une relation extraconjugale pour la survie du gouvernement. Mais il n'y en a aucune. Donc où est le problème ? »

Maria Cristina s'éclaircit la voix. « Pardon, Mariella, je ne te comprends pas. Tu vois, je suis un peu dure à la comprenette, mais si mon mari me trompait avec une sous-secrétaire, qu'est-ce que ça changerait ? Il ne serait plus en mesure de faire son travail ? Il ne s'agit pas d'une relation entre, que sais-je, un prof et son élève. Ce sont deux personnes majeures et vaccinées et, que je sache, l'adultère n'est pas une raison suffisante pour un *impeachment*, ou un truc de ce genre. Ils seraient quand même aptes à travailler pour le bien du pays. Le problème ne concernerait que ma fille et moi…

— C'est intéressant ce que tu dis. On peut en discuter pendant l'émission…

— Écoute, excuse-moi, il est tard, je dois raccrocher, l'interrompt-elle. Je viendrai, je te l'ai promis. Mais la condition était qu'on parlerait de moi, de ce que je suis, de ce que je pense, et pas des médisances qui ciblent toute personne un tant soit peu en vue. Dis-le-moi Mariella, car s'il n'en est pas ainsi, on laisse tomber… Je dois pouvoir avoir confiance en toi. » Et, en un soupir, elle ajoute : « En quelqu'un…

— En moi, tu peux avoir confiance, lui répond la journaliste.

— S'il te plaît, ne me trahis pas.

— Je ne le ferai pas. »

VI.

Lundi 26 février

1.

Tel un fluide noir, l'obscurité enveloppe Maria Cristina, sans sommeil sous sa couette. Elle a dormi par intermittence, se réveillant sur le qui-vive, comme s'il y avait quelqu'un à la maison, elle a cru entendre des pas dans le couloir, le grincement d'une porte qui s'ouvrait et elle a imaginé que c'était Nicola Sarti, venu pour se venger.

Elle allume la lampe de chevet, voudrait s'assommer avec un somnifère, mais elle ne le peut pas, elle attend le mail du Bombyx. Elle vérifie son portable.

Le voilà :

> Cara M. C.,
>
> Je t'attends au restoroute Magliano dei Marsi, au km 81,6 de la A25. Huit heures du matin. Face aux toilettes extérieures pour femmes. Viens seule.
>
> B.

À huit heures ? Il ne lui reste que quatre heures. Où est ce restoroute ? Elle cherche sur Google Maps. Dans les Abruzzes. À plus de trois heures d'ici. Elle court à la salle de bains, se lave les dents, se maquille en hâte, mais quand il s'agit de décider quoi mettre, elle hésite. Comment Le Bombyx voudrait-il la voir habillée ? Elle essaie un pantalon et un pull, non, mieux vaut une robe ajustée, rouge sombre, ras-du-cou, qui lui arrive au-dessus du genou et lui marque la taille, des bottes noires hautes. Un collier de perles, pas de boucles d'oreilles.

Maintenant, reste le problème de la voiture. Le Defender est trop vieux, il n'y a que la Mercedes du chauffeur. Elle ouvre la porte de sa chambre, il dort blotti sous les couvertures, tête contre le mur. « Excuse-moi, Davide. J'ai besoin des clés de la berline », murmure-t-elle sur le seuil.

Le chauffeur se retourne et la distingue dans la pénombre. Il n'y comprend rien, plisse les paupières comme s'il n'arrivait pas à la voir nettement. « Où… Où on va ? Qu'est-ce qui se passe ?

— Rien. J'y vais seule. Toi, continue à dormir. J'avertis la sécurité. Utilise le Defender pour rentrer à Rome, vérifie l'eau du radiateur, n'oublie pas. Prends Pippo, le petit chien qui a mal à la patte, et emmène-le chez le vétérinaire. On se voit à la maison. Où sont les clés ? »

Il lui indique la veste. « J'ai pas compris. Le chien, je le ramène ici ?

— Non. À Rome. » Maria Cristina saisit le trousseau de clés. « Merci. Rendors-toi, il est tôt. » Et elle sort de la pièce.

Le chauffeur fixe la porte fermée, l'air est encore empli du parfum de la femme, il sent bon, doux mais pas trop, il voudrait l'acheter à Monica, sa fiancée, mais n'ose pas demander la marque à Madame Mascagni et, bien entendu, il doit coûter hyper cher. Son regard se pose sur son pantalon et son slip jetés sur la chaise, sur ses chaussures respirantes à côté de ses chaussettes puantes et, accablé, il laisse retomber sa tête.

2.

Ça, oui, c'est de la bagnole. Le siège en cuir chauffant enserre ses hanches, la maintenant comme une coquille. Nuque contre l'appui-tête et bras souples sur le volant. Le tableau de bord digital lui indique l'itinéraire pour rejoindre Le Bombyx. La stéréo diffuse les sonates pour piano de Beethoven. Dedans, il fait vingt-trois degrés, dehors neuf. L'autoroute est déserte et la seule chose à surveiller, ce sont les radars.

Conduire seule sur l'autoroute lui procure, elle ne sait même pas elle-même comment le définir, de l'euphorie, de la vitalité, de l'énergie, elle se sent au centre d'une aventure.

Elle met le clignotant et double une longue file de camions.

« Appeler Caterina Gamberini », ordonne-t-elle à son smartphone.

Ça sonne longtemps, puis on entend la voix surprise de l'assistante. « Maria Cristina ? Qu'est-ce qui se passe ?

— Je voulais te parler.

— Mais quelle heure est-il ?

— Six heures quarante.

— Il est arrivé quelque chose ?

— Domenico m'a dit que tu voulais une explication avec moi.

— Maintenant ? À cette heure ?

— Ça ne te convient pas ? »

Caterina est hésitante. « Ah ! Non, oui bien sûr, en fait, je me suis sentie blessée.

— Il n'y a vraiment pas de quoi. Mais sache que ce que j'ai entendu l'autre soir dans les toilettes m'a ouvert les yeux. Et je suis contente de t'avoir écoutée parler avec sincérité. Tu as dit que j'étais inadaptée, frivole, idiote. Tu aurais été d'accord avec ma mère. Elle disait que le Seigneur m'avait fourni un beau corps mais qu'à l'intérieur, il n'y avait versé que de l'eau minérale.

— Attends…, essaie de l'interrompre Caterina.

— Laisse-moi parler. Figure-toi que les idiots souffrent autant que les intelligents. Ou du moins je le crois. En tout cas, moi j'ai souffert en t'entendant raconter ces choses sur moi.

— Maria Cristina, s'il te plaît…

— Laisse-moi parler. Tu as dit que je suis seule, que je n'ai pas d'amis, à part Luciano. Mais ce factotum, comme tu l'appelles, c'est la personne la plus généreuse et la plus loyale au monde. Je te signale que toi et moi on a passé ensemble chaque jour de ces deux dernières années, et comme une crétine, j'étais persuadée que tu étais mon amie, or je découvre que je te fais pitié. C'est vrai, je suis frivole, j'adore les vêtements élégants, les bijoux, les belles maisons et les voitures confortables. Je suis née parmi des gens frivoles qui entendaient jouir de la vie, et c'est ce qu'ils m'ont appris. Tu ajoutes que j'ai lu peu de livres, que je suis même ignare.

— Je t'en prie..., gémit Caterina, essayant de l'interrompre.

— J'appelle pour te dire que je vais voir Le Bombyx et que tu dois avertir la sécurité. J'ai pris la Mercedes de Davide.

— Le Bombyx ? Je ne comprends pas.

— Je suis en route pour le voir, le rencontrer.

— Je ne comprends pas.

— Il m'a accordé un rendez-vous.

— Je ne comprends pas pourquoi.

— Arrête de dire que tu ne comprends pas, Caterina. Je vais le rencontrer. En vrai.

— Donc, tu vas pouvoir le toucher ?

— Oui, s'il se laisse toucher.

— Et vous allez faire quoi ?

— Discuter.

— Et où ?

— Je ne peux pas te le dire. Je voulais aussi te demander de passer à l'atelier d'Amelianna pour prendre ma tenue de l'interview. Ensuite, achète des beignets à la rôtisserie sicilienne de la piazza Giuochi Delfici pour Irene. Et assure-toi que Davide a bien emmené le chien chez le vétérinaire.

— D'accord.

— Merci. Ah, une dernière chose, dans les toilettes tu as dit que je savais pertinemment, mais ne l'admettrais jamais, que mon mari a des aventures. Or, je t'assure, je n'en sais rien. Toi, en revanche, tu sais s'il en a ?

— Quoi ?

— Des aventures. Évite de me raconter des craques.

— Non… Je ne sais pas… Je te le jure… Je le jure sur…, balbutie l'assistante.

— Ne jure pas, s'il te plaît. Ciao. »

Le ruban noir de l'autoroute monte le long des Apennins, traversant des collines arides, des vallées rocailleuses et des monts dépouillés, glissant sur les longues arches des viaducs déserts. Les lunettes noires défendent Maria Cristina du soleil trouble qui émerge entre les hauteurs. Plus haut, encore dans l'ombre, les montagnes striées de neige.

Peu après le coup de fil à Caterina, Domenico, ponctuel, l'a appelée, elle n'a pas répondu, a répété sur un message vocal qu'elle allait rencontrer Le Bombyx pour se préparer à l'interview du lendemain et qu'elle rentrerait à Rome dès qu'elle aurait fini.

Bryan Ferry à la radio chante *More Than This*, Maria Cristina monte le son et la vieille chanson des Roxy Music transperce sa cuirasse comme un projectile et se fragmente en éclats de vie, les transferts en bus avec l'équipe d'athlétisme, les fêtes dans le penthouse en compagnie d'Alessio, les catwalks à Paris pour Valentino, les voyages en avion à New York, walkman vissé dans les oreilles.

More Than This.

Plus que ça. Elle doit trouver la force de changer et de résister aux chocs afin que la vie devienne plus légère. Les ecchymoses n'ont jamais tué personne.

3.

Maria Cristina gare la voiture sur l'esplanade du restoroute. Elle se regarde dans le rétroviseur, se repasse du rouge à lèvres et du blush, met son bonnet de laine et ses lunettes de soleil, et sort de son écrin chauffé. Dehors, souffle un vent polaire, elle attrape sa doudoune et va pour l'enfiler quand une rafale la lui arrache des mains et la soulève en l'air. À grandes enjambées, elle court pour essayer de la récupérer, mais la veste, tel un fantôme taquin, roule sur l'asphalte. Avec un bond digne d'un lévrier, Maria Cristina allonge une jambe et pose le pied dessus, la clouant à terre, elle se baisse pour la ramasser tandis que dans son dos explose un klaxon puissant comme celui d'un vaporetto. Maria Cristina pousse un petit cri, derrière elle il y a le museau démesuré d'un poids-lourd rouge feu, à l'intérieur un routier aux longs cheveux blonds serre le poing comme un joueur de foot qui vient de marquer un but, il roule près d'elle et baisse sa vitre. « Yeah ! T'es un patrimoine de l'Unesco ! »

Maria Cristina lui fait un clin d'œil. « Merci mon chou. »

Le chauffeur répond par un autre vrombissement et, tirant sa remorque avec TOTTI peint à l'arrière, il reprend l'autoroute.

L'épouse du président du Conseil, sourire caché par les lèvres serrées, espérant que Le Bombyx a vu la scène, entre dans le bar. À l'intérieur, pas âme qui vive, si on exclut un barman gringalet à la barbe de trois jours bien taillée qui fixe son portable à côté de la caisse. La vitrine de paninis est semi-abandonnée, il reste des petits triangles desséchés de pizza margherita et un gros sandwich béant telle une godasse esquintée sur une mozzarella périmée. Sur l'écran de télé au-dessus des tables, elle entrevoit un instant son mari parlant du haut d'une tribune. Elle commande un cappuccino d'orge et soja et un croissant au blé complet. Le barman la fixe et elle baisse la tête, tournant la cuillère dans sa tasse. Maria Cristina va aux toilettes derrière les pompes à essence. Elle fait pipi en frissonnant de froid. Elle longe le miroir, évitant de se regarder.

Le mot angoisse ne décrit pas pleinement ce qu'elle éprouve. Il s'agit plutôt d'une frénésie, d'une impérieuse nécessité de se confesser et d'entendre un jugement objectif qui pourrait donner sens à cette histoire.

Tandis qu'elle continue à tourner d'une manière suspecte devant la porte des toilettes pour dames, son cœur bat la chamade. Où est Le Bombyx ? À quoi le reconnaîtra-t-elle ? Elle a l'impression que quelqu'un l'épie de loin. Mais à part quelques voitures qui foncent sur l'autoroute et le bonhomme de la pompe à essence enfermé dans sa guitoune près d'un poêle, elle ne voit personne.

Comme dans un film d'espionnage, elle reçoit un signal. Le message d'un numéro inconnu.

Fais le tour du bar. Sur le parking à l'arrière,
tu trouveras un camping-car. La porte est ouverte.
Entre.

Perdant toute prudence, elle se précipite derrière les pompes et, à côté d'une plate-bande gelée, elle voit un long camping-car marron délabré, sur un côté une inscription blanche, MALIBU 490, aux fenêtres des rideaux à carreaux noirs et verts sont tirés, les vitres de l'habitacle sont fumées. Le moteur est allumé et le tuyau d'échappement crachouille un nuage de fumée blanche.

En quatre pas, Maria Cristina franchit la bordure en ciment du parking, ouvre la porte du camping-car et entre, elle n'a pas le temps de la refermer qu'une meute de chiens lui fonce dessus, bondissant, aboyant, remuant la queue. Il doit y en avoir six ou sept, de toutes couleurs, de toutes races et de toutes religions, très âgés, deux ou trois carlins au pelage blanchi, cubiques, vêtus de manteaux écossais au col de fourrure, un cocker miel aux oreilles pendantes comme des chiffons sales, sur la table, un pékinois muni d'une collerette et un énorme rottweiler installé sur le canapé, les yeux opaques comme des grains de raisin blanc, la pointe du museau pelée. Le plus accueillant est un dalmatien gras avec une patte en moins.

Maria Cristina essaie de les calmer en les caressant. « Sages… Sages… Couchés ! » À part les animaux, il semble n'y avoir personne. La cabine du chauffeur est séparée par une cloison. De l'autre côté, au fond du camping-car, un lit à deux places défait. Sur une longue étagère, trois écrans, des ordinateurs, des câbles électriques, une boîte pleine de portables, des enceintes et un terrarium éclairé de rouge où un serpent est entortillé à une branche.

Maria Cristina vérifie dans les toilettes, rien, elle s'approche de la porte de l'habitacle, essaie de l'ouvrir, elle est bouclée.

« Y a quelqu'un ? », fait-elle à voix haute tandis que le camping-car démarre. Elle cherche un appui pour ne pas tomber et les chiens, comme par enchantement, se taisent.

C'est un piège.

Elle se jette sur la portière, attrape la poignée. Bloquée. Elle revient en arrière en se tenant aux meubles, il y a une caméra au plafond, elle agite les bras pour se faire voir. « Arrête-toi ! Arrête-toi ! Où on va ? »

Les chiens se remettent à aboyer. Le rottweiler ulule sur le canapé. Le pékinois, à moitié aphone, émet de longs jappements.

Le camping-car prend de la vitesse, le plancher vibre et grince comme tout le reste, les assiettes tintent. À travers les rideaux et les vitres griffées, Maria Cristina voit qu'ils quittent le parking et prennent l'autoroute.

« Couché ! », fait une voix masculine amplifiée. Les chiens obéissent. « Ici, c'est Le Bombyx. »

L'épouse du président du Conseil se retourne, toute tremblante, la voix lui arrive d'un haut-parleur posé sur le comptoir.

« Assieds-toi. Je t'emmène dans un endroit sûr. »

Mais elle reste debout, se retenant entre deux parois, son cœur bat contre son sternum, elle inspire et expire par le nez.

« Tu as compris ? demande Le Bombyx. Je t'entends si tu parles. »

Maria Cristina fait oui de la tête. « OK.

— Je suis désolé si tu as eu peur…

— Non, ce n'est rien.

— Dans les placards de la cuisine, y a des biscuits au gingembre faits de mes propres mains. Mais attention aux chiens, ils les adorent.

— Non merci. Je viens de prendre mon petit déjeuner.

— Musique alors. »

Résonne alors *Sophisticated Lady*, chanté par une voix jazz féminine. Y-a-t-il de l'ironie dans le choix du morceau ? se demande l'épouse du président du Conseil, tout en cherchant où se poser, chaque coussin est occupé par un chien qui la fixe, elle s'assoit au bord du canapé à côté du rottweiler. Le pékinois à la collerette saute dans ses bras et lui lèche les mains.

Malgré la quantité de livres, CD, VHS, appareils électroniques obsolètes entassés dans chaque recoin disponible, le camping-car est assez bien rangé, mais tout, les coussins, les rideaux, est couvert de poils et ça pue le chien et les croquettes. Maria Cristina écarte les rideaux de la fenêtre, essayant de comprendre où il l'emmène. Au bout de quelques kilomètres, le véhicule prend la première bretelle et continue sur une artère parallèle à l'autoroute. Elle voit défiler des usines, des hangars, des parkings, des casses auto, des grossistes en faïence, des magasins de meubles et de plomberie. Ils poursuivent sur une chaussée plus tortueuse, en montée entre les arbres. Au bout de quelques minutes, le camping-car ralentit. Le *tic toc* du clignotant. Ils s'arrêtent.

Les chiens se réveillent, se lèvent et se massent devant la porte en remuant la queue.

Maria Cristina voit à travers la vitre un homme, casque noir de motard sur la tête, qui ouvre le cadenas d'un portail, la peur qu'elle tenait à distance durant le voyage explose, son esprit échafaude des hypothèses inédites et terrifiantes. Le mail lui demandant de venir seule. Les portes bloquées. La voix dans le haut-parleur. Le casque intégral. Et si ce type-là n'était pas Le Bombyx ? Ce pourrait être un fou, un serial killer. Nicola Sarti. Un enlèvement. Les Brigades rouges. Aldo Moro.

Elle sort son smartphone. Aucun réseau.

Idiote, c'est toi qui as écrit au Bombyx, à son adresse mail, ne t'affole pas, intervient Diana Brinzaglia, mais même son ancienne camarade de classe n'arrive pas à l'apaiser.

Elle tente d'entrouvrir une fenêtre sans y parvenir. Elle court vers l'évier où se trouve une souche en bois plantée d'une série de couteaux tandis que le camping-car franchit le portail et que les chiens commencent à gémir. Le moteur s'éteint.

Maria Cristina est peureuse de nature, la nuit elle fait fermer les volets et brancher l'alarme, le fourgon des carabiniers au pied de l'immeuble la rassure, mais là ce qu'elle ressent est différent, c'est la paralysie de sa pensée, une rigidité cadavérique s'est emparée de son corps et elle a l'impression de l'avoir abandonné, de flotter tel un esprit dans le camping-car sans pouvoir en sortir. Elle caresse le dalmatien, le seul à être resté à ses côtés.

La porte s'ouvre en grand sur le bleu du ciel et la meute se précipite à l'extérieur en jappant.

Maria Cristina saisit un couteau tandis que l'homme au casque entre et lui fait un salut de la main. Qui qu'il soit, il est mince, voire maigre, porte une chemise en flanelle gris graphite à col coréen sous une veste noire et courte et un pantalon rayé marron retenu par une ceinture Gucci. Aux pieds, il a des baskets noires sans lacets, à semelle épaisse. Si c'est Le Bombyx, il n'a rien à voir avec la photo du petit gros au T-shirt des ZZ Top qui circule sur la Toile.

« Ne t'approche pas. » Maria Cristina pointe le couteau sur lui. « Prouve-moi qui tu es.

— Amelianna m'a écrit que pour l'interview de demain, tu as décidé de porter un pantalon noir à taille haute et un pull gris sans manche à col cheminée, dit-il en levant les mains. J'approuve, parfaite élégance. Ah, au fait, j'aime bien tes cheveux. »

C'est Le Bombyx. Lui seul sait ces choses. Maria Cristina pose la lame et s'aperçoit qu'elle n'a pas respiré depuis que l'homme est entré dans ce tas de boue. « Oh mon Dieu, j'ai eu une de ces peurs. Heureuse de te connaître. » Elle arrange ses cheveux. « C'est vrai, tu aimes ?

— Oui. Très années quatre-vingt-dix. Tu les as fait couper sans m'en avertir, mais soit… Pardonne-moi si je me présente ainsi, mon identité doit rester secrète. » Il lui tend la main et Maria Cristina la lui serre en essayant de saisir quelque chose de ce visage à travers la visière fumée.

« Ici, on est en sécurité. » Le Bombyx s'assied en face d'elle. « Les arbres tout autour nous cachent des satellites. Ils ne peuvent pas nous écouter, le camping-car fait cage de Faraday. Et les chiens nous protègent. Maintenant, dis-moi tout. »

Maria Cristina se passe les mains sur le visage. Il lui faut un peu de temps pour situer toute l'histoire.

Elle part de la soirée au Cercle et de la rencontre avec Nicola Sarti, elle passe à celle apparemment fortuite du lendemain, aux messages, aux photos d'Alessio, à la vidéo, et pour finir au déjeuner d'hier et au foutoir qu'elle a provoqué. « Et j'ai trouvé le ticket de caisse d'une poissonnerie de Civitavecchia et non de Mazara del Vallo. Maintenant je suis là face à toi pour comprendre si je dois considérer Nicola Sarti comme une menace.

— Je connais Nicola Sarti.

— Vraiment ?

— Il y a un an, il est intervenu à un congrès de jeunes entrepreneurs organisé par le Conseil des ministres. Il a fait une communication sur l'art de s'inspirer sans copier. Tout est en ligne.

— Je ne le savais pas. Il t'a semblé comment ?

— Quelqu'un qui connaît son affaire et tient à afficher son succès dans la vie. Pendant sa conférence, il répétait sans cesse le mot enthousiasme. » Il se tait, se masse le cou et dit : « Cela dit, il faut que je voie la vidéo.

— Quelle vidéo ?

— La tienne. »

Maria Cristina se tourne pour regarder par la fenêtre le ciel qui s'ennuage. « Il le faut ?

— Oui, pour te répondre, je dois la voir.

— En vérité, ça me gêne, fait Maria Cristina, dents serrées.

— J'imagine, mais tu peux être sereine, je suis asexuel. Je n'éprouve aucune excitation face à un accouplement humain.

— Ah. » Maria Cristina sort son portable, trouve la vidéo, le lui passe. « Voilà. »

Le Bombyx tenant l'appareil à deux mains le place devant sa visière. « Non, comme ça je ne vois rien. Je dois enlever mon casque. Je vais la regarder dans la chambre, si ça ne te dérange pas. Elle dure combien de temps ?

— Trente-huit minutes.

— Ah ! quand même !

— Je sais. C'est interminable. Mais tu peux passer. Cela dit, excuse-moi, mais tu dois la regarder en ma présence. Je n'ai pas confiance. Tu pourrais la copier.

— Je comprends le problème. » Le Bombyx lui tourne le dos, soulève sa visière et lance la vidéo.

Il l'a regardée en entier. Ce furent les trente-huit minutes les plus exténuantes de la vie de Maria Cristina qui, la connaissant par cœur, a anticipé chaque gémissement, chaque mot, dans un embarras qui lentement s'est nuancé d'ennui et, quand enfin, grâce à Dieu, Nicola Sarti jouit en invoquant le Seigneur, elle a poussé un soupir de soulagement.

« Alors ? » Elle est impatiente. « Qu'en dis-tu ? » Combien elle désirerait voir le visage de cette espèce de Dark Vador.

Le Bombyx s'éclaircit la voix. « Un peu long, en effet, et un peu sombre. Le cadrage n'est pas heureux. Et la qualité est datée, donc résolument mauvaise. Il y a de grands moments, mais en général c'est assez monotone. »

Maria Cristina rougit. « Je ne demandais pas si tu as aimé. Je voulais savoir, s'il la publie, on peut la bloquer ? Et surtout, si tu as compris pourquoi il me l'a envoyée ?

— La bloquer, je ne pense pas. Il existera toujours un gap entre la mise en ligne et l'intervention de la police informatique, pendant ce temps la vidéo se reproduira comme un virus de manière incontrôlable. C'est une bombe atomique. Je n'ai jamais vu une vidéo hard volée à une célébrité aussi longue et détaillée que celle-là. Et puis, s'agissant de l'épouse du président du Conseil italien ainsi que de la femme la plus belle du monde, n'oublie pas que tu as plus de followers que Selena Gomez, et elle a des potentialités de *Global Screening* pratiquement illimitées. » Le Bombyx s'enflamme tout en expliquant. « On parle de milliards de vues en un jour. Ce serait un big bang. »

Un sourire ironique crispe la bouche de Maria Cristina.

« Merci, quelle joie…

— La vidéo montre un rapport entre adultes consentants. Il ne s'agissait pas d'un viol et on n'a pas l'impression d'une relation imposée. Tu n'es pas attachée, menottée, on ne ressent aucune menace. » Le Bombyx fait une pause. « Voilà, de toute évidence vous vous amusez. Bien entendu, s'il la diffusait sans ton consentement, il tomberait sous le coup d'un délit pénal. »

De la main, elle lui fait signe de s'arrêter. « Attends, attends une seconde, on voit qu'on a bu et il pourrait m'avoir refilé la drogue du violeur…

— Non. La drogue du violeur rend apathique, presque inconscient, on devient une espèce de sac à patates. Toi, au contraire, tu ne donnes pas l'impression d'être sous influence. Un peu pompette certes, mais tu agis de ton plein gré. Par ailleurs, à l'époque, ce genre de drogue n'était pas répandu. Dis-moi une chose, ton orgasme est réel ? », lui demande-t-il sur le ton avec lequel en pharmacie on vous demande votre carte d'assurance maladie.

Elle le fixe, éberluée. « Tu es sérieux ? »

Le Bombyx, avec ce putain de scaphandre sur le dos, ne lui permet pas de comprendre s'il s'amuse à ses dépens.

Avant de lui répondre, Maria Cristina avale la pilule. « Oui. Je crois que oui. En la revoyant, je dirais oui.

— En effet, il ne semble pas feint. Et les gens aussi chercheront à savoir ça, s'il est vrai ou simulé.

— Les gens ne chercheront rien du tout parce qu'ils ne le verront pas.

— Oui, bien entendu. C'était juste une idée. »

Maria Cristina se sent fulminer, la bouffée qui enflamme ses joues lui monte aux oreilles. « Je ne tournais pas un porno. Je faisais juste l'amour avec le garçon que je fréquentais depuis une semaine.

— Devant un objectif. On sent votre intention à tous les deux de le faire. Quand, au départ, tu pratiques une fellation, tu lances un regard à la caméra, définissons-le… » Pour la première fois, Le Bombyx ne trouve pas ses mots. « Concupiscent. Il y a une série de passages et de constructions qui sont davantage typiques du porno professionnel que du film d'amateurs. Sarti, par certains côtés, est novateur pour l'époque, il y a vingt ans, ce qui marchait surtout c'étaient les pornos avec une trame. Ici en revanche, on a l'initiation d'une débutante qui oscille entre honte et effronterie. »

Maria Cristina essaie de rester calme. « Excuse-moi, mais tu n'étais pas asexuel ?

— Si. Mais la pornographie est un indicateur très précis des changements sociaux. Ce sont eux qui m'intéressent. Ta vidéo, je la définirais comme un casting.

— Tu es en train de me dire que pour lui ce n'était pas la première fois ? »

Le Bombyx hausse les épaules. « Je ne sais pas. La vidéo a été tournée à la manière des premiers Rocco Siffredi, quand il n'existait pas encore la caméra subjective à l'épaule qui, tu le sais sans doute, a bouleversé la grammaire… »

Maria Cristina bondit sur ses pieds. « Ça suffit, putain ! Tu plaisantes ou quoi ? Je ne suis pas venue ici pour écouter comment cette vidéo s'insère dans l'histoire du porno. Je veux comprendre si je dois m'en inquiéter ou pas. C'est ça que tu dois me dire. Et rien d'autre. »

Le dalmatien à trois pattes arrive en haletant et en remuant la queue et va se frotter contre son maître qui lui gratte la tête. « Sage, Simba, sage… » Puis il revient à Maria Cristina : « Que je sache, Nicola Sarti ne t'a rien demandé. S'il avait voulu quelque chose, il aurait trouvé le moyen de te le faire comprendre. » Simba, avide de caresses, tend le cou pour se faire gratter le menton. « Moi je pense qu'il a utilisé la vidéo à la manière d'un appât. Et d'ailleurs ça a marché, tu as cherché à le joindre et tu l'as rencontré. »

Maria Cristina se rassied. « Je sais. Je n'ai pas réussi à gérer mon angoisse. Mais qu'est-ce qu'il veut ?

— Du sexe, je dirais. S'il avait voulu une relation amicale, il aurait misé sur l'amitié avec ton frère. La vidéo est le coup de quelqu'un qui veut brûler les étapes.

— Je suis mariée.

— Pour lui ce n'est pas un obstacle. La question qui passionne le plus les Italiens à propos du gouvernement, c'est de savoir si les époux Mascagni s'aiment vraiment ou si c'est une mise en scène. Soixante-dix pour cent de la population considèrent que ton mari a une maîtresse mais seulement dix-sept pour cent pensent que toi, tu as un amant. Ils te perçoivent comme fidèle et cocue.

— Super ! C'est le pire du pire. Il se peut que Domenico ait une maîtresse, mais, excuse-moi… » Maria Cristina secoue la tête. « Comment pourrions-nous feindre une mise en scène ? J'ai fait un enfant avec lui. Nous sommes ensemble depuis dix ans. C'est une folie.

— Les gens subodorent, ils perçoivent un espace infranchissable entre vous deux. Vous vous tenez par la main, mais le langage des corps raconte un malaise. »

Maria Cristina s'étire le cou, pensive. « À ton avis, il l'a montrée à quelqu'un ?

— Peut-être, mais il ne l'a certainement pas partagée en ligne, je l'aurais su. Qu'est-ce qu'il aurait à y gagner ? Il t'a vue seule, disponible, et il a pensé qu'il avait toutes ses chances. Quoi de plus ambitieux pour un tombeur de femmes que de coucher avec l'épouse du président du Conseil, laquelle est, par ailleurs, l'une des plus belles femmes du monde ? Ajoute à cela la curiosité de savoir, maintenant que tu es une milf, comment tu es au lit... Non, il ne fera rien si tu ne l'agresses pas. Je dirais que tu peux être tranquille. »

Maria Cristina pose les coudes sur la table. « Facile à dire... Je suis tellement parano que je ne dors plus, j'imagine qu'il y a un complot plus grand, un objectif plus significatif que de mettre dans son lit une mère sexuellement attirante. »

Le Bombyx sort d'un placard une boîte de biscuits. « Le problème c'est que tu es une marmotte sentinelle. » Il la pose sur la table. « Les marmottes vivent en groupe et se cachent dans des galeries dès qu'elles pressentent un danger. Les sentinelles ont le devoir de siffler si une menace s'approche. Comment elles sont choisies, ça reste un mystère, mais les zoologistes ont découvert que ce sont des individus plus vigilants, ils ont dans le sang un taux plus élevé de cortisol, l'hormone du stress. Dès qu'ils perçoivent un frémissement, une variation minime dans le panorama, ils lancent l'alarme. Ces sujets dorment moins, et en conséquence ils vivent moins longtemps, mais ils sont nécessaires à la survie du groupe. Dans l'espèce humaine, ça se passe plus ou moins de la même façon. Un petit pourcentage de la population passe son existence à scruter l'horizon. Des individus génétiquement enclins à ne pas accepter les vérités imposées d'en haut. À la recherche du danger occulte et du complot, ils élaborent une antinarration qui les amène à douter de tout événement qui, pour les autres, fonctionne comme un ciment collectif. Ils doutent de quiconque aurait un pouvoir sur leur existence et de la véracité des faits acquis. Et donc, la Terre est plate, le débarquement sur la Lune n'a jamais eu lieu, les tours jumelles ont été abattues par des aliens, les vaccins transforment les enfants en automates et ainsi de suite. Mais les paranoïaques jouent un rôle fondamental, ils maintiennent la population en éveil, sans eux nous serions désarmés face au danger. Ce sont les fous qui ne croient pas au cheval de Troie et assument le devoir d'alerter les fourmis ouvrières occupées à exécuter les ordres. Et toi, comme moi, tu es une marmotte sentinelle. »

Maria Cristina indique son casque. « C'est pour ça que tu ne l'enlèves pas ? Tu crains les ondes magnétiques qui crament le cerveau ?

— Non. J'essaie de rester anonyme. Pour te dévoiler mon visage, je devrais être certain de ta fidélité. »

Maria Cristina ouvre la boîte, prend un biscuit et mord dedans. « Oui, mais moi je t'ai montré ma vidéo, tu devrais avoir confiance.

— J'aurais confiance, si tu as confiance en moi. » Sa voix, déjà atténuée par le casque, baisse. « En regardant la vidéo, j'ai compris. » Il tend les mains et prend le pouls de Maria Cristina. « Écoute-moi. Ton mari va perdre les prochaines élections. Il se démène pour trouver des alliances,

Sanvoisin, Imbelloni, des pauvres types achetés pour une miette de voix, mais la droite a gagné. Il n'existe qu'un seul moyen, en théorie, pour gagner à nouveau, et c'est toi. »

Maria Cristina émet un petit rire en retirant sa main. « Tu ne vas quand même pas croire que mon interview pourrait changer le destin d'un gouvernement.

— L'interview non. Mais la vidéo oui.

— En quel sens ?

— Écoute-moi. » Le Bombyx s'assied à ses côtés, il lui prend de nouveau la main, le casque à quelques centimètres d'elle. Maria Cristina se colle contre le dossier en mousse, à travers la visière, elle devine le profil d'un nez droit et fin. « Si on sort ta vidéo au bon moment, deux semaines avant les élections, on a gagné. Je te fiche mon billet. »

Les mots du *social media manager* lui parviennent avec violence, comme s'il lui avait flanqué une gifle, elle a l'impression que ce camping-car puant ondule, mais elle reste impassible.

Le Bombyx s'échauffe. « Je le sais, ça te paraît une folie, mais ça n'en est pas une. Ta vidéo, c'est la tempête médiatique parfaite. Personne ne pourra l'ignorer. Tu as le troisième secret de Fatima dans ton portable, il y a là une météorite capable de déplacer l'axe de la Terre, ça remettrait en jeu les poids et les valeurs, les intentions hypocrites, les programmes mal ficelés, les bobards électoraux, tout serait oublié, il y a là la Vérité. Rappelle-toi que la vérité de la chair, nue, exposée, impudique, l'emporte toujours sur les mensonges. » Il montre son smartphone. « Les effets de la diffusion seraient si extraordinaires que je n'ose les imaginer. »

Maria Cristina attrape son portable et le serre contre sa poitrine. Il lui faut se lever, mais elle a l'impression d'avoir les pieds fichés dans du ciment et cent mille fourmis qui grouillent dans ses mollets.

« Les erreurs commises par ton mari seraient oubliées en un claquement de doigts. L'effet serait global, la vitesse supersonique, en six heures on couvrirait le globe en obtenant plus de vues que n'importe quelle vidéo jamais produite par un être humain, jetant au rebut toute règle et toute stratégie communicative, toute campagne électorale. *Boom !* » Le Bombyx se lève d'un bond tel un prophète foudroyé par une vision. Le rayon de soleil qui tombe par le hublot, si dense de poussière qu'il en est presque palpable, l'enveloppe dans un halo mystique. « Mon Dieu, Maria Cristina, tu t'imagines… Tous les candidats anéantis et toi qui émerges comme victime sacrificielle. Toi, madone d'une infinie beauté, épouse silencieuse, mère aimante, violée et soumise au chantage du diable, exposée au public dans son intimité comme une sainte au martyre. L'amour t'emporterait en soignant chacune de tes blessures. Nous aurions tout l'électorat féminin de notre côté, auquel s'unirait le grand peuple LGBTQ et enfin, en dernier, les hommes déchirés par la culpabilité et le désir. Nous avons gagné. »

Maria Cristina sourit. Elle hoche la tête, approuvant : exact, certainement, bien sûr, évidemment.

« Ils ne voteraient plus pour un parti, mais pour te rendre ce bien mal acquis, pour te prouver leur affection. » Le Bombyx écarte les bras. « Ils ne voteraient pas pour une idéologie rancie du XIXe, un programme recyclé, une réduction d'impôts, l'ouverture d'une lucarne dans les toilettes, la baisse de la TVA. Ils voteraient par amour. »

Avec un bond d'athlète, mieux que quand elle sautait à Helsinki, Maria Cristina allonge une jambe puis l'autre et se retrouve hors de cette bétaillère des horreurs.

« Non. Attends. Tu ne comprends pas. » Le Bombyx tend une main et se jette à sa poursuite, mais avec le casque il se prend de plein fouet le montant du placard et s'écroule par terre, faisant vibrer tout le tacot. À demi estourbi, il se relève, trébuche et roule dehors. « Écoute-moi. S'il te plaît. Tu es le prochain président du Conseil. Tu es la première femme présidente du Conseil. Fais-le pour les femmes… », hurle-t-il derrière elle.

L'immense Lucio Battisti se demandait comment un écueil peut endiguer la mer, pensez un peu comment un Bombyx peut arrêter une gazelle. La voilà, notre héroïne, dont la foulée fauche le champ de mesclun, de chardons et de chicorée, avec les chiens qui galopent autour d'elle en aboyant.

« Attends ! Regarde-moi ! Maria Cristina, regarde-moi ! », hurle le *social media manager*.

Et elle, sans s'arrêter, se retourne juste un instant pour le voir, il est au centre du terrain vague, incliné, à genoux, sans casque, le visage désormais trop loin. Maria Cristina, tête basse, fonce vers le portail, bras et jambes en rythme, atteint la route et continue à courir. Le souffle ne lui manque pas.

La route se perd entre les bois gris de conifères. Maria Cristina ne court plus, elle marche d'un pas leste, mains sur les hanches. À travers une clairière, elle voit en dessous, à quelques kilomètres de distance, l'autoroute posée, telle une queue de billard, sur la vallée opaque. Comment va-t-elle faire pour aller récupérer sa voiture au restoroute ? Son portable n'affiche qu'une barre de réseau. Elle s'arrête. Elle ne sait qui appeler. Le chauffeur, Caterina, le commandant des carabiniers du village d'à côté ? Combien de temps mettra Luciano pour arriver jusqu'ici ? Deux, trois heures ? Elle se cachera quelque part et l'attendra.

Elle appelle mais le factotum ne répond pas. Elle rappelle. Elle insiste. Et puis enfin : « Cri.

— Luciano ! Enfin ! Il faut que tu viennes me chercher. Je suis près de… je ne sais pas. Dès que possible, je t'envoie ma position. C'est près d'Avezzano, dans les Abruzzes, quelque part. Dépêche-toi. Laisse tout tomber.

— Cri, je peux pas…, fait-il d'une petite voix faible. J'ai eu un problème…

— Quoi ? Qu'est-ce qui s'est passé ?

— Pas grand-chose. Mais je peux pas venir.

— Où es-tu ?

— À l'hôpital. »

La voix de Maria Cristina tremble. « À l'hôpital ? Pourquoi ?

— Un problème au cœur. On m'opère aujourd'hui. Mais rien de grave.

— Comment ça, rien de grave ?

— T'inquiète, Cri. Le médecin a dit que je vais m'en sortir.

— Tu es seul ?

— Oui.

— Et ta femme ?

— Elle est pas là.

— Et elle va arriver quand ?

— Elle vient pas. Mais t'inquiète. Vraiment.

— Envoie-moi ta position. Je récupère la voiture et je te rejoins.

— Non. Pas besoin, souffle-t-il sans trop d'énergie.

— Ne discute pas. Envoie-moi ta position. » Maria Cristina raccroche et recommence à courir.

Un bruit derrière elle. Maria Cristina se retourne et du virage débouche un camion transportant des troncs. Elle agite les bras au centre de la route. « Arrêtez ! C'est une urgence ! »

« En ce moment, j'écoute *Lolita* de Nabokov, qui, en fait, écrivait en anglais, raconte le routier. J'ai terminé les Russes, les plus importants, il me resterait Boulgakov, mais *Le Maître et Marguerite* m'a un peu déçu. Tout le monde dit que c'est un chef-d'œuvre, moi je ne trouve pas.

— Les Russes… Dostoïevski… », fait Maria Cristina, les yeux fixés sur la route, main serrée sur la poignée, les mots du routier, marqués par un accent du Sud, flottent dans ses oreilles. Au moins, il a été gentil, il a proposé de l'accompagner jusqu'au restoroute en rajoutant vingt kilomètres à son itinéraire. Et, miracle, il ne l'a pas reconnue bien qu'elle ait oublié ses lunettes noires dans le camping-car du fou furieux. Ce doit être un alien passionné de littérature terrestre. D'ailleurs, il a un visage qui semble être un assemblage, un collage d'yeux, de nez, de bouche et de menton qui ne lui confère aucun signe distinctif. Même son pull fin ras du cou, marine, d'où pointe le col d'une chemise bleu ciel, n'aide pas à le caractériser.

Le routier tourne son gros volant et, empruntant la file du télépéage, franchit la barrière.

« Vous en pensez quoi de Conrad ? »

Maria Cristina pousse un soupir. « Excellent.

— Il était polonais. Et il écrivait en anglais. Comme Nabokov.

— Deux phénomènes, répond Maria Cristina grâce à cette petite portion de cerveau qui la maintient ancrée dans le présent.

— Des Slaves, tous les deux. Les Slaves ont plus de facilités à apprendre les autres langues. Les gens de l'Est sont doués pour les langues, les blacks pour danser, les Brésiliens pour jouer au foot. Du moins c'est ce qu'on dit. Des lieux communs, mais parfois vrais.

— Exact », conclut-elle.

L'établissement où est hospitalisé Luciano se trouve près de Pomezia, sur le littoral sud du Latium. Clinique Santa Patrizia. D'après les photos sur Internet, ça semble être un bel endroit. Comment a-t-il atterri là-bas ? Peut-être grâce à ses tournées entre couvents de sœurs et vieilles dames ayant une villa sur la côte à rénover.

« Ça vous dérange si je remets *Lolita* ? » Le routier la regarde. « Il y a encore une dizaine de kilomètres.

— Pas le moins du monde. »

Le routier allume l'autoradio et une voix calme et profonde emplit l'habitacle.

« *Dans mes rapports hygiéniques avec les femmes, j'étais pragmatique, ironique et expéditif. Durant mes années de faculté, à Londres et à Paris, les filles vénales me suffirent. Mes études…* »

Maria Cristina calcule l'itinéraire sur son smartphone. S'il n'y a pas de circulation, la clinique est à environ deux heures.

Le camion s'arrête sur le parking.

« Nous y voilà, fait le chauffeur.

— Vous êtes vraiment gentil. Je vous remercie infiniment. Vous m'avez sauvé la vie. »

L'homme croise les doigts. « J'espère de tout mon cœur que votre ami va s'en sortir.

— Espérons », dit-elle en retenant l'élan de lui faire une bise.

Il la montre en fronçant les sourcils. « Mais vous, pardon, vous me rappelez quelqu'un… »

Maria Cristina sourit en acquiesçant. Maintenant, comment va-t-elle lui expliquer pourquoi l'épouse du président du Conseil était seule au milieu des bois ?

« Vous ne seriez pas par hasard la cousine de Maurizio Tonini, qui tient le magasin de pneus à Portonaccio ? Cette belle femme, Tamara, qui travaille à la Région ? »

Quelle merveille. « Non, ce n'est pas moi. » L'idée la traverse de lui donner un pourboire, non, il pourrait se vexer, elle prend son courage à deux mains. « Je peux vous embrasser ? »

Les traits du routier se muent en un visage sympathique et amical. « Bien sûr. »

Elle lui claque deux bises sur les joues.

« Bonne chance. Pour vous et votre ami, lui souhaite l'inconnu en lui effleurant le visage du bout des doigts.

— Merci », fait Maria Cristina en descendant du camion.

3.

Direction Clinique Santa Patrizia. Le GPS indique un peu plus d'une demi-heure, mais il y a un bouchon interminable. Le soleil a commencé sa descente dans un ciel sans nuages, quelques cirrhus, tout blancs, se sont tapis à l'horizon.

Maria Cristina conduit sagement sur la voie de droite, les pensées partagées entre l'esprit fou du Bombyx et le cœur malade de Luciano.

Irene l'appelle sur son portable.

« Mon trésor.

— Maman.

— Tu as fini tes cours ?

— Oui. Je rentre à la maison. Et toi, où tu es ?

— Je vais voir oncle Luciano. Il est à l'hôpital. Il a un problème au cœur.

— Il va mal ?

— Oui.

— Il va mourir ?

— Mais non ! Qu'est-ce que tu racontes ? Absolument pas.

— Le pauvre. Je suis vraiment désolée. Je peux aller le voir ?

— Pas aujourd'hui. Dans les prochains jours, je t'y emmènerai.

— OK. Et toi, tu rentres quand ?

— Dès que je sais comment il va.

— Dis maman, ça t'ennuie si je vais dormir chez grand-mère Maria ?

— D'accord. Mais tu fais tes devoirs. OK ?

— Oui. Grand-mère m'a acheté un cadeau, un aquarium parfait.

— Qu'est-ce que ça veut dire ?

— Que tu n'as rien à faire. Dans une boule de verre, il y a des minuscules crevettes qui mangent les algues et il suffit de la mettre au soleil. Elles n'ont besoin de rien, tu vois ?

— Je vois. Et toi, de quoi as-tu besoin, ma petite crevette ? »

Irene réfléchit une seconde. « De toi.

— Et moi de toi. Je reviens vite. D'accord ? »

Le soleil oblique aveugle Maria Cristina qui ferme les yeux tandis que l'amour de sa fille emplit son cœur, il est si grand, si envahissant, si indispensable qu'en cet instant sa poitrine ne suffit pas à le contenir. Il évolue en elle, il n'y a pas de barrière, de côte, de ravin, de souci, de conflit, il est pur, elle le sent dans ses os, dans son sang, dans les cheveux lisses d'Irene, dans les curieux désirs de sa petite biologiste qui mérite toute son attention, tous ses soins pour être protégée de cette existence constellée d'abîmes et de dangers.

« Tu sais quoi, maman, dès que tu peux, on devrait partir en voyage. Aller voir les iguanes et les tortues géantes.

Ils habitent sur une île superloin, mais en avion c'est rapide, genre tu dors et au réveil tu y es. » Irene insuffle le plus d'enthousiasme possible dans sa requête.

« D'accord. Mais pour l'instant, tu le sais, on ne peut pas. Du moins tant que papa est président du Conseil. Après, on ira où tu veux. Je te le promets.

— Il arrête quand ? »

La voix du GPS l'avertit qu'elle est arrivée à destination.

« Bientôt. Écoute, mon trésor, je dois raccrocher maintenant. On se parle plus tard. Embrasse grand-mère pour moi. Je t'aime, dit Maria Cristina en mettant son clignotant.

— Moi aussi. Embrasse oncle Luciano. »

De l'autre côté de la route, encadré par deux cyprès, un portail gris surmonté d'un grand arc en fer forgé où est inscrit « CLINIQUE SANTA PATRIZIA ».

Maria Cristina remonte une allée plantée d'arbres menant à la clinique et se gare devant un bâtiment moderne de style Lloyd Wright. Des parallélépipèdes vitrés, des pavillons et des auvents en béton armé entourés d'un jardin japonais avec quelques plantes qui s'entortillent au gré de l'inspiration du jardinier. À côté de l'entrée s'étend un bassin carré, l'eau sombre cache le fond en gravier.

Avant de descendre de voiture, elle se remet du rouge à lèvres. Sa robe est couverte de poils de chien, elle essaie en vain de les enlever en frottant, s'arrange au mieux, franchit les portes vitrées qui coulissent à son passage et pénètre dans le hall. Un espace vide l'accueille, aux murs des lattes de bois clair contrastent avec le sol en béton foncé. Sur un côté, une rangée de fauteuils vert acide aux piètements en acier. Au fond, dans la pénombre, un comptoir éclairé de l'intérieur derrière lequel se tiennent deux secrétaires qui semblent jumelles, vêtues de bleu et cheveux tirés sur la nuque.

Elle s'approche de l'une d'elles, absorbée par l'écran de son PC, et demande où se trouve Luciano Vasile.

La fille, blonde et constellée de grains de beauté comme une *caciotta* au poivre, la fixe sans répondre. Elle l'a reconnue et est entrée en conflit entre professionnalisme et stupeur de se trouver face à une telle célébrité. Ses pupilles sont aussi immobiles que le pointeur de la souris quand le système a planté. C'est la stupeur qui gagne. La jeune fille s'humidifie les lèvres. « Vous êtes Maria Cristina Mascagni, l'épouse du président du Conseil ?

— Oui. C'est moi. Bonjour.

— Bonjour. C'est un immense plaisir de vous avoir parmi nous. » Elle tente en pure perte d'exprimer ce qu'elle ressent, puis lui demande si elle aurait l'amabilité de lui répéter le nom de la personne qu'elle recherche.

« Luciano Vasile. »

La secrétaire observe l'ordinateur. « Le voilà. Deuxième étage. Chambre 36. En ce moment il passe des examens, mais il va revenir bientôt. Il y a quelqu'un de la famille, je crois.

— Ah, très bien. » Heureusement sa femme est venue. « Je voudrais parler au médecin qui s'occupe de monsieur Vasile, s'il vous plaît », fait-elle d'un ton de commandant.

La secrétaire frémit comme un jonc au vent. « Bien sûr, Madame. Tout de suite. Le professeur Guidoni est au bloc, mais dès qu'il a fini je vous l'envoie. En attendant, si ça ne vous dérange pas, un assistant va venir pour vous fournir toutes les informations.

— Parfait. » Maria Cristina se dirige vers l'ascenseur, ses talons font *tchac tchac tchac.*

Les portes s'ouvrent face à un long couloir désert. Aucun son ne filtre, les chambres se succèdent dans l'ombre des deux côtés jusqu'à une paroi vitrée par où pénètre le soleil. Mais que fait Luciano dans une clinique si luxueuse ? La situation a quelque chose d'irréel, en suspens. Maria Cristina suit les numéros des chambres, au fond, à contrejour, la silhouette floue d'un homme est appuyée d'une épaule contre le mur et parle dans son portable à côté de la 36. L'entendant arriver, il se retourne.

Nicola Sarti.

Maria Cristina est si surprise, incapable de donner sens à cette vision, que pendant un instant elle pense qu'il peut s'agir d'un sosie. Il n'y a aucune explication logique à la présence de Nicola Sarti ici. Le questionnement se condense dans ses yeux, l'empêchant d'articuler une interrogation.

Tous deux restent interdits, à se fixer.

« Excuse-moi. Je te rappelle. Je te rappelle plus tard, dit Nicola Sarti et il raccroche. Salut Maria Cristina.

— Et… ? fait-elle, aphone, en indiquant la chambre.

— Il n'est pas là. Ils l'ont emmené passer une échographie. »

C'est bien Nicola Sarti.

« Il a eu un infarctus. Mais il va mieux maintenant. Ils vont bientôt l'opérer. Le professeur Guidoni est un génie, il a sauvé mon père. Donc ne t'inquiète pas, tout va bien. »

Maria Cristina est incrédule.

« Attends. Je vais t'expliquer. Entrons. » Nicola Sarti ouvre la porte de la chambre et la laisse passer.

« Ce matin, je quittais le Resort et une Panda m'a bloqué la route. Nez à nez. Je n'ai pas compris tout de suite, j'ai pensé à un problème, à un accident, à quelqu'un qui cherchait de l'aide. Alors, je sors au moment où l'autre sort aussi et il me demande si je suis Nicola Sarti. Je fais oui, et ce type se met à hurler comme un fou, à m'insulter. Je lui dis de se calmer. Mais c'est pire, il me menace. Je vais te buter. Comment tu peux te permettre ? Salopard. Un instant, j'ai cru qu'il s'agissait d'un ex-employé que j'avais viré. Je lui ai demandé ce que je lui avais fait. Il se précipite sur moi en courant, et je m'aperçois qu'il a une clé anglaise à la main. Tu dois foutre la paix à Cri, répète-t-il. Je vais te fendre le crâne. Cri ? Cri qui ? Je ne l'ai pas tout de suite associé à toi. Il se jette à nouveau sur moi. Donc, à la charge suivante, je ne fais rien d'autre que m'écarter et utiliser son inertie pour le neutraliser, je le pousse légèrement dans le dos, il fonce tête la première, droit dans le fossé à côté du portail où les travaux pour la fibre optique sont en passe d'être achevés, et il s'affale d'un coup au milieu des ronces. Le tout a dû durer trente secondes. » Nicola Sarti reprend son souffle et se gratte la barbe, haussant les épaules, encore incrédule.

Maria Cristina s'assied sur le lit, elle est sur le point de s'évanouir. « Et après ?

— Je me penche au-dessus du fossé. Dans les broussailles, on ne voyait pas. Je l'appelle. Rien. Il est peut-être mort, je me suis dit. Alors je descends en me frayant un chemin parmi les ronces, et je le trouve au fond, recroquevillé près des câbles téléphoniques. La tête dans la boue. Je l'appelle en criant, hé ! hé ! je te jure on aurait dit qu'il était mort. Putain, je l'ai tué, j'ai pensé. Je le tire par le pantalon, tente de le retourner, il ne bouge pas, il est gros, je le saisis par un bras, le soulève, il ouvre les yeux et en hurlant il me mord la main. Regarde. » Il lui montre le sparadrap sur le dos de sa main.

« Je ne peux pas le croire. Je ne peux pas le croire, répète Maria Cristina. Et après, qu'est-ce qui s'est passé ?

— Je lui ai collé une beigne.

— Non ! » Maria Cristina se met une main sur la bouche.

— Eh ben, si ! » Nicola Sarti ouvre les bras. « Il s'est évanoui. Alors je remonte sur la route, entre dans ma voiture et veux appeler les flics. Et là, je m'aperçois que ce fou furieux est sorti du trou et se dirige vers sa bagnole en boîtant, main sur la hanche. Et là je le vois s'écrouler. Je me précipite et je constate qu'il va mal, il ne bouge pas d'un poil, il a du mal à respirer. Infarctus. Pas le temps d'attendre l'ambulance. Je me penche sur lui et, bras tendus, je commence un massage cardiaque, trente compressions et deux insufflations bouche à bouche. Ensuite je l'ai chargé dans ma voiture et l'ai amené ici. Où ils lui ont mesuré les enzymes cardiaques. Heureusement que je suis intervenu. »

Maria Cristina reste sans voix. « Tu lui as sauvé la vie.

— Je crois que oui. Après, heureusement, il allait mieux. Je lui ai demandé qui il était et il m'a raconté qu'il s'appelle Luciano, qu'il travaille pour toi, que tu es comme une sœur pour lui, et il m'a imploré de ne pas publier la vidéo sur Internet. »

Maria Cristina se couvre le visage et se replie sur elle-même. Elle n'a qu'un seul, unique, puissant désir, arracher la moquette bleue du sol, creuser jusqu'au centre de la planète et là, dans le noyau incandescent, brûler comme une allumette. Mais elle se redresse, lui prend la main, le regarde, lèvres serrées, et murmure un « Je suis terriblement désolée, Nicola. Je suis mortifiée, dévastée. Tu ne peux même pas imaginer comme je suis mal, à quel point je me sens coupable.

— Mais qu'est-ce que tu viens faire là-dedans ?

— C'est ma faute. Je n'avais pas à le lui raconter. J'ai commis une erreur. Mais je te jure que venir te casser la gueule, c'est de sa propre initiative, il a pété les plombs. Je te le jure sur la tête de ma fille. Tu me crois ?

— Oui. Si tu avais voulu me donner une leçon, tu aurais trouvé un type plus méchant, fait-il, ironique.

— Luciano est très attaché à moi. Il voulait m'aider. Je lui ai confié que j'étais inquiète. Je te demande pardon et te remercie de l'avoir sauvé. C'est un homme fragile et malade, mais il est comme un frère pour moi. » Maria Cristina s'agenouille devant Nicola Sarti.

« Pardonne-moi. Pardonne à Luciano. Et oublie-nous. Tu as toutes les raisons de me détester pour la façon dont je t'ai traité au restaurant et pour tout ce bazar. Nous disparaîtrons de ta vie. Je te demande juste de ne pas porter plainte contre lui, s'il te plaît, Nicola. » Et en silence elle se met à pleurer.

Nicola Sarti l'attrape par la main.

« Je t'en prie, ce n'est rien. Relève-toi. Arrête s'il te plaît. J'ai compris que Luciano est un type bien, qu'il a agi par amour pour toi et heureusement on l'a sauvé à temps.

— Et voilà. On peut entrer ? » Du couloir arrive une voix à l'accent romain. « On est de retour. »

Maria Cristina essaie de se ressaisir.

Le brancard, poussé par deux infirmiers, fait son entrée dans la chambre. Dessus, il y a Luciano. Il porte une blouse rose, il a une perfusion au bras, ses jambes gonflées, opalescentes et glabres semblent être en silicone. Son œil gauche est tuméfié.

Les deux brancardiers, par une manœuvre habile, l'installent sur le lit et remontent sur lui le drap. « Le docteur va arriver. Maintenant reposez-vous », dit l'un d'eux, maigre comme un clou avec des moustaches en guidon de vélo, sur le ton efficace de celui qui a affaire aux malades. « S'il y a quoi que ce soit, sonnez. » L'autre, un Maghrébin musclé, a reconnu Maria Cristina et ne peut la quitter des yeux. Ils saluent et s'en vont en discutant entre eux.

Nicola Sarti se place à côté de Luciano. « Tu as vu qui est là ? Ta Cri est arrivée. Tu es content ? Elle est venue tout de suite. » Il lui parle d'une voix douce comme à un enfant.

Le factotum acquiesce, puis se tourne vers Maria Cristina et lui sourit. Ou il n'est pas complètement présent ou il est tenaillé par l'embarras.

« Il est fatigué et ils l'ont bourré de médicaments, lui dit Nicola Sarti, puis il s'adresse au cardiopathe. Bon, je m'en vais. J'ai parlé avec le professeur Guidoni qui va t'opérer. Il est serein, c'est une opération simple, la routine, et lui, c'est le meilleur. Dans quelques jours, tu pourras rentrer chez toi. Tu n'as à te soucier de rien. » Il indique la chambre. « Je me charge de tout ici. Compris ? »

Luciano, telle une grenouille pêcheuse borgne, sourit à son sauveur.

Maria Cristina, debout, bras croisés, n'y comprend plus rien en voyant les deux hommes bavarder.

Nicola Sarti regarde sa Rolex. « Excuse-moi Luciano, mais hélas ! je dois me sauver. Je prendrai de tes nouvelles. Tout ira bien. » Il le salue et sort de la chambre suivi par Maria Cristina, qui se plante devant lui. « Nicola, c'est impossible, c'est moi qui vais payer pour Luciano. Toi tu ne peux pas. Absolument pas. Je m'y refuse, il t'a même mordu, non, tu ne peux pas… »

Il se met l'index devant le nez et l'interrompt. « Maria Cristina, écoute-moi. C'est déjà fait. Je connais la clinique, il n'y a aucun problème. Toi, reste avec Luciano, il me paraît terrorisé. Fais-lui comprendre qu'il n'y a rien de grave mais qu'il doit changer de style de vie. Bon, faut que j'y aille. Ciao. » Il lui pose une main sur l'épaule d'un geste rapide pour clore le débat.

Mais Maria Cristina ne le laisse pas passer. « Je te suis redevable pour le restant de mes jours. Tu le sais. Et pardon pour tout. Je suis une conne.

— Tu n'es pas une conne. » Et sans rien ajouter, Nicola Sarti la contourne et se dirige rapidement vers les ascenseurs en regardant son portable, sans plus se retourner, tandis qu'elle reste là, sur le seuil, jusqu'à ce qu'elle le voie disparaître.

Dans une lumière froide de salle d'autopsie, le corps de Luciano Vasile est allongé sur le dos, les bras le long des flancs, le cou tordu par l'oreiller. S'il avait une étiquette accrochée au gros orteil, il ressemblerait à un cadavre, mais heureusement sa respiration est profonde et régulière, signe de vie.

Maria Cristina s'approche de lui avec précaution, elle ne veut pas le réveiller.

Mais l'homme la fixe de son bon œil injecté de sang.

« Tu as besoin de quelque chose ? Un peu d'eau ? Je ne sais pas si tu peux boire. » Maria Cristina lui montre la bouteille. « Tu as froid ? Il y a une couverture. »

Il fait signe que non. Ils doivent lui avoir donné un tranquillisant, il est dans le cirage.

Maria Cristina s'assied près de lui, sur le matelas, elle lui caresse le front. « Mais qu'est-ce que tu as fabriqué ? On peut savoir ? »

Luciano la scrute, il a perdu ses mots ou peut-être en a-t-il trop, il hausse les épaules tout en fermant la bouche, lèvres pincées. L'œil sain s'humidifie et une larme coule le long du nez. « Je suis désolé.

— Ce n'est rien. J'ai compris que tu voulais me protéger, mais tu te rends compte que tu as failli mourir ?

— Ça aurait mieux valu.

— Tu es fou ? Il n'y a rien de grave. Maintenant on va t'opérer et ce sera fini. Tu as vu quelle belle clinique ? Le médecin est super. »

Il ouvre grand la bouche et Maria Cristina craint un coup au cœur, mais en fait l'homme pleure en silence.

« Je t'en prie… » Maria Cristina lui arrange les cheveux encore pleins de terre. « Je t'en prie, Luciano, arrête. » Elle prend sa grosse main, lui caresse le moignon d'un doigt, se retourne pour fixer la profondeur de la chambre et, par-delà la fenêtre, un palmier enveloppé d'une bâche verte. Elle prend une inspiration, mais cela ne suffit pas, elle s'évente de la main, essayant de ravaler ses larmes.

« Non, Cri. Non. Ne pleure pas, balbutie à mi-voix Luciano. Je suis un crétin. Tu as raison. Mais te voir comme ça, j'en pouvais plus. Tu l'as dit qu'à moi. Pas vrai ? »

Elle fait oui de la tête.

« À partir de ce moment-là, j'ai plus pensé qu'à ça. » La morve qui coule se mélange aux larmes et à la teinture d'iode. « Je voulais le tuer, lui fendre le crâne. Et s'il s'était pas défendu, je l'aurais fait. Et puis après je serais allé me livrer. J'en ai rien à foutre de la taule.

— Luciano, tu es devenu fou ? Ce n'est pas ainsi qu'on règle les problèmes. » Maria Cristina est anéantie. Cet enfant jamais grandi voulait devenir un assassin pour elle. Il aurait pris trente ans, elle n'ose même pas y penser.

Il lui serre très fort la main, en marmonnant entre ses sanglots quelque chose d'incompréhensible.

Maria Cristina renifle. « Je n'ai pas compris.

— Je t'aime. »

Elle lui embrasse la main. « Moi aussi.

— Non. Moi je t'aime pour de vrai. Comme un homme aime une femme. Depuis qu'on est tout petits. Sur ma mob, toi et moi. Je savais que tu serais jamais à moi et que les jours avec toi étaient précieux et comptés. Je savais que tu étais une étoile et moi…

— Attends, on est frère et sœur. Toi tu es oncle Luciano. Ce n'est pas comme ça… » Maria Cristina est sans voix, elle se passe sans cesse la main dans les cheveux.

« Je sais, tu as raison, mais qu'est-ce que j'y peux moi, si je suis malade de toi ? Je suis allé travailler chez mon oncle Franco parce que j'en pouvais plus de te voir. J'en crevais à chaque fois. Je suis parti dans le Nord pour t'oublier mais j'ai pas pu. T'étais partout. Sur la pub, les journaux, dans ma tête.

— Excuse-moi mais, et ta femme ?

— On s'est quittés il y a trois ans. Elle avait quelqu'un d'autre, mais j'en avais rien à fiche. J'ai été heureux quand elle est partie. J'avais recommencé à te voir et ça me suffisait.

— Elle t'a quitté ? Pourquoi tu ne me l'as pas dit ?

— Et qu'est-ce que j'aurais dû te dire ? », lui demande-t-il, à moitié tuméfié, avec cet unique œil lumineux, brillant comme une veilleuse dans une nuit noire.

Maria Cristina sèche ses larmes.

« Les pulls, les chemises, les belles vestes, tout ce que tu m'as offert je les mets pas parce que je veux pas les abîmer, continue Luciano tandis que ses traits se crispent de douleur. Je les garde dans les paquets. Jamais je t'aurais dit que je t'aime, je te le jure, mais on va m'opérer du cœur. Si je meurs, au moins tu le sauras. »

Une vague de tendresse submerge Maria Cristina qui se penche sur le bonhomme et d'une main, attrape une mèche de ses cheveux crépus, de l'autre le pavillon de l'oreille comme si elle voulait le lui arracher. « Tu ne vas pas mourir…, lui murmure-t-elle. Tu ne vas pas mourir, sombre crétin que tu es. » Elle passe le bout de ses doigts sur sa barbe hirsute, lui caresse le cou. « Tu vas vivre, point barre. Tu as compris ? Je vais m'occuper de toi.

— Donne-moi un vrai baiser. Un seul. »

Maria Cristina déglutit. « Comment ?

— Un vrai. Sur les lèvres. » Elle se les effleure. « Je dois les sentir avant de mourir.

— Mais tu ne vas pas mourir Luciano. Arrête avec ça.

— C'est pas dit. Je t'en supplie, rien qu'un baiser. »

Maria Cristina lève les yeux au plafond, se touche le front comme si elle devait déplacer sa petite frange. Elle se baisse, une odeur piquante de teinture d'iode lui remplit les narines, elle presse ses lèvres sur celles de Luciano et très vite, avant qu'il puisse entrouvrir les siennes, elle se recule. « Voilà qui est fait », laisse-t-elle échapper tandis que Dieu la gracie en frappant à la porte.

Dans le couloir, il y a des médecins, des anesthésistes, des assistants, Vannucci, le propriétaire de la clinique, venu exprès de Latina, camarade de régate de Nicola Sarti, les infirmières, les siamoises de l'accueil. Ils ont apporté une bouteille de champagne. Un doigt, rien qu'un doigt pour Maria Cristina Palma, l'épouse du président du Conseil, la femme la plus belle du monde qui est là, dans leur clinique, en chair et en os, et quelle surprise, quelle joie. C'est un honneur, un privilège unique. Des photos, on peut ? Pas pour les réseaux sociaux. De longues explications sur les grands professionnels qui opèrent dans cette clinique. Le professeur Ninni Guidoni, un grand échalas à la petite moustache pointue sur une bouche sans lèvres, avec un curieux tic qui le fait ajuster sans cesse le col de sa veste, accent de Catane, lui explique l'intervention qu'il s'apprête à exécuter sur le cœur de monsieur Vasile. Nous utilisons des techniques d'avant-garde, non invasives, des nanotechnologies, nous entrons par le bras, une promenade de santé, de la science-fiction par rapport à quelques années auparavant. Mais le président Mascagni ? Ce serait formidable de l'avoir ici, ne serait-ce que pour lui montrer les réalités du Sud capables de rivaliser avec quiconque dans le monde et qui devraient être valorisées. Parce qu'on n'en peut plus de cette histoire du Mezzogiorno…

Maria Cristina, les yeux bouffis, le maquillage dégoulinant, est une poupée de chiffon qu'on se dispute, elle sourit, serre des mains, acquiesce, elle est gentille, disponible, attentive, mais ensuite elle crie grâce, elle veut rester encore un peu auprès de Luciano avant l'intervention.

« Vous permettez ?

— Bien entendu. »

Elle rentre dans la chambre.

Luciano est couché sur le côté, dos à la porte.

Maria Cristina fait le tour du lit. « Excuse-moi, ils ne me lâchaient plus… » Elle s'assied près de lui.

« Écoute, Cri, faut que je te dise un truc, déglutit le factotum. Moi je crois pas que Nicola Sarti veuille te faire chanter. S'il avait pas été là, à cette heure je serais mort. C'est une belle personne. »

Luciano est sur le billard. L'opération est peut-être une promenade de santé, comme l'a dit Guidoni, mais le professeur a ajouté qu'elle serait longue et qu'ils le laisseraient sans doute en réa pour la nuit.

Maria Cristina est sur le lit, elle a quitté ses chaussures et voudrait dormir cinq minutes, mais dans ce silence anormal, son esprit rue comme un cheval sauvage. Pour trouver un peu de quiétude, il lui faudrait le nirvana du diazépam qu'elle n'a pas sur elle. Et elle n'ose pas en demander aux infirmiers.

Diana Brinzaglia a décidé de papoter un peu. Elle s'est installée dans le fauteuil, avec sa cigarette entre le pouce et l'index et son body fuchsia.

Alors, commençons par dire que Luciano, certain de mourir sur la table d'opération, t'a déclaré son amour et a même exigé un baiser et il a failli y mettre la langue. Toi, tu fais mine d'être surprise, mais ça prend pas avec moi. Tu l'as toujours su et tu t'en es royalement foutu, mieux, tu en as profité. Tu l'envoyais voler pour toi du maquillage et des

Mars au centre commercial, il faisait le guet pendant que tu fauchais du fric dans le sac de ta grand-mère, et tu te faisais trimbaler sur sa mob. Et aujourd'hui, tu l'exploites en tant qu'électricien et confident pour ensuite t'en repentir et ce fou a failli finir en taule ou mourir d'infarctus pour te défendre. Ensuite, on découvre que le dangereux Nicola Sarti n'est pas un maître chanteur mais une personne généreuse, qui a sauvé la vie de Luciano et n'a pas porté plainte (imagine s'il l'avait fait et si toute cette histoire était sortie). Évidemment, il est certain que c'est toi qui as envoyé Luciano pour lui flanquer une rouste, et il a compris une fois pour toutes le degré de profond désespoir et de solitude qui t'habite. Il ne t'a même pas appelée Secca. S'il ne te hait pas, tu le débectes. Tu l'as perdu pour toujours.

Maria Cristina se débat dans le lit comme une sériole prise dans une pêche à la traîne.

Pour finir, demain après-midi, tu as l'interview avec Mariella Reitner. Et tu es à chier. T'as pas réfléchi à ce que tu vas dire, t'as pas lu le mémo, tu t'es pas fait un masque, t'as pas essayé ta robe.

« Eh ben voilà », conclut Maria Cristina en se relevant.

Le ciel est violet, le silence ascétique de cette étrange clinique lui donne l'impression d'être sur une planète lointaine et abandonnée. Elle ne sait que faire, attendre Luciano ou rentrer à la maison et revenir après l'interview.

Elle appelle son mari, qui lui répond aussitôt. « Je suis en plein vote à la chambre, on est en train de couler, et on en a pour la nuit. Fais vite. »

Elle lui raconte pour Luciano, en omettant le contexte.

Il l'écoute à peine, pas particulièrement affecté. « Avec ce qu'il bouffe, c'est le minimum, commente-t-il avec l'accent romain qu'il utilise au parlement.

— Je ne sais pas quoi faire.

— Rentre à la maison. Demain tu as ton interview. Tu dois te reposer. C'est important, Maria Cristina. De toute façon, j'ai dit deux mots à Reitner. »

Maria Cristina se rassied sur le lit. « Et pourquoi ?

— Je lui ai fait comprendre que si elle déconne, elle est fichue. Je me suis assuré qu'elle ne te posera aucune question politique et qu'elle ne te mettra pas en difficulté. »

Une épine acérée se plante à la base du cou de Maria Cristina et remonte dans son palais. « Tu n'as pas pu t'en empêcher. Il fallait que tu prouves que c'est toi le maître, mon patron. Et moi, ton petit toutou. Ça ne te suffisait pas ce qu'elle m'a dit à moi ? Domenico, je ne te supporte plus. » Elle aimerait hurler, l'insulter vraiment, mais n'en a pas la force.

« Allez, ne t'énerve pas. Tu verras que tu me remercieras. Je voulais que tu te sentes plus sereine. On y compte tous, sur cette interview. Le Bombyx a pu t'aider au moins ?

— Oui. Salut.

— Si je peux, je t'appelle après. » Puis, à voix basse, comme si quelqu'un pouvait l'entendre : « Imbelloni et les autres m'ont joué un tour de cochon. À plus tard. Je t'embrasse. »

Maria Cristina raccroche, laisse tomber son téléphone sur le lit, fixe son orteil tout noir qui transparaît sous son collant. Elle l'enlève. Elle attrape son ongle entre pouce et index et tire. L'ongle se détache, mais un mince fragment de peau le tient accroché à la matrice, elle tire plus fort, en serrant les dents, en bataillant, et il lui reste en main la corne sombre et incurvée, et une goutte de sang fleurit là où elle a arraché l'ultime cordon.

« Voilà qui est fait, dit-elle en frémissant de douleur. Tu vois ? Ce n'était pas si terrible. » En boitillant elle va dans les toilettes, jette l'ongle dans la cuvette, abaisse la lunette, tamponne son doigt avec du papier hygiénique, le bande et écrit à Nicola Sarti.

MARIA CRISTINA

Cher Nicola pardon si je te dérange mais je voulais te tenir informé. Luciano est au bloc. Dès que j'ai des nouvelles, je te le fais savoir. Merci encore. Tu ne peux pas savoir combien j'ai apprécié ta discrétion et ta générosité. J'ai été stupide. Je ne sais pas ce qu'il m'a pris. Pardonne-moi si tu peux.

Elle se gratte nerveusement la nuque, fait une pirouette et ajoute :

Je rentre à Rome, tu es à ton hôtel ? Je peux peut-être passer. Qu'en dis-tu ? (la Secca) 😊🙏

Elle l'envoie.

Elle se rhabille, sort de la chambre et se dirige vers les ascenseurs. Elle a fait vingt mètres quand lui arrive la réponse :

NICOLA SARTI
Viens dîner. Ce soir j'essaie la carte du nouveau
chef brésilien. Si tu es fatiguée, je te ferai préparer une suite
et si tu veux rentrer à Rome mais que t'as pas envie de conduire
je trouverai quelqu'un pour te raccompagner. À plus.

Maria Cristina rentre en hâte dans la chambre 36. Là, mains dans les cheveux, elle ouvre grand la porte de la salle de bains et, accrochée au lavabo, elle se regarde dans la glace et écrit :

MARIA CRISTINA
J'arrive. 😊

NICOLA SARTI
Voilà la position.

Maria Cristina vérifie sur le plan.

C'est à vingt minutes de voiture.

« OK », se dit-elle, et elle expire tellement d'air qu'elle pourrait gonfler une montgolfière. Quel bonheur. Nicola Sarti ne la hait pas, ne lui en veut pas, sinon il ne l'inviterait pas à dîner. Sans la terreur du chantage, le poids qui lui oppresse la poitrine a disparu mais elle a la boule au ventre comme une gamine à son premier rendez-vous.

Elle se passe de l'eau sur les aisselles et avec la brosse à dents du kit-toilette offert aux patients, elle se brosse les dents. C'est déjà un peu mieux.

Aux jumelles de l'accueil, elle a demandé si à cette heure, il y avait des boutiques de vêtements encore ouvertes et un coiffeur pour un coup de peigne.

« Non, madame, je regrette », lui ont-elles répondu, désolées.

Sur la route, elle trouve un petit fleuriste et achète un bouquet de roses couleur rose poudré. À un croisement avec la via Pontina, elle s'arrête devant un étal de vêtements. Les vendeurs maghrébins sont en train de cuisiner quelque chose d'épicé qui lui aiguise l'appétit. Le dernier aliment qu'elle a introduit dans son estomac était un biscuit au gingembre chez Le Bombyx. Côté lingerie, elle achète six slips blancs sans fanfreluches pour six euros et un collant noir. Puis elle remarque des petites robes accrochées à des cintres. Tissu élastique. Taille unique. Décolleté en *V*. Vingt-cinq euros. Il y en a des toutes noires, certainement le meilleur choix, mais elle en prend une vert bouteille, avec un motif genre peau de serpent. Parfait. Elle passe au rayon chaussures. Elle a besoin de libérer son orteil qui lui fait un mal de chien. Des sandales avec un talon de dix centimètres. Dorées.

Quelle satisfaction ! Avec quatre-vingts euros elle s'est refait un look.

Elle repart. Plus la distance vers le complexe hôtelier diminue sur l'écran de son GPS, plus sa respiration devient courte, elle ouvre la fenêtre, serre le volant comme s'il pouvait lui échapper des mains. Elle pile sur une aire de repos de la nationale couverte de détritus, de matelas moisis, de tas de gravats et de tuiles cassées.

À gauche, les phares des voitures balaient la route, et à droite, vers la mer, une écume tremblotante de jour est agrippée à l'horizon.

Protégée par les vitres fumées, Maria Cristina se change, comme une pute se préparant pour sa nuit de travail. Elle enlève les collants, elle enlève les bottes, elle balance le tout à l'arrière. La robe à l'imprimé python la colle comme une seconde peau, elle ajuste ses seins, change de culotte, enfile les collants et les sandales. Elle ouvre son sac et avec un peu de crème pour les mains, graisse ses cheveux en les tirant en arrière, puis elle repart en faisant crisser ses pneus.

4.

L'entrée du complexe hôtelier Le Cupole est un portail en bois ouvert, sans indication ni enseigne, mais par terre, il y a une bougie jaune qui brûle en de denses volutes de fumée.

L'épouse du président du Conseil le franchit et s'engage sur une petite route sablonneuse menant à la mer cachée par une modeste bande de dunes plongées dans l'ombre. Sur le côté, défile une étendue marécageuse où le jaune des roseaux se mêle au vert des plantes palustres et s'estompe dans le bleu de certaines petites fleurs délicates et dans le pourpre d'arbustes trapus et charnus, hérissés d'épines, qui absorbent les restes de la lumière. La plaine est constellée de mares d'eau basse et trouble et, au loin, peintes contre le ruban violacé qui s'enflamme aux pieds de la nuit, les silhouettes sombres des bovins qui pâturent.

La route débouche sur une esplanade sablonneuse entourée d'une palissade de bois gris. Il y a quatre voitures garées, une Fiat, une Porsche, le pick-up de Nicola Sarti et un minibus blanc. Sur un poteau est posé un héron, les plumes grises comme de la cendre, le cou blanc et le bec jaune et pointu. Dès que Maria Cristina ouvre grand la portière, l'oiseau prend son envol. Le vent sent l'air salin, les algues, le bois mouillé et il lui glace le cou. Elle est mal à l'aise. Sa nouvelle robe en stretch, trop moulante, remonte sur ses cuisses jusqu'aux fesses et les collants noirs enfilés pour cacher son orteil sans ongle sont à chier avec les sandales.

Elle s'avance, le bouquet de roses serré dans les bras, le long d'un sentier qui s'insinue entre les dunes tandis que ses talons s'enfoncent dans le sable et que des rafales glacées tourbillonnent entre ses jambes. Plus qu'un complexe hôtelier, on dirait l'entrée d'un établissement balnéaire hors saison. Au détour d'une butte, deux torches plantées au sol indiquent le chemin. La traînée de jour, tel un voile de mariée oublié à l'horizon, rend lunaires, presque phosphorescentes, les dunes de sable.

Maria Cristina reprend sa marche avec plus d'énergie en repensant aux kilomètres avalés, à l'aube sur les montagnes arides des Abruzzes, au fou furieux au casque, au baiser à Luciano et maintenant, vêtue de frusques bon marché, elle va vers un homme auquel elle n'a rien compris.

L'hôtel est si caché au creux du maquis méditerranéen qu'elle peine à le distinguer. Un demi-cercle de huit coupoles (ce qui explique son nom), couvertes de sable et de buissons de lentisque et d'euphorbes, reliées par des tunnels transparents. Certaines ne sont pas terminées et ressemblent à des carapaces de tortue où, à la place des trous pour les pattes et la tête, il y a de grandes verrières.

Maria Cristina se dirige vers l'unique coupole illuminée, qui donne sur la plage. L'intérieur est un espace unique, partagé entre hall et restaurant. Des poutres en bois clair sinueuses, semblables à des côtes, s'entrecroisent sous la voûte, formant une sorte de cage thoracique. L'architecture a quelque chose d'organique. Une musique électronique basse et monotone imprègne l'atmosphère. Les sandales de Maria Cristina résonnent sur le sol en résine rouge cardinal. À l'instar d'une galerie d'art, la partie inférieure de la structure est éclairée par des spots invisibles qui créent des flaques de lumière dans l'obscurité matérique, d'où émerge le comptoir du hall et, à l'opposé, le bar au mobilier en acier et bois. Il règne une ambiance onirique. Maria Cristina s'étonne de ne pas sentir vibrer sous ses pieds les moteurs photoniques et de ne pas apercevoir Alpha du Centaure au-delà de la verrière.

« Bienvenue. » Captain Sarti émerge de l'obscurité en uniforme. Jeans 501, baskets Puma, polo Benetton vert délavé. Habituelle cigarette à la bouche, habituels bracelets.

« Me voilà. Pardon pour le retard, fait-elle essoufflée en lui tendant les fleurs. Pour toi. »

Il enlève sa cigarette et porte les roses à son nez. « Merci. Elles sont très belles. Mais pourquoi ? » Il lui donne un rapide baiser sur la joue.

« Comment pourquoi ? Je n'en finirai jamais de te remercier. Si Luciano n'est pas mort, c'est à toi que je le dois. Et ne fais pas comme si ce n'était rien. Tu lui as même fait un massage cardiaque. » Maria Cristina tourne autour de lui, mains sur la poitrine. « Et puis, avec cette histoire de chantage, j'ai vraiment exagéré. J'en suis malade. J'ai tout mal interprété. À partir de la vidéo, je n'ai plus rien compris. Ça m'a réduit le cerveau en bouillie. Excuse-moi. »

Il lui fait signe que c'est bon. « Écoute. Toi et moi, maintenant, on va faire un pacte. On ne parle plus de la vidéo, de Luciano, de ton sentiment de culpabilité, et arrête de me remercier. On recommence à zéro et profitons de cette soirée.

— D'accord, mais je ne crois pas que je vais y arriver. Je suis si mortifiée que tous les quarts d'heure, en mode coucou, j'aurai envie de m'excuser.

— Essaie, insiste-t-il.

— J'essaie, lui sourit Maria Cristina, en écartant les bras. Que dis-tu de mon nouveau look ? Route de Pontina à cent pour cent. »

Le regard de Nicola Sarti voyage sur le corps de Maria Cristina qui se redresse pour bien se tenir, comme quand à l'école la maîtresse vérifiait son tablier. « J'aime bien. Et puis, sandales et collants, parfait. »

Maria Cristina est toute contente. « Je les ai achetés sur un étal. »

Nicola Sarti lui fait un geste de la main. « Viens. Allons mettre ces fleurs dans l'eau.

— C'est incroyable cet endroit, Nicola. » Elle le suit en chargeant sa voix d'émerveillement. « Tu m'avais dit que j'aimerais, mais je n'imaginais pas une chose pareille. C'est magnifique. On a l'impression d'être…

— Dans une navette spatiale.

— Exactement. »

Il accélère le pas. « Ce soir, tu vas m'aider, on doit tester la cuisine du chef João.

— Bien sûr. Volontiers. » Elle le rejoint à petits pas rapides en trottinant sur ses échasses dorées. « J'espère être à la hauteur, je ne mange que du chèvre et de la laitue. Ah, je sais aussi faire la pizza. »

Ils sont allongés dans des divans moelleux, bas et circulaires, juste devant la plage. Il y a des chandelles au creux de sphères opaques, et des serveurs discrets, en uniforme noir, ont apporté à boire et des antipasti qui ne rassasient pas.

Depuis une demi-heure, vivote une conversation qui n'a pas l'énergie nécessaire pour les conduire quelque part. C'est lui qui mène et elle suit en commentant ou en demandant des détails par crainte des pauses. Un survol des amis communs, de ceux perdus en chemin, des endroits où ils sont nés, des investissements immobiliers à Londres et à Paris. Nicola Sarti est sur le point d'acheter une villa sur une île des Cyclades et il lui explique que les Grecs, en particulier ceux de la zone pélagique, sont des êtres supérieurs, fils de Chronos et Poséidon, ils connaissent le temps, ils le scandent en d'autres termes.

Maria Cristina transpire et l'écoute à peine, elle est encore agitée, elle prend une gorgée du cocktail élaboré par le chef João, un christ mulâtre aux yeux bleus, tatoué du cou aux pieds de figures géométriques aztèques. La boisson s'appelle Capeta, qui signifie diable en portugais, a expliqué en anglais João, on la boit au Carnaval, elle est composée de cachaça, lait concentré, cannelle, miel et guarana. Une cochonnerie si dense que notre héroïne peine à l'avaler et qui coule comme du vernis sur les parois de son estomac. Cela dit, il faut le lui reconnaître, la Capeta fait son œuvre en émoussant son angoisse, dommage qu'elle rende ses paupières aussi lourdes que des guillotines.

Nicola Sarti la regarde à peine, il fume clope sur clope, et de temps en temps, comme par devoir, il lui offre un sourire. Entre eux, quelque chose a changé, inutile de tourner autour du pot. Il n'est plus nécessaire qu'il lui assure ne pas lui en vouloir. La tension qu'il y avait au Piccola Britannia a disparu. Dans le petit bar poussiéreux de cet hôtel derrière la via dei Condotti, Maria Cristina avait découvert une version mûre et sage du petit bourge des Parioli avec qui elle flirtait sur la place de Stromboli. Il n'avait pas perdu la légèreté mythique des crétins de Roma Nord. À présent, il est distant, gentil, certes, mais quelque chose le ronge de l'intérieur, il débite des raisonnements à deux balles en utilisant un infime pourcentage de son cerveau, pour le reste il est pris par ses problèmes. En plus, il ne cesse de regarder son portable. Il doit avoir en tête des choses plus importantes que Maria Cristina, laquelle est un brin déçue, à dire vrai. Il l'a sans doute fait venir uniquement par courtoisie.

Elle observe ses yeux, deux petites lumières qui brillent sous sa mèche grisonnante, ses mains grandes et nerveuses, sa voix rauque à cause de la cigarette, ses épaules larges.

Maria Cristina se demande si Nicola Sarti serait l'homme qu'il lui faut. Il est riche. Il a du succès. Il achète des parties du monde et en jouit, contrairement à Domenico qui souffre toujours et de toute façon. Bien sûr, il devrait prendre le package complet. Elle, Irene et Luciano. Et investir un peu de son patrimoine dans la propriété Bastoni. À son avis, ce n'est pas gagné. Les quinquagénaires comme Nicola Sarti aiment les gamines, elle, elle a cent mille kilomètres au compteur, elle est presque bonne pour la casse, et afin de gérer l'érosion de ses radicaux libres, elle se fait des injections qui la font gonfler comme une poupée. Pour installer chez lui une cougar à demi psychotique avec progéniture et assassin à sa suite, il ne suffira pas qu'elle possède le sceptre de femme la plus belle du monde. Tandis qu'elle fait cette comptabilité existentielle, elle continue à fixer du coin de l'œil le paquet de Lucky Strike sur la table. Elle pourrait mourir pour s'en griller une. Putain, ça fait vingt ans qu'elle ne fume plus. Pourquoi maintenant ? Si elle se détend, peut-être cessera-t-elle de transpirer et pourra-t-elle débarrasser Nicola Sarti de la dépression qui le fait se laisser engloutir par le canapé.

Elle prend une croquette sur l'assiette des antipasti. Elle a le poids spécifique de l'osmium. Elle est grasse et le riz blanc à l'intérieur est bourré d'amidon.

« Elle est comment ? demande-t-il.

— Bonne. » Maria Cristina fait signe qu'elle aime.

— J'ai l'impression qu'elle est un peu grasse…

— Non. Tu plaisantes. Et pour lui montrer qu'elle ne ment pas, elle croque une autre bouchée, qui reste bloquée entre gorge et trachée. Elle essaie d'en aider la descente avec une goutte de Capeta. Erreur. Ça agit comme de la colle Uhu. Lentement, tel un boa constrictor, elle réussit à l'avaler, les globes oculaires exorbités sous l'effort.

« Buvons un peu de vin blanc, dit Nicola Sarti. Un truc frais. Ça te va ? »

Elle accepte, reconnaissante, tandis qu'une goutte de sueur solitaire perle sur son front.

Une demi-heure plus tard, face aux restes d'une salade de mangue, épinards, coriandre et patate douce, les veines saturées de Fiano di Avellino, Maria Cristina est enfin détendue.

Les vitres des fenêtres atténuent le rugissement du vent qui s'est levé, ébouriffe la plage et soulève des crêtes argentées sur les vagues qui viennent se fracasser sur le rivage. La lueur spectrale de la lune filtre à travers les mailles lâches des nuages livides. Les *tzz tzz tzz* des balais de la batterie d'un trio jazz apathique l'apaisent. Elle a du mal à ne pas bâiller. Béni soit l'alcool, béni soit le vin, béni soit le Fiano di Avellino, pense-t-elle en rythme. Rien ne fonctionne mieux pour se libérer du trac.

Désormais, elle a compris que ce n'est pas à elle que Nicola Sarti en veut, mais au chef. Les brochettes d'agneau marinées dans un coulis d'anchois puis caramélisées à l'aneth l'ont achevé. À présent, il en discute en cuisine. Maria Cristina l'entend de là où elle est, le ton de l'hôtelier est ferme, jamais discourtois, il lui dit que les ingrédients sont mis *à la bitte de chien*[1].

Elle éclate de rire juste au moment où elle reçoit un sms sur son portable. Le professeur Guidoni l'informe que monsieur Vasile a brillamment supporté l'intervention. Et qu'il sera visible dès demain.

« Luciano va bien ! », s'exclame-t-elle tout heureuse en voyant Nicola Sarti revenir avec une bouteille de whisky à la main. « J'étais terrifiée.

— Le professeur Guidoni est exceptionnel, fait-il, content et aussi un peu soulagé. Trinquons.

— Trinquons. » En levant son verre, Maria Cristina plonge ses grands yeux de Gorgone, encore capables de pétrifier malgré les kilomètres accumulés, dans ceux de Nicola Sarti. « À la nôtre », dit-elle, joyeuse, et elle boit une petite gorgée, la saveur fumée et douçâtre lui fait plisser le nez. Les alcools forts l'écœurent, mais pas ce soir.

« Il est si important que ça, pour toi, Luciano ? demande-t-il.

— Oui. C'était le fils des domestiques de mes grands-parents à l'Olgiata. Il a été mon frère de substitution quand Alessio était en pension. Figure-toi qu'on est nés à un jour d'écart. »

Il vide son verre. « On dirait ton grand-père.

---

1. En français dans le texte (NdlT).

— Effectivement, il est un peu usé, réfléchit Maria Cristina. Et il a des tas de problèmes. Mais si tu passes sur le fait qu'il voulait te tuer, je crois qu'il te plairait.

— Il t'adore. Ça se voit. »

Elle regarde vers les profondeurs insondables de la coupole. « Oui. »

Il remplit son verre. « Comme Alessio. »

Maria Cristina fronce un sourcil. « Tu crois ?

— Oui. Il t'aimait et te protégeait. » Puis, comme s'il voulait clore le sujet, il change de conversation : « Tu es prête ? C'est demain l'interview, non ?

— Exact. Demain après-midi.

— Tu es sereine ? »

Maria Cristina lui avoue que le destin du gouvernement semble suspendu à son apparition télévisée. « Si c'est la droite qui gagne, tu sauras à qui la faute.

— Tu vas être excellente. Si tu ne racontes qu'un dixième de ce que tu as vécu, le plus gros est fait.

— Mariella Reitner veut tout savoir d'Alessio et d'Andrea. J'ai du mal à parler d'eux. » Puis elle se tait et l'observe.

Combien de fois dans la vie se sait-on si proche de la vérité qu'on pourrait tendre la main, l'attraper et, tel un papillon, l'enfermer dans sa paume ? Au lieu de cela, on recule, sûr que ces deux pétales colorés recèlent l'horreur de ces antennes ramifiées, de ces petites pattes de mouche, de cette trompe de moustique. Et c'est bien ainsi. Parfois, la vérité hurle, nous appelle, nous implore de l'écouter, elle nous demande de redonner du sens aux choses et d'offrir la lumière à une vie aveugle. Alors nous risquons tout pour l'amour d'elle. Maintenant notre audacieuse protagoniste, libérée de la peur de perdre Luciano, débarrassée de la menace de la vidéo, soutenue par deux ailes d'alcool, interroge Nicola Sarti : « Il est mort comment, Alessio ? »

Par la suite, elle se demandera ce qui l'a poussée à lui poser cette question, au moment où la situation semblait s'être dénouée. Elle se répondra que celle-ci couvait en elle depuis qu'elle l'avait rencontré au Cercle et avait compris qui il était.

L'homme est pris au dépourvu, il lève le menton et recule dans le fauteuil. « Tu ne le sais pas ?

— Je sais ce que m'a raconté mon grand-père. Je n'ai jamais essayé d'en apprendre plus. Mais maintenant je veux savoir. »

Nicola Sarti tire une taffe et écrase son mégot dans le cendrier. « Il est mort tout seul. Personne ne sait ce qui s'est passé. Nous étions tous au port pour faire le ravitaillement quand il a plongé. Un type sur l'île lui avait raconté qu'à trente mètres sous la crique où on avait jeté l'ancre, il y avait une grotte avec un long tunnel, alors il plongeait en apnée pour la chercher mais ne la trouvait pas. Tu sais comment il était, il ne lâchait rien. Il a loué des bouteilles. Personne n'a songé à l'en dissuader, à lui conseiller de se faire accompagner par quelqu'un d'expérimenté. À cet âge, tu le sais, on est une tête de lard… Alessio n'est jamais remonté. Il n'était pas dans la grotte. Tes grands-parents sont arrivés. Ils étaient effondrés, ta grand-mère je l'ai vue dépérir sous mes yeux. Elle n'a plus parlé. En revanche, ton grand-père s'est occupé de tout, il a même sollicité les gardes-côtes turcs et leurs hélicos. L'île est au beau milieu de la Méditerranée, il y a des courants très forts, il pouvait avoir été charrié n'importe où. Plus d'une semaine s'est écoulée avant qu'on récupère son corps, ils l'ont trouvé à presque cent milles de distance. On devenait fous. » Il allume une autre cigarette, tandis qu'il déroule les rubans de sa mémoire.

« Et moi je n'étais pas là. » Maria Cristina ébauche un sourire amer. « C'est ça que tu es en train de penser, je parie. »

Nicola Sarti secoue la tête. « Ton grand-père nous a dit qu'il refusait que tu subisses un tel choc. Que tu avais déjà perdu ta mère trop petite. Et à mon avis, il a bien fait. »

Le verre de Maria Cristina est vide. Elle regarde autour d'elle, espérant qu'un serveur vienne le lui remplir. « J'aurais dû être là.

— Je t'ai appelée plusieurs fois, tu ne m'as pas répondu. Je me disais que tu allais mal et j'aurais voulu être près de toi.

— Pardonne-moi. Je ne pouvais pas, dit-elle d'une voix trop basse, puis elle la force un peu, se l'éclaircit. Toute ma vie, je me suis sentie coupable de ne pas avoir été là. Je n'avais pas six ans, j'en avais vingt. À vingt ans, on est adulte. Mais j'étais anéantie. Et quand grand-père m'a conseillé de ne pas y aller, je me suis enfuie. Je me répétais cette connerie qu'on n'a pas besoin d'être présent pour pleurer les morts, je pensais que si je ne voyais pas son corps, ce serait comme s'il n'était pas mort et j'ai toujours vécu dans l'illusion qu'Alessio pourrait réapparaître à l'improviste. La vérité, c'est que je n'ai pas tenu le coup. Que… » Elle ne sait plus comment poursuivre, elle regarde ses pieds, secoue la tête. « Ça ne me quittera jamais. »

Nicola Sarti reprend son récit, le regard perdu dans l'obscurité, au-delà des verrières. « Quand ils ont ramené son corps, seul ton grand-père est allé le reconnaître. Il était resté trop longtemps dans l'eau. Ta grand-mère a recommencé à parler. Elle a dit qu'Alessio devait rester là-bas, dans le cimetière de l'île. Il y a un promontoire sur une baie, un doigt de terre protégé des vents, la mer tout autour est calme et transparente comme une piscine naturelle, les fonds sont rocheux, les pierres tombales sont au niveau de l'eau. C'est le plus beau cimetière du monde. Il y a une petite église blanchie à la chaux, et si tu y vas tôt le matin, le soleil se lève juste derrière les sépultures. La dernière fois que j'y suis retourné, c'était il y a deux ans, la tombe d'Alessio est là, un câprier et du blé avaient poussé dessus. Il est bien. » Il fait oui de la tête. « Quand je mourrai, je veux être mis près de ton frère. »

Maria Cristina le fixe en silence avant de lui demander : « Attends, je n'ai pas compris, tu es retourné le voir ?

— Oui. Chaque fois que je passe dans le coin, je m'arrête pour le saluer.

— Je l'ignorais », soupire-t-elle. Elle sourit, voudrait ajouter quelque chose, une bêtise pour combler l'abîme qui s'ouvre sous ses pieds. Elle essaie de respirer, ouvre grand la bouche, un enchevêtrement d'épines entoure sa trachée. Un frémissement se propage de ses jambes à son ventre, à ses bras, jusqu'aux poignets et aux doigts. Maria

Cristina, comme frappée par une droite à l'estomac, se replie en s'enlaçant puis, avec un râle haletant, elle cache son visage dans ses mains.

« Maria Cristina… », balbutie Nicola Sarti, surpris.

Elle continue de pleurer, il regarde autour de lui comme pour demander de l'aide, ou en espérant qu'il n'y ait personne. Il se lève, s'approche, s'assied à côté d'elle, pose une main sur son épaule. « Ne pleure pas… Je t'en prie. »

Elle secoue la tête et, entre deux sanglots, lui avoue : « L'été dernier j'étais tout près. En Crète. Et je n'y suis pas allée. Chaque jour, je me disais vas-y, vas-y. Mais toutes les excuses étaient bonnes pour remettre à plus tard. Et je n'y suis pas allée. » Ses pleurs se transforment en spasmes étranglés, on dirait qu'elle se noie. « Il est mort tout seul. »

Nicola Sarti l'attrape par les bras et la relève telle une poupée de chiffon : « Arrête, arrête, s'il te plaît. Sortons. L'air te fera du bien. » En la soutenant comme si elle était blessée, il l'emmène à l'extérieur de l'hôtel.

Dans le vent et le gel, Maria Cristina se laisse conduire, paupières closes comme si elle ne devait jamais plus les rouvrir, prostrée par la détresse et consternée par la soudaine certitude éclatante qu'elle ne comprenait rien à rien, jamais, qu'elle ne savait pas reconnaître les personnes, qu'elle n'était qu'un bouchon de liège ballotté par les ondes. Elle sent les mains de Nicola posées sur elle, le vent lui brûle les yeux, lui arrache le souffle, lui ébouriffe les cheveux, le froid monte dans la chaleur de ses cuisses. Elle s'agrippe à lui comme si la tourmente pouvait l'emporter au loin. Il la colle contre son torse, une main sur la nuque pour la protéger.

« Je vais t'y emmener moi, voir Alessio », lui susurre-t-il dans le fracas du ressac.

Maria Cristina rouvre les yeux, face à elle il y a la plage, les rares lumières de la côte, voilées par les larmes, l'éblouissent. Elle lui demande : « Mais qui es-tu ? Qu'est-ce que tu me trouves ?

— Tu dois avoir confiance. »

Un sourire fleurit sur les lèvres de Maria Cristina, de l'index elle lui touche le menton, lui effleure la bouche comme pour la dessiner, glisse sur le tranchant des dents puis, au-delà de la commissures des lèvres, sur la joue rugueuse et le lobe de l'oreille, elle plonge sa main dans ses cheveux, les attrape, les enroule autour de ses doigts comme si c'étaient des rênes ou la corde d'un varappeur, et elle l'embrasse.

Deux silhouettes noires et silencieuses, presque apeurées, avancent main dans la main le long du tunnel de verre éclairé par les spots enfouis dans le maquis à l'extérieur de l'hôtel.

Maria Cristina, à demi congelée, ivre de Fiano di Avellino, a l'impression que les jambes qui la portent ne sont pas les siennes, elles avancent l'une après l'autre sur le sol en béton. Elle perçoit le sang chaud coulant dans la main de Nicola Sarti qui enserre la sienne. Il y a quelque chose de nécessaire, d'inéluctable, de liturgique dans cette marche muette vers la chambre à coucher. Elle doit faire l'amour avec lui, elle en éprouve l'urgence au plus profond de ses tripes. Peut-être, ainsi, toute cette histoire aura-t-elle un sens.

Nicola Sarti s'arrête devant une porte fermée. « Nous y voilà. » Il tourne la poignée et ouvre. « La décoration n'est pas encore achevée. Mais tu trouveras des serviettes de toilette et tout le reste.

— Merci. » Maria Cristina appuie son dos contre le chambranle sans lui lâcher la main. « Et toi, tu dors où ?

— Dans l'autre coupole », répond-il. Sa pomme d'Adam bouge sous sa trachée comme un hérisson sous une couverture.

« Ah, fait-elle, surprise. Tu ne dors pas avec moi ? »

Nicola Sarti s'éclaircit la voix. « Il ne vaut mieux pas… Je ne voudrais pas que tu t'en repentes, vu les précédents. »

Maria Cristina souffle d'agacement et l'attire à l'intérieur de la chambre. Du pied, elle ferme la porte.

Nicola Sarti effleure un senseur et un rayon de lumière tamisée se répand sur les panneaux de bois qui tapissent les murs, laissant le plafond dans l'obscurité. Le lit king size, couvert de draps noirs, est au centre d'un ameublement dépouillé où tous les éléments sont cachés à la vue.

Il hésite sur le seuil. « Tu es sûre ?

— Ne me le demande pas encore une fois ou je te fous dehors. » Et elle l'embrasse avec fougue, en l'écrasant presque contre le mur. Puis, en un soupir, les yeux mi-clos, elle lui murmure à l'oreille : « On va le faire comme tu veux toi. » Elle presse sa main sur sa braguette, puis glisse la pointe de ses doigts sous la ceinture, dans son slip. « Tout. »

Nicola Sarti rentre son ventre et recule. « Tout ? lui demande-t-il un peu préoccupé.

— Oui. »

Il défait un bouton de son col de chemise et, sans la quitter des yeux, ouvre le minibar et prend une mignonnette de vodka. Puis il s'assied dans le fauteuil, étend les jambes et dévisse le bouchon. « Déshabille-toi.

— Éteins la lumière », lui dit Maria Cristina en indiquant l'interrupteur.

Nicola Sarti écluse la moitié du flacon. « Tu ne devais pas tout faire ?

— Tout, confirme-t-elle. Mais dans le noir. »

Nicola Sarti éclate de rire, puis il s'éclaircit la voix. « Déshabille-toi et fais ce que je dis. »

Arrête, bon sang, lui dit Diana Brinzaglia, exténuée. *Tu te tues à faire du fitness avec ce casse-couilles de Mirco Tonik et maintenant tu as honte ?*

Maria Cristina attrape sa robe et l'enlève en pensant qu'elle doit puer. Elle la jette par terre et reste en slip, soutien-gorge, collant et sandales. Elle pose les mains sur ses hanches. « Ça te va ?

— Non. »

Elle se libère de ses chaussures et du collant. « Mon ongle est tombé. » Elle lui montre son gros orteil.

« Il repoussera, coupe-t-il. Remets tes sandales. »

Elle marmonne, puis obéit en soufflant.

« Ton slip. »

Maria Cristina le quitte sans le lâcher du regard, puis elle écarte un peu les jambes en serrant les fessiers et en remerciant Mirco pour les millions de squats qu'il lui a fait faire. « Ça te va ?

— Et le soutien-gorge ? »

Elle secoue la tête puis joint ses mains. « Ça non, s'il te plaît.

— Pourquoi ?

— Parce que je me suis fait refaire les seins et qu'ils ne me plaisent pas.

— Fais voir », lui ordonne Nicola Sarti sans possibilité de répliquer.

Elle lève les yeux au ciel et, en hésitant, défait le crochet, son soutien-gorge tombe à terre. « Voilà. Ils sont trop ronds et les tétons sont toujours dressés. Tu peux le dire s'ils ne te plaisent pas, je ne me vexerai pas. Regarde. » Elle lève les bras, découvrant ses aisselles épilées. Au centre, il y a la fine ligne d'une cicatrice. « Les prothèses, ils les ont fait passer par là. Ils ont fait un sacré tour. »

Parle-lui aussi de ton lifting, tant que tu y es. Diana Brinzaglia est désespérée.

« Moi je les aime bien, la rassure-t-il.

— Crois-moi. Si tu les touches, tu ne les aimeras pas. » Maria Cristina se les effleure, insatisfaite. « Ils sont durs et un peu froids. »

Il se lève et se met face à elle. « Je peux ? »

Maria Cristina lève les bras. « Je t'en prie. »

Nicola Sarti les prend dans ses mains. « Moi je les trouve merveilleux.

— Tu crois ?

— Je crois. » Intrigué, il passe les doigts sur ses hanches, là où la peau est brûlée. « Tu sens ? demande-t-il.

— Non. » De sa langue, Maria Cristina effleure ses lèvres, les mord. Elle prend une grande inspiration et l'embrasse. Il lui pose une main sur la nuque, mais elle la retire. « Je dois te dire une dernière chose. Après je me tais. Promis. »

Il secoue la tête, incrédule. « Quoi ?

— Je n'ai pas fait l'amour depuis cinq ans. »

Nicola Sarti en reste bouche bée. « Non. Je n'y crois pas. Tu te moques de moi. Comment c'est possible ? Ton mari…

— Il peut, t'inquiète.

— Il te trompe.

— Ça me va comme ça.

— Un fou furieux. Comme on dit, tel a du pain… Cinq ans ?

— Je te jure. Je n'arrive plus à le faire avec mon mari. Et même plus toute seule. Donc…

— Donc ?

— Donc… » Avec un gros soupir, l'épouse du président du Conseil surmonte son embarras. « Je suis un peu rouillée, j'ai vu tant de fois notre vidéo et j'ai un peu peur que… »

Il la fait taire en glissant sa langue dans sa bouche.

Maintenant, j'imagine que toi, cher lecteur, tu as envie de savoir si notre protagoniste sera en mesure de se dérouiller et si elle va réussir à satisfaire les désirs de Nicola Sarti et s'accorder un peu de plaisir.

Malheureusement pour toi, tu devras attendre, j'ai besoin de quelques lignes pour te raconter un fait qui m'est arrivé à moi personnellement et qui pourrait mieux éclairer les parcours de l'esprit de l'épouse du président du Conseil.

Enfant, je voulais à tout prix une cabane dans les arbres, j'étais un lecteur de Mickey et j'aimais Riri, Fifi et Loulou, propriétaires d'une cabane dans un arbre, justement. Avec la ténacité des enfants capricieux, j'implorais les auteurs de mes jours de m'en construire une. Même une minuscule m'aurait convenu, une pièce à Villa Ada ou dans les jardins au pied de la maison. À vrai dire, aucun de mes parents n'ayant jamais été bricoleur, ils faisaient appel au bricolo de service, j'entends par là Rino, dit Moustache, leur factotum de confiance, un gars genre Luciano, si vous voyez ce que je veux dire, qui s'occupait des travaux de manutention.

Un matin à la campagne, ma mère, prise d'un sursaut momentané d'énergie, surprit toute la famille en annonçant que c'était elle qui la construirait, cette cabane dans les arbres, rien qu'elle, ainsi j'arrêterais de pleurnicher une bonne fois pour toutes. Je serais son assistant et je lui passerais d'en bas tout ce dont elle avait besoin. L'arbre idéal était le chêne, le plus beau et le plus majestueux avec le châtaignier. Nous en avons choisi un gros, mais avec des branches basses, juste derrière le porche. Elle s'est perchée sur l'échelle et moi, en dessous, je lui tendais le bois, les vis, les clous, le marteau.

L'entreprise fut brève, vu la simplicité du projet. Plus qu'une cabane, c'était une cahute bancale, faite de chambalons et de lattes vissés aux grosses branches ondulées, la hune branlante d'un voilier d'où j'apercevais le toit de notre maison et une portion de pré. Pour tout vous dire, là-haut il n'y avait pas grand-chose à faire, trop petite pour y être à deux, on s'y tenait soit debout, soit assis en tailleur. L'été suivant, trop grand désormais, je n'y suis monté qu'une ou deux fois, et ce fut le requiem pour ma cabane.

Depuis, quarante ans ont passé, et quand je vais chez mes parents, je jette toujours un coup d'œil à ma cabane dans le chêne. Elle est encore là, à sa place, dans le bois, de plus en plus verdie par les mousses, ourlée de la dentelle des lichens, enrobée de lierre, quelques planches sont tombées mais mystérieusement la structure résiste. J'aperçois la végétation pousser, changer, les ronces s'enrouler aux fûts puis disparaître sous le passage occasionnel de la débroussailleuse, les troncs des jeunes arbres s'allonger pour trouver leur espace sous le ciel et les plus vieux se dessécher et perdre leurs branchages.

L'été dernier, après un repas trop abondant, du vin plein le corps, les stridulations des cigales plein les oreilles et le soleil embrasant la campagne, j'ai décidé de faire une balade dans la fraîcheur du bois, et me suis retrouvé sous la cabane. Non loin, était posée l'échelle que le paysan utilise pour élaguer les oliviers. Je l'ai prise et, non sans difficultés, j'ai grimpé sur le chêne. Je me suis agrippé aux branches, ai enjambé la barrière et, me faisant tout léger, j'ai pénétré dans la cabane. Le sol craquait mais résistait. On ne voyait plus grand-chose, les ramures avaient poussé et il n'y avait plus d'espace pour le ciel, j'allais redescendre quand j'ai remarqué une tache rouge dans un coin. J'ai débarrassé les feuilles, les glands et la terre et j'ai découvert un petit cochon en caoutchouc avec des skis, des raquettes, un pull vert et un bonnet à pompon de la même couleur.

Il était resté là durant tout ce temps, quasi intact, si l'on excluait un trou au derrière d'où sortait un flocon de coton synthétique grignoté par quelque rongeur. La chaleur, le froid, et parfois la neige l'avaient fendillé, décoloré et rigidifié comme du carton. Je l'ai serré entre mes mains et il a émis une espèce de grognement qui m'a transpercé comme une sonde lancée dans le trou noir de mon hippocampe, pour venir frapper un grumeau de mémoire calcifié par les années, enrobé par le tartre des psychotropes et de l'alcool. Debout dans ma vieille cabane, j'ai eu une agnition, j'ai vu remonter à la surface, comme des gnocchi dans l'eau en ébullition, le visage d'une gamine, grande, aux cheveux courts, une lointaine cousine du Nord qui avait passé quelques jours chez nous à la campagne. Nous avions huit ou neuf ans, je ne l'ai jamais revue, jamais eu de ses nouvelles. Isabella, peut-être, je n'étais même pas certain de son prénom. Elle imitait à la perfection le cri du cochon skieur, inspirant et expirant avec la bouche et le nez en même temps. Et ma sœur et moi, en extase, nous la trouvions prodigieuse. J'ai cherché Isabella sur Facebook, elle vit désormais à Boston avec un mari et deux merveilleux enfants. Le pouvoir du grognement du cochon skieur.

Voilà, je n'ai raconté cela que pour dire que lorsque Nicola Sarti ordonne, avec cet accent romain, désinvolte, amusé, « fais ce que je dis », Maria Cristina entend tinter une pièce de cent lires oubliée dans la tirelire de sa mémoire et, dans le brouillard qui obscurcit son passé, elle entrevoit davantage de choses de l'époque de cette croisière.

Les premiers jours de navigation, Nicola draguait Maria Cristina à la manière brutale des garçons inexpérimentés. Il se moquait d'elle, l'asticotait et cherchait l'appui des autres pour la provoquer. Le jeu du voilier était de s'en prendre à la petite sœur d'Alessio, la seule fille. Nicola était le plus obstiné de tous. Il lui jouait des tours et faisait sans cesse des plaisanteries qui, à la longue, l'exténuaient. Des coups d'épaule trop virils, des mains aux fesses inopportunes, un poulpe posé sur son ventre pendant qu'elle dormait. Maria Cristina ne pouvait monter sur le pont sans qu'il la pousse à l'eau et, à un moment donné, épuisée, elle se vexait et boudait, alors il lui répondait par des gentillesses exagérées. Mets de la crème, tu vas brûler. Je t'ai préparé un sandwich. Ils fonctionnaient comme des aimants qui, en fonction du côté, s'opposent ou s'attirent. Maria Cristina en était troublée et répondait à ses farces en lui courant après, en lui flanquant des coups de poing, en essayant de le noyer. Chaque fois que leurs corps entraient en contact, une énergie sensuelle passait de l'un à l'autre, leur coupant le souffle. Le besoin d'être avec lui la poussait jusque sur le cratère du Stromboli, elle qui ne se bougeait pas le cul même sous la menace de mort, ou l'amenait à se lancer dans des courses et des jeux qui devenaient autant de luttes et d'attouchements équivoques.

Le fameux baiser de San Lorenzo, telle une déclaration de paix entre duellistes, avait marqué la fin des hostilités et permis le contact physique. Partout, ils pouvaient se toucher, s'embrasser, s'étreindre et proclamer à eux-mêmes et au reste du monde qu'ils étaient un couple. Le désir de l'autre ne s'apaisait jamais, même lorsqu'ils dormaient enlacés, pris dans un jeu d'explorations, d'expérimentations parfois embarrassantes, d'odeurs, de rots, de rires, d'ordres et de refus, de caresses et de chatouilles, de mains entremêlées, de baisers impudents sur la place et de sexe dans la fournaise des cabines.

Un jour où ils étaient ancrés au port, enfin seuls, l'un à côté de l'autre sur la couchette à deux places, Maria Cristina lui avait dit qu'elle voulait une pizza. « Va m'en chercher une, allez, s'il te plaît.

— Non. Il fait trop chaud. J'ai pas envie, avait-il répondu tout en feuilletant un livre de Stephen King.

— S'il te plaît », avait-elle miaulé.

Il avait fermé son roman. « Et toi, tu fais quoi en échange ?

— Je lave tes fringues.

— Non, ça suffit pas.

— Comment, ça suffit pas ? Qu'est-ce que tu veux alors ? »

Il avait effleuré le caméscope posé sur le chevet. « On la fait cette vidéo ?

— Quelle vidéo ? » Maria Cristina savait très bien ce qu'il entendait.

« Tu le sais. »

Elle s'était touché la tempe de son index. « Tu rêves. T'es devenu fou ? Pour une pizza… »

Cela faisait des jours qu'ils évoquaient l'idée de tourner un film d'horreur qui par la suite était devenu, comme par hasard, un porno.

« Je te prends aussi une bière. Une glace. Trois parfums. Avec chantilly.

— Lesquels ? Voyons. Si tu devines… » Elle avait mis ses bras derrière la nuque, se relevant un peu.

Nicola avait levé le pouce. « Chocolat.

— OK.

— Pistache… » Il avait levé l'index.

« OK. »

Nicola avait hésité, incertain, l'avait regardée, s'était mordu les lèvres. Puis, il s'était jeté à l'eau. « Café ? Non, mieux, stracciatella.

— Exact ! Maria la Suceuse accepte. »

Nicola avait passé un T-shirt. « Je fais un aller et retour. Et tu fais ce que je dis. »

Tout ça pour une glace à trois parfums et une pizza.

VII.

Mardi 27 février

1.

Maria Cristina est étendue, nue, allongée sur un lac de draps noirs. Le soleil traverse la chambre et tombe sur la peau diaphane de son bras droit abandonné sur son visage. Les cheveux, un champ de mèches en friche et délavées, luisent dans la lumière du matin. Le poignet fléchi à angle droit, les doigts semblent indiquer un point sur le sol. De son visage, caché par le biceps, on n'aperçoit qu'un bout de menton et, entrouvertes sur la rangée régulière de ses dents, les lèvres animées par son souffle. À la suite des fines bouclettes de sa nuque, son cou bifurque vers les arches des omoplates et les épaules maigres, couvertes d'un duvet doré. Son aisselle est une vallée un peu plus ombreuse où se profile la sphère du sein artificiel posée sur le thorax sillonné par les côtes qui, sous le sternum, se creuse dans le ventre tendu et blanc. Rien ne ternit la peau d'albâtre. Son buste, en s'incurvant, se resserre à la taille pour s'élargir aux hanches. Sur la droite, l'épiderme perd sa lisse monotonie et un territoire anarchique et martyrisé s'est installé là où les tissus, en brûlant, se sont réorganisés en festons et rubans clairs, caleux, tendus comme des élastiques sur des vallées rosées et des cratères sans plus aucune sensibilité. Les cicatrices s'achèvent en une limite précise, et de là, la peau redevient lisse sur le ventre, enclôt le puits du nombril, disparaît sous un buisson ras de poils soyeux et noirs comme ceux des Orientales et se froisse au promontoire sombre du clitoris qui pointe sur les plis corallins des grandes lèvres. Les longs fémurs se croisent à la hauteur des genoux et la courbe ample des mollets s'affine aux chevilles et suivent, en une séquence harmonieuse, les talons à peine jaunâtres, les pieds cambrés, les orteils nerveux et le pouce, orphelin de son ongle, à peine secoué par le réveil imminent.

C'est la chaleur du soleil qui la réveille. Tandis que son corps gît, immobile, son esprit émerge du sommeil comme du fond d'une piscine tiède. Elle est à l'hôtel de Nicola. Elle reconstitue le parcours qui l'a conduite à se réveiller dans ce lit. Le silence est scandé par sa respiration. Elle lève la tête, la lumière l'aveugle, elle se protège avec le creux de son bras. Le disque solaire est haut dans le ciel limpide, signe qu'il est tard. Nicola est couché sur le côté opposé et dort sans émettre un son. D'un œil, Maria Cristina observe la pièce minimaliste digne d'un hôtel cinq étoiles, pas tout à fait terminée, il manque des portes de placard et des rayonnages, à côté de la fenêtre il y a une baignoire carrée et par terre un grand tableau abstrait à accrocher. Au plafond, des enchevêtrements de fils électriques et des ampoules nues.

Comment vas-tu ? lui demande, curieuse, Diana Brinzaglia.

Bien, répond-elle.

Elle a envie de rire quand elle voit sur le sol, près de ses sandales, deux préservatifs abandonnés.

Un sentiment de culpabilité ?

Elle inspecte les méandres de sa psyché, comme on fait au printemps quand, à la suite d'une promenade dans les prés, on se déshabille à la recherche de tiques accrochées dans quelque anfractuosité du corps. Aucun sentiment de culpabilité. Et aucune anxiété, ni angoisse, ni peur.

Elle est heureuse et amoureuse.

Maria Cristina n'est pas très douée pour aimer, mais elle a un talent particulier pour tomber amoureuse, elle est championne dans l'art de perdre la tête. Elle éprouve un besoin éperdu, viscéral, exaltant de l'autre.

Nicola lui plaît à mourir. C'est son corps qui le lui dit, une sensation de bien-être, de joie, de soulagement stagne dans ses membres encore languides de l'extase de l'orgasme.

La vache, j'ai même pris mon pied, se dit-elle, surprise. Elle était certaine d'en avoir fini avec le sexe, d'être désormais pathologiquement frigide et immunisée contre le plaisir de la chair.

Et au contraire…

Elle efface un flash obscène. Ce n'est pas le bon moment pour les souvenirs. En rentrant à Rome, elle aura tout le temps de rougir et de ricaner et de donner un sens à cette nuit mémorable.

« Oui, mémorable », chuchote-t-elle.

Mais maintenant, il lui faut se lever, manger quelque chose, elle se sent dévorée par la faim. Aujourd'hui, c'est l'interview. Elle doit filer. Heureusement, elle a averti la sécurité qu'elle dormait à l'extérieur.

Et Nicola ?

Elle lui écrit un billet romantique et disparaît ? Ou elle le réveille et le salue ?

Elle s'étire le dos en observant son amant. Il est bronzé, un brin hirsute, mais ses poils sont doux, blonds et bien répartis. Elle est attirée par le profil de son visage fourbu, digne d'un explorateur polaire, elle aime son nez aquilin, les rides autour de ses yeux, ses petites oreilles et ce menton un peu saillant qu'elle n'avait pas remarqué. Sa pomme d'Adam pointe solitaire sur son cou envahi de barbe. Il est un peu grassouillet du ventre et des hanches mais il a des bras musclés, un tatouage japonais de poulpe rouge et bleu entoure son épaule droite. Son pénis flotte mollement sur sa cuisse. Dans le sommeil, il ne s'est pas rétracté, il garde ses proportions généreuses même ainsi. La peau lisse et sombre du prépuce enveloppe son gland tel un bouton de tulipe.

Oh mon Dieu !

Batanga !

Maintenant elle se souvient. C'est ainsi que le surnommaient ses abrutis de copains sur le voilier. À cause de ses mensurations.

Batanga et Maria la Suceuse. Leurs noms d'artistes.

Elle sourit tandis que naît en elle un projet vicieux.

Déchaînée, Maria la Suceuse (qui depuis est devenue, entre autres, l'épouse du président du Conseil, leader du parti de la majorité, et plus belle femme du monde) taillera une pipe royale à Batanga le dormeur afin qu'il ait un réveil inoubliable.

Excitée par sa propre audace, elle se mord les lèvres pour ne pas rire.

Attends, et s'il se réveille et, apeuré, lui balance un coup de genou ?

Insouciante du danger, elle s'approche de Nicola qui dort toujours, avance vers son membre, observe son visage relaxé, bien, avec délicatesse elle le prend entre ses doigts et ouvre les lèvres. Il est à elle, comme il y a vingt ans. Elle jette un dernier regard aux yeux de l'homme pour être certaine qu'il dort, ouvre la bouche prête à…

Qu'y a-t-il ?

Au fond, au-dessus de la tête de Nicola, dans un coin de la chambre, un objet attire son attention. Quelle est cette chose accrochée au plafond ? Elle ferme la bouche et plisse les paupières pour mieux voir. Une petite boîte carrée, noire, anonyme, aux bords arrondis, avec au centre une petite coupole transparente.

Maria Cristina cesse de respirer, tend son cou, se lève et recule jusqu'au bord du matelas. Ses pensées sont suspendues. Elle descend du lit et va voir. Son crâne, ses orbites, ses tympans palpitent au rythme de son cœur qui bat une marche forcenée contre son sternum.

Elle se place en dessous et l'observe en inclinant la tête. De l'arrière, pointe un câble gris qui entre dans le mur. Elle a un renvoi acide de bile et s'aperçoit qu'elle est en sueur, il fait une chaleur infernale dans cette chambre, la moquette brûle sous ses pieds, ses aisselles sont moites et un filet de sueur roule sur ses hanches. Elle attrape la chaise où sont jetés leurs vêtements et la pose dans l'angle. Elle grimpe dessus, se hisse sur la pointe des pieds et saisit le boîtier en le dégageant de son support. Le fil se tend mais résiste, elle tire plus fort, gagne quelques centimètres, suffisants pour lui permettre de remarquer qu'à l'intérieur de la coupole transparente, un minuscule rond la cadre. Maria Cristina émet un couinement d'animal blessé à mort et des deux mains, de toutes ses forces, elle tire encore plus fort ; elle perd l'équilibre et se casse la figure, sa hanche tape en premier puis sa fesse, mais elle n'émet aucun son, elle serre dans sa main la caméra d'où pend le fil sectionné.

« Qu'est-ce qui se passe ? », fait la voix de Nicola Sarti, pâteuse à cause du sommeil. « Maria… ? »

Elle, à quatre pattes au pied du lit, crache. « Espèce de salopard de merde !

— Maria Cristina ? » Il la cherche.

Et comme si le Démon lui-même la soulevait, elle se dresse devant le lit du haut de son mètre soixante-dix-huit, nue, furibonde, cheveux hirsutes et yeux de braise de Gorgone. « Salopard de merde. » Son corps a perdu tout moelleux, seuls les seins restent sphériques, le reste est un enchevêtrement de droites et d'arêtes : jambes, genoux, coudes, bras, pommettes, menton, cul. « Qu'est-ce que c'est que ça ? » Elle brandit la caméra.

Nicola Sarti la regarde, épaules contre la tête de lit, pétrifié.

« Parle, sale merde ! », rugit Maria Cristina, et elle lui balance la caméra qui lui frappe le front avec un *toc* rond comme si c'était du bois massif.

Nicola Sarti pousse un hurlement de douleur et porte les mains à son visage.

« Tu m'as filmée, fils de pute. » Maria Cristina en un bond lui saute dessus. « Tu m'as piégée à nouveau. »

Lui, d'instinct, la repousse d'une jambe et l'épouse du président du Conseil va valdinguer dos contre le mur opposé, atterrit sur les mains et les pieds et sans hésiter se jette à nouveau sur lui. Il rue de tout son corps, mais elle le saisit par une cheville en hurlant : « Tout était organisé. Voilà pourquoi tu n'as pas voulu éteindre la lumière. Voilà pourquoi tu… »

Maria Cristina entend sa voix s'élever, stridente et folle. Quelque part dans son esprit, une lueur de rationalité résiste encore, l'avertit qu'elle est en train de péter les plombs, qu'on va l'enfermer, genre cure en HP, qu'elle va faire la une des journaux, et lui rappelle que le monstre, une fois libéré, ne peut plus être maîtrisé. Mais Némésis, la déesse de la Vengeance, n'en a strictement rien à foutre de tout ça. Maria Cristina, telle une chatte à qui on a arraché ses petits, s'agrippe à ses jambes, le ceinture en essayant de le griffer, tente de lui mordre une cuisse et leurs corps nus qui peu de temps auparavant s'unissaient en un coït furieux s'affrontent désormais en une lutte sans pitié.

Nicola Sarti n'arrive pas à la détacher de lui, il l'attrape par les cheveux et la balance dos contre le lit, elle hurle et se démène. « Luciano. Le ticket de caisse du poisson de

Civitavecchia. La rencontre devant le spa. La Chinoise. Salaud ! »

L'homme, haletant, lui saute dessus, s'assoit sur son estomac et lui serre la gorge tandis qu'elle se contorsionne à l'image d'une vipère, siffle et crache, son thorax gonfle et se dégonfle comme s'il allait se fendre en deux, elle essaie de relâcher l'étau qui lui bloque la gorge, mais la pince, cette même pince qui la clouait sur la table d'auscultation du professeur M., est en train de l'étouffer.

Nicola Sarti lève un bras, prêt à lui coller une baffe.

« Vas-y. Cogne. Montre ce que tu sais faire, sale connard de merde. Allez, vas-y, démolis-moi la tronche », l'incite-t-elle, yeux exorbités. « Fais-moi voir quel genre de mâle tu es. Tue-moi. »

La main de Nicola Sarti, tendue dans la lumière du soleil, reste figée.

Maria Cristina, avec les forces qui lui restent, se débat, lui flanque un coup de poing au visage, et en un rugissement, s'étire et lui attrape la queue. « Je vais te l'arracher, ordure ! Qu'est-ce que tu veux de moi ? »

Il ouvre grand la bouche et hurle : « Cléopâtre ! »

Maria Cristina lâche prise.

Lui, la tenant fermement, l'observe de deux fentes vides, la mèche imprégnée de sang et répète : « Cléopâtre.

— Putain, c'est qui Cléopâtre ? fait Maria Cristina à moitié étranglée. Sale merde que tu es.

— Tu as été filmée depuis que tu es entrée dans cette chambre. Tout est enregistré. En 4K », lui explique Nicola Sarti d'une voix calme tout en continuant à lui écraser le cou.

Maria Cristina cherche dans sa bouche un peu de salive pour lui cracher à la figure. « Je le savais que t'étais une merde.

— Si tu ne veux pas que la vidéo soit diffusée sur le Net, ce soir, pendant l'interview avec Mariella Reitner, tu dois dire Cléopâtre. »

Elle le dévisage, perdue, essoufflée, sans comprendre. « Cléopâtre ? Comment ? Pourquoi ?

— Parce que. À partir de maintenant, ta vie va changer. Elle m'appartient. Dorénavant, tu vas faire tout ce que je te dis de faire. Sinon, le monde verra l'épouse du président du Conseil baisée par-devant et par-derrière. »

Un instant, Maria Cristina se demande s'il plaisante. Mais non, il a un regard trop sérieux et résolu. Un ton glacial qu'il n'a jamais eu.

Elle est étendue sur le lit, aveuglée par le soleil, la main de son bourreau encore autour de son cou. « Qu'est-ce que ça veut dire, Cléopâtre ?

— Tu n'as droit à aucune question. Tu dois dire Cléopâtre pendant l'interview avec Reitner. Si tu ne le dis pas, si je ne l'entends pas clairement, à la fin de l'émission la vidéo sera postée sur le Net. Et fais gaffe, si tu parles de la vidéo ou de Cléopâtre à quelqu'un, à ton mari, à Luciano, aux services secrets, à n'importe qui, si tu essaies de me doubler d'une manière ou d'une autre, si tu ne vas pas faire l'interview, si tu cherches à me joindre, si tu m'appelles, si tu fais quoi que ce soit qui pourrait un tant soit peu me déplaire, la vidéo finira sur le Net. Il suffit d'un clic. » Il se baisse en lui montrant les dents. « Si tu essaies de nous entuber, nous le saurons immédiatement, on te suit. Et la vidéo sortira. »

Maria Cristina le fixe d'un air angoissé, comme si elle se trouvait au bord d'un gouffre noir et palpitant.

Nicola Sarti lui libère le cou et se touche le front, passe le bout de ses doigts sur le sang et les regarde. « Qu'est-ce que tu dois dire ? »

Elle secoue la tête. « C'est un chantage de merde.

— Je t'ai demandé ce que tu dois dire. »

Maria Cristina tente de répliquer mais n'y arrive pas, elle réessaie, souffle : « Cléopâtre.

— Parfait. Maintenant prends tes affaires et fous-moi le camp. »

Maria Cristina le regarde en cherchant un éclat de lumière, une ondulation sur ses lèvres, un signe que c'est là un de ses étranges jeux. Elle n'en trouve pas, aucune incertitude, aucune faille dans le visage de Nicola Sarti.

Alors, elle se lève, et tout en le regardant attrape ses vêtements et sort de la pièce.

2.

Il est difficile de raconter le retour à Rome de Maria Cristina. Trouver les mots justes pour traduire le tourbillon qui engloutit les réflexions les plus simples, les conjectures les plus élémentaires, les hypothèses les plus tortueuses au centre de l'esprit de cette femme.

Sa tête est lourde comme une pastèque, un étau écrase ses méninges, son cœur bat la chamade, elle sent encore les doigts de Nicola Sarti autour de sa carotide, et ne cesse de trembler. Elle a peur de s'évanouir. À grand-peine, elle réussit à tenir le volant, à bouger les pieds sur les pédales, à mettre les clignotants.

C'est un voyage hors du temps. Son portable sonne en continu. Tout le monde l'appelle, aujourd'hui est le jour de l'interview et elle répond à tous, oui, OK, j'arrive, d'accord, pas de problème, on se voit tout à l'heure, tout en surveillant le rétroviseur pour savoir si elle est suivie.

Arrivée à la maison, Maria Cristina se précipite dans sa chambre sans parler à personne. Elle se lave, s'habille, se maquille en silence, essayant de se calmer.

Quand elle se présente dans le bureau de Domenico, elle trouve Caterina et le staff de la communication au grand complet qui l'attendent : collaborateurs, stagiaires, Marina, la secrétaire de son mari, et Dino Berti. Une vingtaine de personnes. Ils lui ont organisé un briefing, avec un tas de *slides*. Marina lui expliquera les questions auxquelles on peut s'attendre et les bonnes stratégies pour se sortir des pièges tendus par la journaliste. Pour sa part, Berti lui rafraîchira la mémoire sur ce qu'a fait le gouvernement jusqu'à présent et sur ce qu'il projette de faire avant les élections. Domenico interviendra peut-être de Londres.

« Réunion annulée, les congédie Maria Cristina.

— Comment ça, annulée ? demande Caterina, incrédule.

— Elle est inutile. Vous pouvez y aller. Je me débrouillerai toute seule.

— Mais comment ? On est là pour toi. On a tout préparé. » L'assistante tend le bras pour indiquer les invités à cette fête surprise, sur la table il y a même des boissons, des Thermos de café et des tramezzini. « C'est très important, Maria Cristina…

— L'interview est dans combien de temps ? l'interrompt l'épouse du président du Conseil.

— Six heures. Mais on doit arriver au moins une heure et demie avant au studio.

— J'ai besoin de me reposer, dit-elle, et ses mots sortent de manière si exténuée qu'ils résonnent comme définitifs.

— Très bien, Maria Cristina, fait Dino Berti, accommodant. On a appris pour Luciano. Comment va-t-il ? »

Le masque de notre personnage devient soudain tragique.

« Mieux. Merci. L'opération s'est bien passée.

— Ce que tu peux faire, c'est te reposer une petite heure et après on fait une réunion rapide ? s'empresse d'ajouter Caterina. Ah, j'oubliais, Amelianna revient exprès des Maldives, elle t'aidera pour ta tenue.

— Parfait. » Et sans rien ajouter, l'épouse du président du Conseil sort de la pièce.

« Qu'est-ce que tu fais là, toi ? », demande Maria Cristina en ouvrant la porte de la chambre d'Irene qui, allongée sur son lit, câline Pippo, le petit chien que le chauffeur a ramené à Rome.

La fillette s'élance pour embrasser sa mère. « Tu l'as fait venir ici ! Merci ! Merci ! »

Elle serre fort sa fille, enfouit son nez dans son cou pour aspirer sa bonne odeur. « Pourquoi n'es-tu pas à l'école ?

— Je voulais rester avec toi avant l'interview. »

Maria Cristina est déconcertée, elle ne s'y attendait pas, elle voudrait sourire, mais ses lèvres sont collées. « Très bien. Merci.

— Pippo peut rester avec nous ? demande Irene.

— Oui », soupire la mère, la tenant serrée contre elle. Elle voudrait lui dire que c'est elle qui devra s'en occuper, le sortir, bref, ce que disent les parents aux enfants quand ils prennent des animaux de compagnie, mais une terreur sourde la plonge en plein désarroi.

Dans sa tête, la voix de Nicola Sarti lui répète en boucle : « À partir de maintenant, ta vie va changer. Tu m'appartiens. »

« Youpi ! Youpi ! » Irene s'adresse au chien. « Pippotto, tu peux rester avec nous. T'as compris ? T'es un chien romain. »

Maria Cristina se laisse glisser sur le lit, sur la courtepointe à étoiles rouges froissée. Le chien, remuant la queue, grimpe avec sa petite patte bandée et la couvre de léchouilles rapides, enfantines, tandis qu'elle ferme les yeux. Elle sent la langue humide passer sur ses pommettes puis sur le lobe de son oreille. Elle le caresse, glissant ses doigt dans les poils plus fournis du cou.

« Voilà, c'est super, maman, lui dit Irene. Tu restes ici, que nous trois », comme si cette chambre était un sous-marin.

Maria Cristina fait oui, les yeux fermés. Son corps et son esprit demandent du repos, une trêve, mais maintenant c'est impossible.

Pourquoi veut-il que je dise Cléopâtre ? Qu'est-ce que ça peut bien vouloir dire ?

Ça doit être un code secret, un signal qui donne le départ à…

Elle n'en a aucune idée.

« Nous le saurons immédiatement. Et la vidéo finira sur le Net. » C'est ce que ce salopard lui a dit. Il a employé le pluriel. Donc il n'est pas seul. Il fait partie d'une association criminelle, terroriste. Ils ont utilisé Nicola Sarti pour l'approcher, lui qui avait la vidéo avec laquelle il avait prise sur elle, et grâce à ça, il en a obtenu une nouvelle, mille fois plus compromettante. Tout est clair. La clinique sans patients, les hôtels en reconstruction, les préservatifs prêts, l'histoire d'Alessio pour l'attendrir, les lumières de la chambre allumées pour la caméra. Et elle qui lui a avoué que Domenico la trompe, qu'elle ne fait plus l'amour depuis cinq ans… elle lui a même dit qu'elle était prête à tout pour lui donner du plaisir. Et ce bâtard a sodomisé l'épouse du président du Conseil italien, une mère, devant l'objectif qui enregistrait. La vidéo dans le voilier n'était qu'un hors-d'œuvre, celle d'hier est le plat de résistance, l'arme pour le chantage.

Maria Cristina se lève et entre dans la salle de bains de la chambre, ferme la porte, se penche au-dessus des WC et vomit de la bile acide.

« Maman, ça va ? demande Irene derrière la porte.

— Oui, mon trésor. Un instant, bredouille-t-elle.

— Tu es sûre ?

— Oui. » Elle se rince la bouche et se regarde dans la glace. La peau de son visage est tendue sur une tête de mort. Ses yeux jaillissent d'orbites sombres ourlées de cernes. Les lèvres sèches, le cou flétri, les cheveux indomptables. Nicola Sarti a réussi à lui faire perdre la raison et toute trace de beauté.

Elle ne doit pas donner cette interview. Elle doit trouver une excuse.

Non, elle ne peut pas. « Si tu ne vas pas faire l'interview, la vidéo finira en ligne », a-t-il dit.

Elle sort de la salle de bains, Pippo et Irene, l'un à côté de l'autre, sont là à l'attendre, inquiets.

« Dis-moi, ça te dit de m'accompagner pour me faire faire une couleur ? demande-t-elle à sa fille.

— Tu fais bien. Je les aime pas trop comme ça, tes cheveux, avoue Irene. Pippotto peut venir aussi ? »

Le chien la regarde, attentif, sagement assis, la queue balayant le sol. « Oui. »

Irene, pas encore satisfaite, la relance. « Et je peux venir aussi à la télé pour te regarder pendant l'interview ? Je serai hypersage, supersilencieuse, encore plus qu'un moucheron, je te jure. Et Pippotto, je m'en occupe. »

Maria Cristina ressuscite un sourire et lui dit à nouveau « oui ».

Si auparavant Caterina Gamberini était inquiète, elle est désormais terrifiée. Si elle avait besoin d'une preuve que l'épouse de Mascagni a perdu la tête, elle l'a maintenant.

Seule une personne épuisée, dans de graves conditions mentales, va jusqu'à Casal Bertone chez une coiffeuse indienne pour se faire teindre. Et sous peu, cette personne qui relève d'un traitement psychiatrique devra donner une interview à Mariella Reitner et parler d'elle, de son mari et du gouvernement. Son avenir est suspendu à une bonne femme qui a le QI d'un pangolin. Mais comment est-ce possible ? L'assistante suffoque, avachie sur le divan prune. Au lieu d'entrer dans cet asile de fous qu'est la politique, peut-être aurait-elle mieux fait d'accepter la proposition de Shari, son ex, d'ouvrir un fast-food de salades de pâtes à la checca, à Alessandria. Pour elle, ça marche du feu de Dieu. Elle s'est même trouvé une fiancée nigérienne. Maintenant qu'ils vont perdre les élections, que va-t-elle devenir ? Elle se lève, en se massant un côté douloureux, pour une réunion sur la terrasse avec la communication et la sécurité.

Maria Cristina, buvant son café sous la véranda, observe les deux staffs qui discutent, téléphonent, opinent du bonnet, croisent les bras. Caterina fait oui de la tête et revient vers elle, voûtée comme si elle portait une armoire sur les épaules. Elle s'assied en face d'elle, lui prend les mains, et tandis qu'elle s'apprête à s'exprimer, son visage joufflu passe de sérieux à affable jusqu'à devenir implorant. « Bon, Maria Cristina, écoute, la sécurité considère que traverser Rome en un laps de temps si court n'est pas faisable, on risque d'arriver en retard pour le direct. En plus, il y a les photos de toi à l'Opéra avec les cheveux blonds, maintenant tu veux te les teindre en châtain, que vont penser les gens ? Ils pourraient, je ne sais pas, se méprendre et y voir une indécision du gouvernement, un boomerang, en somme. » L'assistante la regarde avec sérieux. « Au moins, prendrais-tu en considération la proposition d'aller chez Diego Malara ? Ou de le faire venir ici ?

— Non. »

Caterina se mord les lèvres. « Je t'en prie, Maria Cristina, ne fais pas l'enfant. » Puis elle se touche la poitrine, sans souffle. « Tu m'en veux à cause de ce que tu as entendu dans les toilettes ? J'en suis navrée, mortifiée. J'ai commis une erreur. Pardonne-moi.

— Je te pardonne. On y va avec l'escorte, comme ça on ira plus vite. »

La jeune femme déglutit. « Je ne me sens pas bien. »

Maria Cristina, assise sur le sofa, croise lentement les jambes, sa sandale se balançant en équilibre sur ses orteils. « Désolée.

— S'il te plaît... » C'est une requête désespérée. « Le président du Conseil est pour l'instant pris avec Meyer. On ne peut pas lui parler. »

Maria Cristina prend son portable dans son sac. « Et Le Bombyx, vous lui avez demandé ? »

Caterina souffle par le nez comme une loutre après une apnée et lui offre un sourire épuisé. « Non. Il ne répond pas sur-le-champ. Il met du temps. Tu le sais. »

Maria Cristina compose un numéro, attend quelques secondes. « Allô. Bonjour. »

L'assistante la fixe en se rongeant l'ongle du médium avec ses incisives. Puis, pour ne pas se faire entendre, elle articule les mots en silence. « Mais c'est lui ? C'est Le Bombyyyyyx ? »

« Tout va bien. Tout va bien. » L'épouse du président du Conseil lui fait signe que oui. « Je voulais te demander : c'est un problème si je me fais teindre les cheveux pour l'interview… ? Oui, foncés, châtains, comme avant, un peu plus courts… Parfait. Merci. Je sais que tu n'as pas l'habitude, mais ça t'ennuierait de le dire à Caterina ? Je te la passe. » Elle tend le téléphone à l'assistante qui l'attrape comme si c'était un crotale et le place prudemment sur son oreille. « Allô ? Oui, c'est vous ? Vous êtes Le Bombyx ? Le Bombyx en personne ? C'est un grand honneur. Oui. D'accord. Oui, bien sûr. Merci. Très bien. D'accord. Très bien. »

Et donc, les voici, Davide, Irene, Pippotto et Maria Cristina dans la Mercedes, direction via Casal Bertone, escortés par deux ou trois voitures de police.

Maria Cristina, nuque sur l'appui-tête, garde les yeux fermés et elle sent que la ville palpite autour d'elle. Aujourd'hui, Rome est un enfer, inondée par les pluies nocturnes, envahie par les supporters allemands venus pour un match de coupe, le trafic s'insinue jusque dans les ruelles les plus étroites, les voitures en seconde, en troisième file, les camions poubelles bouchent la circulation comme le cholestérol les artères et malgré les sirènes et la pression des véhicules de police, le trajet n'en finit pas.

Elle voudrait libérer sa tête de la hantise du chantage. Michael Mantler, le déprogrammateur d'Andrea, enseignait que l'esprit est une pièce à vider. Il faut jeter tout l'inutile. Respirer, dormir et se nourrir, c'est le corps qui s'en charge. Mais l'esprit de Maria Cristina est un cube hermétique squatté par Nicola Sarti.

Quel genre d'individu horrible est-il ? Un acteur oscarisé, un monstre, une star du porno terroriste qui n'a pas honte de se montrer dans des films X pour quelque cause révolutionnaire ?

Tu as quand même réussi à te réveiller amoureuse, fulmine Diana Brinzaglia.

Avec le talon de sa chaussure, elle appuie sur son orteil sans ongle. Une décharge électrique remonte le long de sa jambe, lui coupe la respiration, elle serre les lèvres pour s'empêcher de hurler.

Cléopâtre ? La reine des Égyptiens. Magnifique. Amoureuse de Marc Antoine. Pourquoi précisément Cléopâtre ? Parce qu'elle est belle comme elle ? Parce qu'elle s'est suicidée par amour ? Est-ce un symbole ? Elle voudrait chercher des informations, comprendre si c'est un nom de code, un symbole révolutionnaire, s'il a des significations secrètes. Elle va pour prendre son smartphone mais s'en empêche. Il doit déjà avoir été piraté. Elle a si peur qu'elle craint qu'on puisse entendre ses pensées. Et qu'il y ait des micros dans la voiture. S'il y avait un moyen sûr de contacter Botta, le chef des services secrets, elle pourrait lui demander de l'aide et faire arrêter Nicola Sarti.

« Si tu en parles à qui que ce soit, ça finit en ligne. Nous le saurons immédiatement. »

Elle regarde par la fenêtre les voitures, les files de scooters. Ils sont sûrement en train de la suivre. Elle ouvre son sac et sort un Xanax. Le liquide chaud, huileux, amer, lui engourdit la langue. Elle prend son portable. Elle veut appeler Luciano pour savoir comment il va.

Non, il ne vaut mieux pas.

Stefania Subramaniam, avec son sari vert et sa pièce montée de cheveux, attend l'épouse du président du Conseil à l'entrée de son petit salon de beauté, coincé entre une boutique de nourriture pour animaux et un primeurs. La coiffeuse est enchâssée entre les chambranles de la porte comme une statue dans une niche de temple hindou. Derrière elle, trois minces jeunes filles indiennes la surplombent, dévorées de curiosité.

Dès que Stefania voit Maria Cristina descendre de la Mercedes, elle joint ses mains en signe de salut. La nouvelle de l'arrivée de l'épouse du président du Conseil a dû filtrer dans les parages car les habitants sont aux fenêtres et sur les balcons des immeubles modernes, téléphone à la main. Le marchand de primeurs indien a préparé un plateau de quartiers de mangue et de papaye qu'il offre à Irene et aux curieux agglutinés sur le trottoir. C'est un accueil festif, sans contestataires. Les hommes de la sécurité ouvrent la voie à Maria Cristina qui salue d'une main et pénètre dans le salon.

La coiffeuse boucle la porte à double tour et accroche une pancarte « FERMÉ ». « Voilà, personne ne nous dérangera. » Elle tire les rideaux, cachant la rue, le trafic et les curieux qui lorgnent à travers la vitrine.

Plafond bas et néons, l'intérieur est simple. Lino noir au sol, des miroirs de chaque côté, des fauteuils bleus, des photos de famille et de célèbres monuments indiens, le Taj Mahal, des vues de montagnes enneigées et des images pieuses de divinités hindoues.

Les assistantes continuent à sourire, remuant la tête de droite et de gauche, tandis que deux clientes âgées, enveloppées dans des capes noires tels de vieux vautours, la fixent, extatiques.

La coiffeuse s'approche de la fillette au chien en laisse et l'observe, l'air sérieux. « Je parie que tu es Irene.

— Oui. C'est moi.

— Et ce petit trésor, c'est qui ? demande la coiffeuse qui se penche pour caresser le chien qui remue joyeusement la queue.

— Lui, c'est Pippotto.

— Tu sais que tu es très belle, Irene ? Certains disent que tu es même plus belle que ta maman. »

La fillette, méfiante, incline la tête. « Qui ?

— Beaucoup de gens.

— Impossible. » Elle baisse la voix et lui souffle à l'oreille : « Si tu lui arranges bien les cheveux, ma maman, elle sera la plus belle du monde.

— Bien sûr qu'on va les lui arranger. En tout cas, toi aussi, tu es pas mal du tout. Vous êtes deux couleurs de la beauté qui en compte mille trente-six. » Stefania soulève une mèche de cheveux d'Irene. « Moi, je te ferais un peu égaliser les pointes, qu'en dis-tu ? » Et elle regarde Maria Cristina en demandant l'autorisation.

« Je peux, maman ? fait la petite tout excitée.

— D'accord. »

Stefania la confie aux filles et indique à Maria Cristina de la suivre dans une seconde salle où se trouvent d'autres fauteuils. Les murs ici sont orangés et il y a la photo en noir et blanc d'un vieux sage indien, une photo dédicacée de Maria de Filippi et une autre de Padre Pio, unies en un syncrétisme théologique.

Stefania se perche sur un tabouret, enfourche ses lunettes de vue, fait signe à Marie Cristina de s'approcher et examine ses cheveux en silence.

« J'ai fait une belle connerie, pas vrai ? demande-t-elle, coupable.

— Se débarrasser de ce blond ne sera pas facile, mais on va y arriver. L'important, c'est que ça n'ait pas imprégné ton âme. »

Maria Cristina observe les yeux d'épervier de Stefania Subramaniam et, timidement, d'une toute petite voix, lui demande : « Je peux t'embrasser ? »

L'Indienne ouvre grand ses bras et Maria Cristina s'y laisse tomber. Elle éprouve le même effet que lorsqu'elle l'a rencontrée dans les toilettes du Cercle d'aviron, mais aujourd'hui, plus apeurée que jamais, avec sa vie suspendue à un fil, il est plus puissant et thaumaturgique. Elle ressent l'énergie positive que la chamane lui transfère pour affronter l'interview. Elle reste immobile, les yeux fermés, reconnaissante, se régénérant dans sa chaleur bénéfique.

Stefania Subramaniam lui chuchote à l'oreille : « Tu ne dois pas t'inquiéter. Tu es forte et belle comme une tigresse. Tu vas y arriver. »

Maria Cristina pose le front sur son épaule et balbutie : « J'ai peur. »

L'Indienne relève son menton pour voir son visage. « La peur finit là où commence la vérité. »

Les yeux de l'épouse du président du Conseil se voilent de larmes, elle renifle. « Je veux juste trouver un peu de paix.

— Tu dois chercher celle qui est bonne pour toi. Chacun a la sienne.

— Mais je... » Maria Cristina ne comprend pas ce que veut dire la coiffeuse. Toute cette sagesse la laisse toujours dubitative. Au cours de sa vie, elle a éperdument cherché des maîtres, des philosophes auprès de qui apprendre, attirée telle une phalène par leur lumière, mais dès qu'elle les a approchés, au lieu d'absorber leur sagesse, elle a ressenti plus fortement encore le vide qui la remplit.

Stefania lui pose les mains sur les tempes. « Tout passe. Même les pires choses, on les surmonte et elles occupent la place qu'elles méritent dans notre passé. Bon, maintenant parlons de sujets sérieux. Qu'est-ce qu'on va faire de ces cheveux ? Moi je leur redonnerais leur couleur naturelle et je les couperais sur la nuque en gardant un peu de longueur devant et je les coifferais avec une raie, à la garçonne. Tu seras tout aussi féminine, mais ça te donnera la bonne autorité pour l'interview. »

Maria Cristina lui serre les mains. « Je m'en remets à toi, Stefania. »

La coiffeuse lui montre un fauteuil où s'installer. « J'adore quand on me dit ça. »

3.

L'épouse du président du Conseil porte un pull gris sans manches à col cheminée et un pantalon noir taille haute. Des escarpins rouges à talons. Ses nouveaux cheveux châtains, doux et brillants, allongent son cou, et ses yeux émergent sous les arcades des sourcils comme des sphères d'ambre. Le reste, c'est l'équipe de la télé qui s'en est occupé, un maquillage si épais qu'il a couvert cernes et rides. Le rouge d'un vermillon intense lui a agrandi la bouche en définissant mieux le contour des lèvres.

Une assistante l'a informée que d'ici cinq minutes, on l'accompagnera dans le studio, et que durant la coupure pub, elle pourra s'installer pour l'interview.

À travers la porte de la loge filtrent les voix d'assistants, de techniciens, de maquilleurs, de photographes, tout le staff de la communication de Domenico, et celle, plus aiguë, d'Irene qui apprend à Pippo à rester assis.

En martelant le sol de ses talons, Maria Cristina va et vient entre le divan bleu défraîchi et la longue tablette en formica blanc sous le miroir où est posée une corbeille de fruits. « L'important est que tu restes calme. Écoute bien les questions et avant de répondre, prends ton temps pour réfléchir », se murmure-t-elle en s'essuyant les aisselles avec du Sopalin, tandis que le moteur du petit frigo se déclenche et s'arrête avec un grincement énervant. L'air rance de la loge lui gonfle les poumons, mais elle a l'impression d'étouffer. Son diaphragme est contracté. Son cœur, heureusement, a cessé de battre la chamade.

De légères éclaboussures de pluie frappent contre la fenêtre qui donne sur le parking. L'eau tombe, constante et dorée sous le cône d'un lampadaire, rebondissant dans une flaque qui s'élargit sur l'asphalte et finit engloutie par une bouche d'égout. À côté d'une poubelle débordante d'ordures, un goéland picore les restes épars d'un hamburger.

Les goélands l'ont toujours suivie, à Rome, à la campagne, chez Le Bombyx, véritables compagnons de cette aventure, parfois ils ont disparu pour se présenter à nouveau quand son regard, un instant libre de pensées, se perdait dans le ciel. Peut-être les oiseaux connaissent-ils le sens de la vie. Lutter pour chaque bouchée que Dieu t'accorde.

Le portable vibre sur la table.

Domenico.

Pas maintenant, il est tard. Il ne va faire que l'angoisser. Mains sur les hanches, inspirant et expirant, elle fixe l'écran jusqu'à ce que le nom de son mari disparaisse.

Une minute après, on frappe à la porte.

« Oui ? », dit-elle d'un filet de voix, serrant ses mains en sueur.

Caterina passe la tête. « Le président voudrait te souhaiter bonne chance. » Elle montre son téléphone. « Il sort d'une réunion. Je peux te le passer ? »

Maria Cristina renifle et prend l'appareil. « Domenico.

— Mon amour, excuse-moi, je ne t'ai pas répondu aujourd'hui, mais on ne me laisse pas une seconde de répit. Comment ça va ? Comment te sens-tu ?

— Bien, ment-elle, d'une petite voix sereine.

— Prête ?

— Prête.

— Je suis furieux, ce soir ils m'ont organisé un dîner avec Meyer et le ministre des Affaires étrangères. Je ne pense pas pouvoir te regarder. Mais Caterina me tiendra au courant. N'oublie pas, sens-toi légère, tu n'as pas à sauver le monde. » Un petit rire. « Juste moi peut-être.

— OK. » Maria Cristina a perdu les mots, il ne lui reste que les merci, d'accord, ok, oui et non.

« Ils m'ont envoyé la photo de ta nouvelle coupe. Parfaite. Très élégante. Tu as vraiment bien fait. Le blond, ce n'était pas toi.

— Merci.

— Si Reitner te pose des questions auxquelles tu ne sais pas répondre, détourne la conversation, raconte un truc personnel. Tu t'es préparée avec les assistants ? »

Maria Cristina se met à la fenêtre. Le goéland a disparu et la pluie a redoublé de force. « Non. »

« Ah ! » Silence. « Et pourquoi ?

— Je suis allée m'occuper de mes cheveux.

— OK. » Domenico change de ton. « Tu sais quoi ? Tant mieux. Plus spontané. Compris ? Esquive. Si elle t'interroge sur la politique, sur moi, dis-lui que tu n'interviens pas sur mes choix et ceux de mon gouvernement. Tu n'es pas venue pour ça. La protagoniste, c'est toi. »

Maria Cristina s'assied, guindée, sur le divan. « Oui.

— Parfait. Comme on dit, tu vas tout déchirer. Tout se passera très bien.

— Oui.

— Je t'aime. Je t'appelle après.

— OK. » Alors que Maria Cristina raccroche et que sa peur a dépassé le seuil d'alerte, la porte s'ouvre sur une jeune assistante au casque fuchsia. « Prête ? »

Jambes croisées, mains posées sur les accoudoirs, dos bien droit, l'épouse du président du Conseil est installée dans un fauteuil inconfortable, fait de vieux annuaires de téléphone. Elle resplendit merveilleusement sous les spots du studio. Au-delà de la sphère lumineuse qui l'enveloppe, caché par l'obscurité, le public restreint murmure et gronde. Maria Cristina cherche sa fille, assise quelque part, mais ne la voit pas.

Le compte à rebours défile tandis que passe la pub.

Il est temps de décider.

Toute la journée, elle a chassé cette pensée, mais désormais il ne reste que quelques secondes. Elle boit une gorgée d'eau qui descend à grand-peine dans sa gorge nouée. Elle écarte les bras et, serrant les accoudoirs, fixe la caméra pointée sur elle, derrière on entrevoit la chevelure grisonnante du caméraman avec son casque.

Avant tout, pense-t-elle, il faut préciser que je n'ai rien fait de mal. Je n'ai tué personne. La victime, c'est moi. J'ai été abusée et rackettée pour une chose à laquelle je n'ai rien compris.

Si elle résiste au piège de Nicola Sarti et de ceux qui sont derrière lui, elle se mettra en danger ainsi que le gouvernement et le pays. La vidéo exposera la vie intime qu'elle a accordée à un homme en qui elle avait confiance. Elle mourra de honte, mais elle renaîtra. Une intimité, elle en trouvera une autre, plus personnelle et plus secrète.

« La peur finit là où commence la vérité », lui a dit la coiffeuse.

Sa décision est claire, limpide, sans équivoque. La peur s'est cristallisée sur elle comme le sel sur la peau, mais en son for intérieur naît une téméraire audace.

« Mon cul, que je dirai Cléopâtre », siffle-t-elle entre ses dents.

Pour la première fois elle est certaine de ne pas se tromper. Irene verra sa mère coucher avec un monstre, mais si elle est intelligente, comme elle le pense, elle comprendra avec le temps. Domenico la défendra un moment, puis il la quittera. Ce n'est pas le genre à porter avec désinvolture des cornes planétaires.

Elle affrontera ce qu'il y a à affronter. Mais elle ne cédera pas aux chantages.

Un sourire bravache tend ses lèvres, tandis que le moniteur indique moins trois, deux, un.

Antenne.

« Madame Mascagni, bonsoir, c'est un grand plaisir de vous avoir ici avec nous. » Mariella Reitner porte un ample chemisier de soie rose qui cache ses formes, autour du cou, un pendentif en forme de soleil. Elle est coiffée d'un carré retenu par un serre-tête bleu sombre. Elle ressemble à un page de dessin animé.

« Pour moi aussi », répond Maria Cristina d'une voix fluette.

Reitner place ses petites lunettes rouges sur le bout de son nez et jette un coup d'œil à ses fiches. « Nous connaissons votre réticence à venir à la télévision, votre célèbre caractère réservé, et malgré cela, vous avez accepté cet entretien. Donc, je tiens à vous en remercier personnellement.

— C'est un plaisir. » Maria Cristina plisse les yeux pour apercevoir son interlocutrice. Elle est aveuglée par les projecteurs pointés sur son visage pour aplanir la moindre imperfection. Sur l'écran de contrôle à ses pieds, le compte à rebours indique trente-six minutes jusqu'à la fin de l'émission. Une éternité.

Dans le studio, on entendrait une mouche voler, et l'impression d'être seules dans un espace immense est prégnante. Maria Cristina s'avance au bord du fauteuil, jambes serrées, dans l'attente de la première question.

La journaliste l'observe longuement. « Nous avons remarqué que vous avez changé de look. Il y a quelques jours, à l'Opéra, vous avez déconcerté tout le monde avec une coupe courte, un blond inhabituel pour vous, très commenté sur les réseaux sociaux et aujourd'hui nous vous retrouvons de nouveau châtain et avec les cheveux encore plus courts. Comment cela se fait-il ? »

Maria Cristina, sans s'en rendre compte, écarte une mèche de son front. « Je n'aimais pas. J'ai essayé. On dit qu'être blonde, c'est une attitude. J'ai découvert que je ne l'avais pas. Je ne me reconnaissais pas. » Sa voix tremble un peu et les mots sortent à grand-peine. « Irene, ma fille, n'arrêtait pas de me dire que ce n'était pas moi. Donc…

— Moi je trouve que ça vous allait plutôt bien, l'interrompt Reitner. Mais votre fille a sans doute raison, ça ne vous ressemblait pas. Et votre mari, il a aimé ? »

Maria Cristina secoue la tête. « Pas vraiment. Donc, ce matin, un peu nerveuse je vous avoue, à cause de cette interview, j'ai décidé de redevenir moi-même. Mais juste un peu plus courte et légère.

— Ça vous va très bien. » La journaliste sourit. « Donc, je parlerai avec la vraie, brune et légère Maria Cristina, la femme la plus belle du monde ? »

Voilà, là elle pourrait dire : non, vous parlez à Cléopâtre. Au lieu de cela : « Oui, avec la plus belle du monde, du moins jusqu'au prochain sondage. Bientôt j'espère. Je suis impatiente de transmettre le sceptre à une autre, ainsi je pourrai vieillir en paix. Je dois admettre que je commence à avoir du mal à tenir ce rôle. » Maria Cristina s'aperçoit qu'elle a la bouche pâteuse.

Le public est toujours silencieux.

N'y pense pas, plus tu parles et plus vite ça finit, lui vient en aide Diana Brinzaglia. Elle a l'impression d'entrevoir sa camarade de classe, avec son top fuchsia, sa cigarette entre les doigts, telle qu'elle était quand elle l'a arrêtée au milieu de la route, juste derrière les épaules de Mariella Reitner.

La journaliste a raconté l'enfance de l'épouse du président du Conseil à Palerme, le père alpiniste qui a abandonné sa famille, la fin prématurée de sa mère, le déménagement à Rome chez ses grands-parents, la mort d'Alessio, sa carrière d'athlète et de mannequin, le mariage avec l'écrivain Andrea Cerri, l'accident, les brûlures, et puis Domenico, la naissance d'Irene. Sur un écran derrière elles, défilent des photos de la vie de Maria Cristina pour accompagner son récit.

« Indéniablement, vous avez connu tant de deuils et traversé tant d'épreuves. Vous avez dû apprendre à les affronter. À leur donner un sens. Si l'on peut donner un sens à la perte », palabre la journaliste sans cesser de lorgner sur ses notes.

Notre protagoniste a l'impression de se trouver face à un agent de police qui l'interroge en scrutant son procès-verbal. Elle cherche à nouveau sa fille dans le noir, ne la voit pas. Peut-être est-elle restée dans les loges avec le chien. Elle aimerait prendre un instant pour réfléchir, mais sa langue est plus rapide que son cerveau. « Je ne sais pas leur donner un sens. Je vis dans la terreur que quelqu'un que j'aime puisse souffrir, disparaître ou mourir brusquement. C'est sans doute pour cela que j'ai du mal à me lier d'amitié, à m'attacher aux gens, j'ai peur de les perdre. Il m'arrive de me réveiller et d'aller vérifier qu'Irene est dans sa chambre. Ou que Domenico va bien. Mais je rêve que quand ce sera mon tour de mourir, je me réveillerai entourée de mes chers disparus et de mes chiens qui me feront des fêtes tout heureux de me retrouver.

— Donc, vous croyez ? », lui demande la journaliste.

L'épouse du président du Conseil secoue la tête. « Disons plutôt que j'espère. C'est un peu différent. Je ne pense pas que ce soit tout à fait la même chose.

— Je ne sais pas, fait Reitner, puis elle ajoute, pour elle-même : Moi non plus je ne suis pas une grande experte. »

L'interview avance vite, sur des rails sans danger, comme probablement Domenico en est convenu. Les questions portent sur ses occupations quotidiennes, son changement de vie, la campagne qu'elle a promue en faveur des enfants d'immigrés, les impressions que lui ont fait la First Lady et le président des États-Unis.

Il y a une Maria Cristina qui répond, presque à son aise (une fois la décision prise, il n'y a plus rien à perdre), et une autre qui se tourmente et attend avec impatience la fin de l'émission, la publication de la vidéo et que tout ce qui doit arriver arrive.

Mariella Reitner regarde pour la centième fois ses notes comme si elle cherchait une question plus pointue.

Maria Cristina allonge les jambes, regrettant de ne pas s'être mise en jupe. Elle s'est trompée de look. Elle devait être plus sexy, plus pétasse, avec un chemisier déboutonné jusqu'au bon endroit.

« Votre mari a dû quitter son métier d'avocat, il était à la tête d'un des plus gros cabinets d'Italie. Un homme riche, à qui tout réussit, avec une femme très belle et une fille. À votre avis, pourquoi a-t-il accepté de diriger le gouvernement ? »

Maria Cristina hausse les épaules. « Ça, c'est à lui que vous devriez le demander.

— Vous n'en avez pas parlé ? Il a décidé tout seul ?

— Bien sûr que non.

— Vous pouvez nous raconter comment ça s'est passé ?

— Nous étions à Sabaudia, à la mer, déjà couchés. Le chef du PUI l'a appelé pour lui proposer de suggérer son nom au Quirinal pour former le gouvernement. Ils étaient pressés. Domenico a demandé la nuit pour réfléchir.

— Vous étiez à côté de lui quand il se forgeait son opinion ?

— Non. Nous faisons chambre à part. »

Rires dans le public. Applaudissements.

Voilà le premier mensonge. À Sabaudia, ils avaient la même chambre. Et elle, elle a dormi à ses côtés, protégée par le masque pour la lumière, les bouchons dans les oreilles et les dix gouttes de somnifère. Elle reprend le récit. « Au petit déjeuner, Domenico avait pris sa décision, il m'a dit qu'il allait accepter. Le moment était venu pour lui de s'engager en personne pour son pays.

— Il a senti le devoir éthique, civique, d'entrer en lice ?

— Je crois qu'il y avait aussi un peu de vanité », ajoute Maria Cristina en regardant ses mains.

La journaliste semble se réveiller. « En quel sens ? Expliquez-moi. »

Maria Cristina passe ses doigts sur sa nuque. « Imaginez… On vous appelle à l'improviste, de la part du parti de la majorité, en vous disant que vous êtes l'homme providentiel, le seul capable de résoudre les problèmes de l'Italie en une période si compliquée, il est évident que vous vous sentez investi d'une grande responsabilité, mais aussi flatté. Et puis il a parlé avec le président de la République qui a su lever ses derniers doutes.

Reitner ricane, amusée. « Et par rapport à vous, sa famille ? Votre vie allait changer s'il acceptait le poste. Que vous a dit votre mari ? »

Maria Cristina se souvient du pacte qu'elle a fait avec elle-même. La vérité. « Domenico m'a dit qu'il n'accepterait que si j'étais d'accord pour être à ses côtés en tant qu'épouse du président du Conseil. Je n'avais jamais vu mon mari si euphorique que ce matin-là. Non, pardon, je me suis trompée de mot, je dirais intense et convaincu. Il a dit qu'il ferait tout son possible pour le bien-être de l'Italie. Et que s'engager pour son prochain aide à se sentir mieux avec soi-même. Que pouvais-je lui dire ? Pouvais-je vraiment lui dire non ?

— Un véritable idéaliste. Je n'imaginais pas. Ça me fait plaisir. » Il y a un brin d'ironie dans le ton de la journaliste.

Maria Cristina la regarde, sérieuse. « Oui. Il a dit ça. Et il y croyait. »

Mais Reitner réplique : « Il ne vous a pas dit que les chefs de partis ont peut-être pensé à lui à cause de vous aussi, un mannequin magnifique, célèbre, parfaite compagne d'un avocat offert à la politique mais peu connu du plus grand nombre ?

— Non, répond sèchement l'épouse du président du Conseil.

— Et si vous n'aviez pas été d'accord ?

— Il aurait renoncé. C'est ce qu'il m'a dit. »

Reitner la pousse dans ses retranchements. « Selon vous, c'est vrai ? Il l'aurait vraiment fait ? »

Maria Cristina prend son temps avant de continuer. « Je ne sais pas. Je sais que j'ai choisi Domenico Mascagni comme mari et père de ma fille parce que c'est un homme mûr, raisonnable, honnête et déterminé. » Elle fait une petite pause. « J'aime les hommes honnêtes et déterminés.

— Et parce qu'il était riche ? balance Reitner.

— Aussi. »

Le public s'amuse.

Un, zéro, balle au centre, l'encourage Diana Brinzaglia.

« Il m'apportait la sécurité et je pouvais m'appuyer sur lui, certaine qu'il ferait le mieux pour moi, poursuit Maria Cristina. Après la mort d'Andrea, mon premier mari, j'ai traversé une période difficile, j'ai souffert de dépression et Domenico m'a recollée morceau par morceau comme une théière brisée. Il m'a courtisée de manière discrète et élégante, sans jamais s'imposer, et quand nous nous sommes mis ensemble, il m'a fait mener une vie merveilleuse. » Maria Cristina regarde dans le noir en cherchant les visages de ceux qui l'écoutent et finalement elle aperçoit Irene qui lui sourit, pouces levés. « Hélas, quand il est entré en politique, mon mari a changé. Rien ne lui manquait, il envisageait la possibilité de déménager à Londres. Il a renoncé à tout, et s'est jeté dans cette entreprise avec toute son énergie et peut-être un peu de naïveté.

— Votre mari, naïf ? Vraiment ?

— Oui. Il croyait qu'il pourrait faire quelque chose de bien pour le pays. Ne connaissant pas les intrigues de palais, il était convaincu que, grâce à son indépendance, il réaliserait en toute liberté un projet politique en vue d'améliorer la vie des Italiens. Mais ce n'est pas facile d'aider l'Italie. Je l'ai vu lutter comme un lion mais ensuite, jour après jour, perdre de son élan. L'enthousiasme s'est transformé en frustration, il se sentait impuissant et dupé, il a cessé de dormir, il ne parlait plus que des entraves et des obstacles qui l'immobilisaient, il a commencé à craindre ses camarades de parti, ceux-là mêmes qui l'avaient appelé. » Un sourire amer serre ses lèvres. « La vérité c'est que le palais Chigi l'a dévoré. À la maison, il n'est plus lui-même. Il est toujours sombre, préoccupé, distrait. J'admets que ce n'est pas facile de vivre à ses côtés. Je lui parle à peine, je ne le vois jamais, il n'arrive pas à passer sereinement cinq minutes avec sa fille. Il se sent seul et trahi. Je ne sais pas… Je suis vraiment désolée pour lui, je ne sais comment l'aider. Mais je vois que, malgré tout, il y croit encore. Et cela l'honore. Il ne lâche rien. Il est coriace. »

Le studio explose en applaudissements. On ne sait s'ils sont adressés à l'épouse ou au mari. Mariella Reitner la fixe en silence, puis lui demande : « Honnêtement, vous espérez le voir perdre les élections pour le retrouver ?

— Non. Ça jamais. »

Mensonge, lui reproche Diana Brinzaglia.

« Domenico est un lion. Je crois que s'il est élu, légitimé par le vote des Italiens, il fera des choses remarquables. Et en ce cas, c'est moi qui me mettrai à l'écart.

— En quel sens ? Vous ne voulez plus être l'épouse du président du Conseil ? », lui demande-t-elle, puis elle ajoute, en enlevant ses lunettes : « Ou peut-être êtes-vous en train de nous dire que vous voulez le quitter ?

— Et pourquoi donc ? Le problème n'est pas là. Mais pour être l'épouse du président du Conseil, je me suis perdue moi-même, j'ai perdu ma fille, les choses que j'aime.

Ce rôle n'est pas fait pour moi. Il me suffit d'être la femme de Domenico Mascagni et la mère d'Irene », dit-elle alors qu'elle s'imagine barricadée à la campagne tandis que sa vidéo porno inonde la planète.

« Pardon, je ne comprends pas. Alors pourquoi avoir accepté ? Vous pouviez dire non à Sabaudia.

— Nous sommes un couple, et dans les couples, vient toujours un moment où l'un décide et l'autre suit. Et ce sont presque toujours les femmes qui doivent suivre. Il en va ainsi depuis la nuit des temps partout dans le monde, même si ce n'est pas juste. Et pourtant je vous dis qu'être épouse, mère, qu'aider son compagnon à aller bien, c'est un métier qui parfois, cela semble incroyable, est résolument gratifiant. »

Mariella Reitner l'encourage du regard, mais notre héroïne n'a besoin d'aucun encouragement. « Moi, j'espère de tout mon cœur qu'en Italie, tôt ou tard, il y aura une femme présidente du Conseil, ainsi son mari découvrira ce que signifie être… comment dira-t-on ? First Gentleman ? Cet homme comprendra ce que veut dire être un acolyte silencieux. Être toujours gentil, beau et élégant, vivre dans l'angoisse de dire des choses inappropriées ou inconvenantes, en définitive, il comprendra ce que signifie être l'épouse d'un mari trop encombrant. » Elle se carre dans le fauteuil. Son estomac s'est dénoué, elle ne sue plus, les mots sortent avec légèreté. « Vous savez pourquoi je ne viens pas à la télé ? Parce que je ne me sens pas assez intelligente, perspicace, amusante. La politique, je ne la comprends pas et elle ne m'intéresse pas. J'ai la terreur qu'on me traite mal, qu'on me massacre sur les réseaux sociaux, qu'on m'insulte. J'aime m'habiller pour les événements importants, être admirée, faire honneur à mon pays. Il est inutile de le nier, j'ai aimé aller à la Maison Blanche, dîner avec le président des États-Unis, j'adore le privilège de voir Petra au crépuscule ou dîner avec le Dalaï-Lama. D'ailleurs, on dit que je suis frivole. Mais maintenant, ça suffit. Ça a été très agréable, mais j'en ai assez. »

Maria Cristina a oublié qu'elle est en direct sur une chaîne nationale.

Ce diable de Nicola Sarti lui a offert le courage.

Le temps est passé comme un éclair. Il ne reste que quelques minutes avant la fin de l'émission.

— Merci, madame Palma, lui dit Mariella Reitner en baissant la tête. Je suis heureuse que vous ayez accepté mon invitation. Ça a été une conversation éclairante, vous vous êtes ouverte sans peur et je suis sûre que les spectateurs ont apprécié votre sincérité, votre courage, la vérité que vous avez amenée dans ce studio, qualités si rares de nos jours.

— Merci.

— Vous reviendrez nous voir ? »

Maria Cristina éclate de rire. « Non. »

Le public est enthousiaste. Quelqu'un hurle son nom. Même Reitner se lève pour l'applaudir.

« Cela dit, je vous avoue que je me suis sentie bien », ajoute l'épouse du président du Conseil en souriant et en s'éventant de la main.

La journaliste pose ses fiches. « Moi aussi. »

Elle a réussi. Maria Cristina étire son dos et tandis que les lumières s'allument dans le studio, elle se lève.

Mariella Reitner regarde autour d'elle, d'un geste elle fait cesser les applaudissements. « Puis-je vous poser une dernière question ?

— Je vous en prie. »

La journaliste se penche imperceptiblement en avant, son visage jusque-là cordial perd tout expressivité. Elle déglutit. « Voilà, si vous deviez être une femme célèbre, un personnage historique, qui voudriez-vous être ? »

Maria Cristina plisse les yeux. « Je n'ai pas compris.

— Si vous deviez choisir un personnage, qui aimeriez-vous être ? »

Elle a l'impression qu'elle va s'évanouir, ses jambes ne la soutiennent plus, ses poumons rapetissent comme des petits sacs vides tandis qu'un feu embrase sa nuque et son visage. Elle se retrouve assise. Elle balbutie. « Dans quel sens ? »

Mariella Reitner s'éclaircit la voix. « Une femme importante, significative pour vous. Qui voudriez-vous être ?

— Moi ?

— Oui. Vous. »

Dans le studio un silence de mort est tombé.

Maria Cristina regarde autour d'elle, elle voit désormais des centaines de visages qui la fixent, ils ont tous dans les yeux la même question.

Qui veux-tu être ?

Hommes et femmes de tous âges, les filles avec leurs casques, les techniciens, les assistants, les cadreurs derrière les caméras et au-delà des lentilles des objectifs pointés sur elle, à la maison, des millions de gens attendent sa réponse.

Il suffit de dire Cléopâtre et tu seras sauvée. La vidéo disparaîtra. Personne ne te verra. Dis-le, Maria Cristina. Allez. De quoi as-tu peur ? Elle a l'impression de les entendre murmurer. Tu as compris, enfin. Nicola Sarti est l'un des nôtres. Dis-le. C'est facile. Libère-toi. C'est pour toi que tu dois le dire. Fais cet ultime effort.

L'épouse du président du Conseil cherche Diana Brinzaglia, mais elle n'est pas là. Elle est seule. Elle lève les yeux au plafond, prend une inspiration qui lui dilate le thorax, elle baisse les paupières et se retrouve hors de cette boîte.

Il ne fait pas froid, le vent ne souffle pas. Le ciel de la nuit est au-dessus de sa tête, les nuages ont disparu et la lune est là, telle la rognure d'un ongle coupé, et plus haut, les étoiles brillent, pointues comme des diamants sur la voûte noire du firmament.

« Qui voudriez-vous être Maria Cristina ? lui sourit Mariella Reitner. Vous n'avez pas un nom ? »

L'épouse du président du Conseil se tourne vers sa fille. « L'astronaute. Samantha Cristoforetti. »

VIII.

Une semaine plus tard

MARIA CRISTINA
Ciao Nicola. Pardon si je te dérange.
La vidéo n'a jamais existé, pas vrai ?

NICOLA SARTI
Ciao Maria Cristina. Non, elle n'a jamais existé, ce que tu m'as jeté à la figure, c'était un détecteur de mouvements.

MARIA CRISTINA
Et Cléopâtre ?

NICOLA SARTI
Je ne savais pas comment te calmer.
C'est le nom du chat de ma mère.

MARIA CRISTINA
😂😂😂

IX.

Deux ans plus tard

Voilà, cette histoire aussi, comme toute histoire qui se respecte, est arrivée à sa fin.

Pour ma part, cher lecteur, si tu es encore là avec moi, je me tiendrai à l'écart, sans commenter, sans philosopher, je laisserai parler les images, comme dans un film. Je te dis juste que deux ans se sont écoulés depuis l'interview et notre héroïne, cabas en paille sous le bras, dévale un petit chemin ocre qui sinue jusqu'à la mer. Les semelles de ses sandales basses glissent sur le gravier. Des rafales de vent sec et tiède ploient les lauriers-roses qui recouvrent de vert la colline et caressent ses jambes bronzées, ébouriffent ses longs cheveux retenus en arrière par un bandeau rouge à pois blancs. Le ciel est limpide, marqué par des strates de nuages légers qui se succèdent jusqu'à l'horizon où ils se mélangent au bleu de la mer Égée. Deux ou trois chèvres marron avec des cornes tordues et une barbichette au menton, en équilibre sur un muret de pierres, la fixent tandis qu'elle coupe par un raccourci qui s'accroche entre les rochers et mène tout droit à la plage, un fin cordon de galets sombres sur lequel ondoie en silence l'eau transparente de la baie. Le fond, tout en rochers et champs de posidonie, est si bas qu'on dirait une piscine naturelle.

Il n'y a pas âme qui vive si ce n'est des poulets derrière un grillage et les grillons qui stridulent dans la chaleur montante. Au loin, on entend la sirène d'un ferry qui accoste de l'autre côté de l'île.

Sur une esplanade sont retournés quille en l'air deux ou trois barques blanches et un zodiac dégonflé, et là où manque le ciment, des trouées de ciel se reflètent dans les flaques ourlées de sel. Une mouette solitaire fouille des déchets d'anchois macérés au soleil, appât abandonné par quelque pêcheur de mulets. L'odeur de poisson se mêle à celle de la résine des pins sur le bord de mer.

Maria Cristina avance à pas rapides sur un chemin de terre battue qui passe entre la plage et une route qui conserve de rares îlots d'asphalte dans la poussière. L'arc de la baie perd sa perfection en s'allongeant en un mince doigt de terre sur lequel s'élève un petit cimetière qui se découpe sur l'eau si calme qu'on dirait un lac. Les pierres tombales se disputent le peu d'espace, protégées par une grille basse, peinte en bleu, mais là où le fer est resté nu, la rouille l'a coloré d'orange. Au centre, la chapelle est un cube blanchi à la chaux où se dresse un clocher. Les portes en bois sombre sont closes comme toujours. Maria Cristina ouvre le petit portail fermé par une chaîne sans cadenas et traverse les rangées de tombes tachetées de sable apporté par les pluies continentales. La majeure partie des sépultures est bordée de géraniums desséchés, de grandes agaves, de blé jauni, de buis sans plus aucune forme. Elle s'arrête face à une tombe qui donne sur la mer. C'est une simple plaque de marbre équarrie et veinée de striures grisâtres. La pierre n'a pas perdu son brillant après toutes ces années. Dessus est gravé le nom d'Alessio.

Maria Cristina s'agenouille, sort de son cabas une petite bouteille d'eau, une nappe de lin blanc, des sandwichs enveloppés dans du papier alu et un bouquet de violettes. Elle remplace les fleurs dans le vase en métal opaque. Elle y verse un peu d'eau. Un lézard vert émeraude court sur le marbre en laissant la trace de sa queue dans la poussière et disparaît au cœur d'un buisson de câpres qui pousse dans les interstices de la tombe. Maria Cristina étale la nappe sur la dalle et y pose la nourriture. Une rafale de vent lui apporte les coups de sonnette d'une bicyclette. Elle se retourne et, s'abritant les yeux d'une main, lève le bras.

En haut, sur la crête de la colline, en contre-jour, se découpe la frêle silhouette d'Irene sur son vélo. Peu après apparaît Pippo qui aboie, puis Nicola lui aussi à vélo. L'homme et la fillette la désignent et agitent les bras pour la saluer. Et l'un après l'autre repartent, précédés par le chien, et descendent vers la mer.

FIN

NOTES

La citation en exergue est tirée du *Petit Prince*, Antoine de Saint-Exupéry, © Éditions Gallimard, 1945.

Les vers de la page 70 sont tirés de la chanson *Yes Sir, I Can Boogie*. Paroles : Frank Dostal. Musique : Rolf Soja. © Editions Magazine Music, Courtesy of Peer Musikverlag GmbH.

Les vers de la page 125 sont tirés de la chanson *La cura*, texte de Franco Battiato et Manlio Sgalambro, musique de Franco Battiato. © 1996, Universal Music Publishing Ricordi Srl/L'Ottava Srl. Tous droits réservés pour tous les pays. Reproduit sur autorisation de Hal Leonard Europe BV (Italie).

La citation de la page 284 est tirée de Vladimir Nabokov, *Lolita*, traduit de l'anglais (États-Unis) par Maurice Couturier, © 1955, Vladimir Nabokov. Tous droits réservés. © Éditions Gallimard, 1959, 2001.

TABLE

Mise en pages
PCA 44400 Rezé

Cet ouvrage a été achevé d'imprimer sur Roto-Page
par l'Imprimerie Floch à Mayenne
pour le compte des éditions Grasset
en décembre 2023.

PAPIER CERTIFIÉ

N° d'édition : 22989 – N° d'impression : 103560
Dépôt légal : janvier 2024
Imprimé en France